Tristan Garcia

La meilleure part des hommes

Gallimard

Tristan Garcia est né en 1981 à Toulouse. Il enseigne la philosophie à l'université d'Amiens. *La meilleure part des hommes,* son premier roman, a été récompensé par le prix de Flore en 2008.

Les personnages de ce roman n'ont jamais existé ailleurs que dans les pages de ce livre.

Si le lecteur juge cependant qu'ils ressemblent sous certains aspects à certaines personnes réelles qu'il connaît ou qu'il reconnaît, c'est simplement parce que, plongés dans des situations parfois comparables, personnes et personnages n'agissent pas autrement.

À mes quatre parents, que j'aime également.
À Agnès.

LA PART DE CHACUN

1

Willie

William Miller, sur les photos qu'il m'a montrées, paraissait un enfant renfermé, sage et anodin.

C'est à Amiens qu'il est né, en 1970, où il m'a toujours dit qu'il avait passé une enfance plutôt heureuse sur le moment et terriblement triste *a posteriori*. Il avait un visage clair et les sourcils fournis. C'était un élève besogneux, pas franchement brillant, et le seul souvenir de classe primaire qu'il ait jamais évoqué devant moi, c'était qu'il avait constamment envie de faire pipi et que les autres se moquaient de lui. Il pissait au lit, dans les draps. Mais bon, visiblement, à part ça, ce n'était pas à proprement parler un « martyr ».

Son père, d'origine juive ashkénaze, travaillait dans les tissus, il a tenté de tenir une boutique à Amiens, près de la mairie, qui n'a pas marché, et il est passé vendeur dans un beau grand magasin de blanc.

Sa mère était à la maison.

William avait deux frères, dont je ne connais pas les prénoms. Il était le plus jeune. Assez vite, il a porté des lunettes. Ses parents ont divorcé quand il avait dix ans. William est demeuré auprès de sa mère, dans la maison à côté d'Étouvie. Le père a pris un appartement. William ne le voyait pas, ou peu, de loin. Le père, lorsqu'il devait passer le prendre pour un week-end, le laissait chez la tante, à Compiègne, là où William aimait bien jouer au roi et au chevalier, dans les ruines du château, près du parking.

Un jour que l'on discutait, sur une banquette de cuir, près du bar, en tournant sa grosse montre d'argent, tout en réajustant sa perruque, il éclatait tout le temps de rire, il m'avait expliqué, je m'en souviens :

« À l'époque, je trouvais ça normal, je me sentais ni bien ni mal, tu vois. Maintenant que je connais la vie, je sais que c'est d'une tristesse infinie. »

Il souriait. Ses frères étaient grands — le premier, je crois, est dans l'administration, le second a fugué, il est parti en foyer, puis dans l'armée. À partir de huit ou neuf ans et tant qu'il fut adolescent il n'avait eu d'autre rapport avec eux, en gros, que les « salut, il y a quelque chose dans le frigo ? ». Il grossissait.

« Rétrospectivement, on se rend compte du nombre de silences qu'il pouvait y avoir dans une maison comme ça, où l'amour était cassé, tu sais. Comme une corde... »

Il faisait du tennis. C'est son père qui l'avait inscrit, pour faire du sport. Il n'aimait guère son corps, il aurait voulu qu'on le laisse en paix. Il jouait relativement mal et il restait des heures entières aux toilettes. Les années passant, il a connu quelques amies, que des filles. Il s'était fait des amis garçons, c'est vrai, au collège, il le disait, mais ce n'était jamais très profond. Il y a eu ce Guillaume, avec qui il pratiquait le tennis le dimanche, mais Guillaume est parti en lycée professionnel dans l'Est. Il était roux, il ne disait rien, il n'avait aucun sens de l'équilibre sur un vélo. Ce n'est pas allé plus loin que quelques goûters d'anniversaire, chez lui.

Il aimait beaucoup *Star Wars*, ça en devenait une vraie fixation. Il rêvait sans cesse de Chewbacca, des Ewoks et de leur planète, de l'Empire, du *Millenium Falcon* et des Bipodes, les AT-ST de la base de Hoth. Il m'a dit une fois, quand les nouveaux épisodes sont enfin sortis, vingt ans plus tard : « C'était ma façon d'être un garçon. »

Lorsque quelqu'un sonnait à la porte, sa mère disait toujours : « On n'ouvre pas, va, on ne sait pas qui c'est. » Elle se souvenait peut-être du scandale causé par l'irruption dans leur maison, avant le divorce, de la maîtresse du père, furieuse, la chevelure rousse et bouclée.

William recevait souvent des coups de téléphone de filles, il a toujours aimé servir de confident — à ce qu'il disait du moins, parce que pour ma part je ne l'ai jamais vu *écouter* quelqu'un :

17

c'est toujours lui qui parlait, les amis qui essayaient de comprendre.

Au lycée, il était discret, un élève moyen. On pouvait lire au stylo rouge sur ses copies : « brouillon », et sur ses bulletins : « passable ». On l'a renvoyé vers une section économique et sociale, et il s'est retrouvé avec le bac sans même l'avoir demandé. Il portait les cheveux mi-longs, à l'époque, comme personne en particulier, il n'avait pas d'idole de ce type, il me semble. C'est juste qu'il n'allait pas chez le coiffeur. Et il portait des chemises. Il avait cette lèvre retroussée qui plairait plus tard à tout le monde, et qui était pour l'instant couverte d'un duvet pas franchement élégant — même propre, il avait quelque chose d'un peu sale. Il écoutait de la musique classique en compilations et de la variété française. Quand il a voulu lire de la poésie, à cause du professeur de français, il a découvert le rock, mais il ne l'a jamais franchement exploré. Il aimait quand même les musiques de danse, mais pas la danse. Il n'essayait pas d'expliquer, il haussait les épaules. Ce qu'il aimait, eh bien... Je crois qu'il ne savait pas à quoi il appartenait.

Il n'a pas détesté son père tout de suite, c'est venu progressivement. Il a appris à s'exprimer en disant petit à petit du mal de lui, aux gens, aux inconnus qu'il rencontrait. Il a choisi une petite chambre en cité universitaire, pour entrer en école de commerce.

Au début, il correspondait quand même au profil. Un peu trop timide, mais il souriait bien lorsqu'on lui tapait sur l'épaule, il parlait mal, mais il avait une bonne manière de le faire, intéressante. Il traînait de grosses mains poilues, qui le gênaient, et il n'était pas très à l'aise sous la cravate, par contre il avait de l'esprit, il était vif, et il savait remplir un vêtement, quand il le fallait.

« Tu es comme un papillon qui sort de sa chrysalide, tu vas déployer tes ailes, William », lui avait dit son patron, pour son premier stage en entreprise. Il vouait à ce type une admiration sans bornes : un bon vivant, un actif, qui maîtrisait la vie jusqu'au bout, avec ce petit claquement de doigt qui fait toujours penser à la vérité.

Il n'a pas vraiment compris ce qui se passait, il l'a mal vécu, comme une sorte de scandale et de fausseté, même si personne n'a su. Alors William est parti d'Amiens, il avait à peine dix-neuf ans, en 1989, l'année où le mur de Berlin est tombé, mais de quel côté ? comme il disait toujours.

« De quel côté il est tombé, hein ? Tu peux me le dire, toi ? »

Il a débarqué à Paris, gare du Nord — pas d'emploi, pas grand-chose, comme un moins que rien.

Il a rencontré Doum un an et demi plus tard, en juin.

2

Doumé

Dominique Rossi a toujours eu la belle gueule d'un homme mûr, responsable et doucement sculpté par le temps ; simplement, à vingt ans, ça ne lui allait pas. Il fallait qu'il attende un peu pour faire son âge.

Son village natal se situait juste à côté de Calenzana, en Corse, à quelques kilomètres de L'Île-Rousse et de Calvi. Son père était médecin, un grand médecin. Il a eu cinq grands frères, et pas de sœur. Il était le dernier, ben voilà.

Sa mère ? Italienne, il lui doit de longs cils noirs, et le reste, c'est déjà pas si mal.

Il a grandi dans une grande maison, au pied des montagnes. Ils partaient skier dans les Alpes, l'hiver, ils s'en allaient en Sicile, puis en Tunisie, l'été, où ils possédaient de belles résidences secondaires, tertiaires, etc.

Le père, Pascal, n'a jamais entretenu des rapports très clairs avec les indépendantistes, c'était un peu un intellectuel et plus tard il a souvent, disons, chapeauté les jeunes qui commençaient à s'organiser au début des années soixante-dix. Il possédait une vaste bibliothèque, il ouvrait à sa manière les jeunes Bastiais à cette idée que la Corse avait toujours été, historiquement, dominée. Sauf quand cet opportuniste rusé de Paoli avait… Mais c'est une autre histoire et elle a fini avec les Français. Pascal Rossi n'était pas partisan de quoi que ce soit. Non, c'était un amateur, une forte barbe, qui fumait la pipe et qui réfléchissait. Il parlait le corse depuis qu'il l'avait appris dans les livres. Pour discuter avec les vieux. Il encourageait les jeunes à renouer avec leur langue, il leur montrait comment le continent exploitait de plus en plus l'île, sans y apporter infrastructures ou perspectives d'emploi. Le chômage commençait à pointer.

Dominique s'en souvient, dans le salon de bois, à l'étage, il y avait là Alain, François, Jean-Claude, et l'autre Alain. Il ne disait jamais les noms, il disait : « Vous les connaissez, lisez les journaux. » Ils étaient un peu plus âgés que lui, qui restait dans le coin, il n'avait pas le droit de boire de l'alcool avec eux, sa mère le surveillait sous son châle — sur ces choses, elle était aussi sévère que son père était libéral.

Puis il y aura Aléria, la clandestinité, et la fondation du FLNC. On dit que c'est son père qui a ouvert la porte à Jean-Claude, le soir de la fusillade, un peu après. Il n'était certainement pas d'accord avec la stratégie de la clandestinité et de la lutte armée, il ne l'a jamais été. Jean-Claude faisait partie des fugitifs recherchés sur l'affiche, la fameuse affiche. Dans la lutte au sein des premiers Bastiais, il avait flingué l'autre Alain à moto, proche du PC, en ce temps-là, à cause de l'embrouille pour l'exclusion d'Orsini. Et pour Pascal Rossi, le deuxième Alain était comme un fils, un sixième fils.

« Il avait quelque chose de biblique », soupirait Dominique.

Je ne comprenais rien à ces histoires.

Pascal Rossi a ouvert la porte de sa grange, il s'apprêtait à faire quelques menus travaux d'entretien. Jean-Claude, l'assassin d'Alain, en fuite, venait demander de l'assistance ici, par hasard, après avoir traversé du maquis, sans savoir que c'était la propriété de Pascal Rossi, le « père » d'Alain, son protecteur. Jean-Claude est resté pétrifié. Normalement, il l'aurait…

Pascal Rossi l'a fait entrer et l'a soigné, en mettant les choses au point : « Je ne suis pas d'accord avec toi, et tu as tué Alain, je devrais te livrer aux gendarmes, mais je ne les appellerai pas avant demain midi, tu comprends. Tu peux dormir et tu peux manger. Demain, s'il le faut, je participerai à la battue avec les gendarmes, par contre, tu le sais. »

« Il le connaissait depuis tout petit, tu comprends… »

Il a été tué, un mois après. On dit que Pascal n'était pas loin.

Doumé fit la moue : « C'est ce qu'on appelle l'hospitalité corse, tu comprends. Ça m'a toujours fait chier, ces conneries de mâles qui jouent à toute cette virilité d'honneur, et vas-y qu'on s'embrasse, qu'on se respecte, qu'on s'entretue, et tout ça avec le "Code", tu comprends. Merde, le communisme, c'était vachement plus féminin, tu sais, plus théorique, et plus sensible. »

À dix-sept ans, il est parti sur le continent, à Nice, au lycée puis en classes préparatoires. Il n'y a jamais eu d'université contrôlée par les indépendantistes, surtout à Corte, tous les militants, dans les années soixante-dix, sont venus de la fac de Nice. Doum ne pouvait plus les blairer. Ils lui parlaient tous de son père, et son père lui parlait toujours d'eux.

Dominique a travaillé seul. Il a bien travaillé, sérieusement, et il s'est rapproché progressivement des gauchistes, dans ces années-là, pour ne pas trahir tout à fait les jeunes indépendantistes, qui traînaient dans le coin, mais pour ne pas non plus rester comme un con avec eux.

Il étouffait.

« Nice, c'était encore l'île. C'était beau, à part la place Masséna, j'en ai pas profité une seule seconde. »

Quand il a été reçu dans une grande école, il est monté à Paris. Paris, c'était autre chose. Il sourit.

« J'avais la gueule corse carrée, et des boutons, encore pas mal — mais bon, j'étais déjà sorti avec des filles, un petit peu.

« J'ai fait ça la première fois à Paris, en banlieue, chez le père d'une copine. À côté de la vaisselle, sur un lit pliant, sous le buffet, super souvenir. »

Il hausse les épaules.

« Je me souviens plus. Après j'ai nettoyé les plats et on a rangé les couverts. Le ménage, quoi, le couple, tu vois. J'ai tout de suite compris le guêpier. »

J'ai hoché la tête.

« J'ai lâché les études, plus ou moins, j'ai milité. J'avais quand même du coffre. Je connaissais la rhétorique, une manière de faire peur, le chantage théorique. J'ai gardé ça, c'était une bonne chose, un véritable acquis. Disons qu'à l'époque, j'ai utilisé ça pour la lutte des classes, ce que j'avais appris dans le salon en bois de mon père, au premier étage. Ah… Le Parti, l'Organisation, comme on disait. Deux, trois ans de ma vie, pas plus. Est-ce qu'on y croyait ? Ça, oui. Mais, tu vois, ensuite, les années quatre-vingt, *Stand* et tout ça, ça on n'y croyait pas, non, on était vraiment ça, on défendait ce qu'on était, on essayait d'exister, c'est tout. C'est différent. Dans l'Organisation, par contre, on se battait pour des idées, auxquelles on croyait. Mais des idées, tu vois. Pas pour nos propres corps.

« L'Organisation, idéologiquement, était tenue par Elias. Après Overnay, son assassinat, on a longtemps hésité à passer à la violence — et nous, on arrivait à la fin des débats. Elias était pour. Daniel, qui s'occupait du politique, du concret… Pour autant qu'il y a eu quoi que ce soit de concret, ces années-là, où on battait sa coulpe pour célébrer la Pratique, mais bon, qu'on ne pratiquait jamais... Enfin bref, lui, Daniel, il était contre. Il a dissous le Parti, il en a fondé un autre, qui est devenu un club, plutôt une association, en fait, ensuite, deux ans plus tard. C'était plus traditionnel, disons, avec des transfuges qui allaient nourrir les effectifs du Parti socialiste, avant la victoire de 81. Moi ? J'ai voté Mitterrand.

« Trois ans plus tard, Elias, le théoricien des foyers de libération et de la lutte front contre front, grand stratège de la convergence d'avant-garde... Un type selon qui on devait toujours réfléchir à pourquoi ceux qui ne réfléchissent pas avaient raison, tu vois, les ouvriers, et qu'il fallait les éduquer de manière qu'ils nous montrent la voie, il paraît que c'était dialectique, on se prenait surtout de grosses claques aux sorties d'usine... Enfin, bref, un type qui citait Marx quand tu parlais, qui citait Lénine quand tu citais Marx, Liebknecht quand tu citais Lénine, Pannekoek quand tu citais Liebknecht, Mandel quand tu citais Pannekoek, et Mao quand tu finissais par citer Mandel — et quand tu citais Mao, il te faisait venir l'ouvrier de Billancourt... Et si t'étais ouvrier à Billancourt, ben alors il te clouait le bec avec Lénine. Elias, bref, je te présente pas.

« Un type que je craignais, Elias. C'était presque par culpabilité envers lui, qui symbolisait le prolétariat, la misère et l'antifascisme à lui tout seul, ce qui est quand même ironique pour un fils de grand industriel, spécialisé dans le bois africain… Bref, deux ans plus tard, il était devenu religieux… »

Doumé rigola : « Je m'étais même pas aperçu qu'il ne l'était pas encore, à l'époque…

« À part des "interventions", le foutu Parti n'a jamais rien fait, à Paris, et j'y ai passé trois années. J'ai rien appris, mais ça m'a aidé, pour la suite, pour la vie.

« Quand il a explosé, deux ou trois zygotos, on les connaissait à peine, sont partis dans le Sud-Ouest, continuer la lutte en enlevant un patron de chambre de commerce, un gros Gersois qu'a rien compris à ce qui se passait, et puis après, pour financer la caisse, ils avaient pas un rond, ils ont braqué un Crédit agricole à Pau, et ils ont buté un flic, sans même faire exprès, ils sont restés un an et demi dans des granges des Hautes-Pyrénées, et ils se sont fait choper dans un gîte, dénoncés par des touristes de passage. Ils sont encore en tôle, il a le cancer, elle est à moitié folle.

« Elias était devenu orthodoxe, il commentait la Torah. Daniel a passé un accord avec le Parti socialiste, il a appelé à voter Mitterrand, et ils ont obtenu trois postes au bureau national, il a fini secrétaire d'État au Tourisme et à l'Aménagement du territoire, après le tournant fabiusien de la rigueur, ils ont démissionné. Ils sont revenus plus tard.

« Et moi, j'étais à New York, tu vois… Voilà comment a fini l'Organisation, le Parti, le gauchisme, enfin ce gauchisme-là, en tout cas, et toute l'affaire. Nous, de toute manière, quand on a commencé, c'était déjà fini depuis un certain temps, en réalité. Ah oui, et Leibo, il est parti écrire ses bouquins, et il a fini... Ben tu sais bien.

« Pour ceux qui sont en prison, il y a toujours des pétitions qui circulent, pour les libérer, merde, un quart de siècle après... Qu'est-ce qu'ils se sont fait couillonner...

« Évidemment, je signe. Leibo, aussi, je vois son nom, à l'occasion. Qu'est-ce qu'on peut faire d'autre ?

« À l'époque, j'étais déjà parti. J'avais rencontré ce photographe, tu sais... On est allés à New York, quand c'était New York, tu vois bien... C'était la révélation, la putain de révélation...

« Quel pied. »

3

Leibo

Jean-Michel Leibowitz, je crois, aurait désiré connaître l'éternité d'un philosophe et le présent d'un homme de pouvoir et d'action. Il s'est situé entre les deux et il en a toujours été profondément malheureux. Je crois qu'il lisait *Tintin*, je crois qu'il aimait ça, il aurait pu être journaliste. Et puis, plus tard, il s'est mis à mépriser la BD... Il a quand même écrit dans des journaux, souvent. Il lisait Stendhal, pour les histoires d'amour, genre Mathilde de La Mole, à quatorze ans. Il idéalisait.

Il était juif, et son père lui disait toujours : « Tu as un prénom français, tu es français, tu sais, mon fils. » Il ne parlait pas du mot « juif », puis il en a parlé, mais peu.

Quand il a lu Spinoza, Jean-Michel n'a rien compris, bien sûr, c'est normal. Mais il a compris que c'était quelque chose qui le dépassait, et qu'il se mettrait à la hauteur. La philosophie... Le rêve de toute une vie, hein.

Un bon élève, c'était un bon, un très bon élève.

Ils vivaient à Aubervilliers, lui, son père et sa mère. Ses parents avaient été gaullistes, puis mitterrandiens. Son père partait travailler tôt, et parfois la nuit. Il ne buvait pas, il n'était pas syndiqué, il pestait contre ses collègues ouvriers alcoolos, il portait un complet, il ne mettait la blouse bleue qu'une fois sur le lieu de travail. Sa mère débarrassait la toile cirée, il buvait du chocolat. Sa mère parlait peu, alors il lisait.

Son père revenait, il accrochait son manteau dans l'entrée, il lui ébouriffait les cheveux : « Ah mon fils, toujours tu lis… »

Jean-Michel allait beaucoup à la bibliothèque municipale, et il faisait du foot et du vélo. Il aimait bien Malraux.

Un jour, il m'a dit qu'il s'était masturbé la toute première fois en lisant *Madame Bovary*.

À ce que j'en ai vu, il portait les cheveux bien coupés, mais frisés et plutôt rebelles. Il parlait beaucoup de ses parents, peu de son enfance.

Jean-Michel est parti en classes préparatoires. Il a bien travaillé, il a travaillé beaucoup, la nuit. Il buvait de l'alcool, il portait un imper.

« Vous savez, les hommes n'ont pas de secret. Il faut croire quand même qu'ils en ont, mais, au fond, une vie ne cache rien. Au bout du compte, on voit tout, c'est décevant. Tout le problème consiste à se faire croire qu'il reste un mystère » (extrait de : *Les Fragments d'un inachèvement, portraits de mémoire*). Si vous connaissez, comme moi, Jean-Michel, vous n'apprendrez rien en découvrant son histoire. Vous allez hocher la tête, et dire : Ah oui, c'est bien ça, voilà c'est tout.

Alors oui, Jean-Michel Leibowitz est parti en khâgne à Henri IV, il était boursier, il y a rencontré tous ses futurs amis, ses futurs soutiens, son éditeur et même ses ennemis ; il était, je crois, brillant.

Il aimait les aventuriers, il a abandonné le football, il avait un peu la tête de Dominique Rocheteau, l'ange vert de Saint-Étienne, disait parfois sa première copine. Il étudiait.

« J'ai une vie frustrée, si j'étais devenu ce que je voulais être enfant, j'aurais été l'un de ces hommes que je déteste aujourd'hui, et qui me détestent, mais qui peuplaient pourtant mes rêves d'enfant... », écrit-il, avec son style inimitable, comme ses cheveux, dans *Les Aléas d'une génération*. Oui, c'est ça.

À vrai dire, il a un tout petit peu joué à l'aventurier. Il est devenu gauchiste. Et il n'a rien fait. Pensionnaire de l'École normale supérieure, dans la seconde moitié des années soixante-dix, il a pris sa place dans la queue de comète du mouvement maoïste. Il ne fumait pas, il portait les cheveux longs, pourtant, et Sartre était déjà parti. On ne le voyait plus guère. Elias dirigeait la section du Ve arrondissement de l'UPCIF. Je ne sais même plus ce que veulent dire les foutues initiales. Althusser, il n'avait plus autant d'importance, il ressassait les mêmes polycopiés, sur le PC, et il avait les problèmes qu'on sait. *Libération* prenait de l'importance, avec Serge

July et toute la première équipe, qui est ensuite partie. Leibowitz était plus proche d'Elias, mais il ne l'a pas suivi sur le terrain religieux, par la suite. Il avait participé, un peu, aux réunions, tracts et occupations. Disons que ça lui avait fait des relations. Vingt-cinq ans plus tard, ce sont toujours les mêmes personnes qu'il fréquente, mais dans un autre cadre.

Leibowitz a rencontré Doumé, je veux dire, Dominique, qui se trouvait toujours dans les parages de l'École, et à l'Organisation.

« J'ai été gauchiste, comme tout le monde. » Il ne l'a pas été plus.

Il est parti enseigner aux États-Unis, d'abord comme lecteur. Au retour, il était de gauche, il n'était plus gauchiste. Il avait lu, il avait vu des choses, il avait rencontré la gauche juive new-yorkaise, il avait compris aussi que le communisme ne penserait jamais ce type de réalités, cette appartenance à autre chose qu'à la société — les religions, les nations, les communautés... C'était son idée.

Il avait rencontré Sara, aussi. Il s'est marié en 1980.

La première fois qu'il est passé à la télévision, à la fin des années soixante-dix, parce que ni Deleuze, ni Lévi-Strauss, ni Vidal-Naquet, les grands de l'époque, ne voulaient y aller, c'était dans une émission littéraire, c'est-à-dire dont le plateau était décoré de bibliothèques, sur Soljénitsyne et le totalitarisme. Il était philosophe. Il n'a jamais fini sa thèse. Il a écrit et enseigné, rapidement.

Il avait écrit ce petit livre, *L'Hydre du pouvoir*. Il se montrait encore très critique vis-à-vis des dissidents de l'Est. Il ne suffit pas de lutter contre le pouvoir concentré des sociétés dites « communistes », qui ne représentent en fait qu'un capitalisme totalitaire, il faut aussi dénoncer le pouvoir diffus des sociétés dites libérales. C'est un pouvoir insidieux, qui nous entoure quotidiennement, un pouvoir individualisé qui, au-delà des structures traditionnelles, familiales, économiques, sociales, s'incorpore à nous, c'est-à-dire, littéralement, s'intègre à nos corps, se personnalise comme un fétiche, par la publicité, l'idéologie, et dans la culture, c'est donc contre le pouvoir culturel de classe institutionnalisé qu'il faut lutter — et tout le tralala avec les mots qu'il faut. Le pamphlet n'est pas réédité. C'était pas con, c'était le temps.

C'était.

Il s'est retourné vers moi, ce soir-là, je lui parlais du bouquin, pour savoir, il s'est raclé la gorge, il fronçait les sourcils, il a remis ses lunettes en place. Il avait cette manière de vous culpabiliser quand il avait tort, de toujours jouer sa chance d'être dans le faux.

« J'avais raison, il fallait savoir *bien* se tromper, alors…

« J'ai toujours été à contre-pied, tu sais. Au football, quand je tirais les penalties, je pensais que le gardien allait plonger à gauche, donc que je devais tirer à droite. Alors je pensais que le gardien allait finalement croire que je pensais tirer à droite, et donc que j'allais tirer à gauche. Mais s'il pensait que j'allais le prendre à contre-pied, il fallait que je tire à contre-pied du contre-pied, donc là où il l'attendait, précisément. Je tirais à droite — mais il y avait toute la réflexion derrière, tu saisis ?

— Et il arrêtait le ballon ?

— Qui ça ?

— Eh bien, le gardien.

— Ah… Je ne sais plus.

— Ah…

— J'ai toujours été à contre-pied, Liz, à contre-temps… Il faut être à contretemps, tu sais, dans son propre temps. »

C'était un intellectuel, effectivement.

C'était tout lui, Jean-Michel Leibowitz, Leibo, le Leib.

4

Moi

Et moi ? Eh bien, je m'appelle Elizabeth Levallois. Je suis l'amie de Willie, la collègue de Doumé, l'amante de Leibo.

J'ai trente-trois ans, journaliste. J'ai la gueule allongée, assez belle, je crois. Grosse consommatrice de médicaments. Fashion mais lucide. Je suppose qu'on pourrait dire que je suis une connasse et 90 % de la population du pays, s'ils me connaissaient, feraient pfeuh… Une de plus. Personne n'a tort, personne n'a raison dans ce genre de question. Je suis du genre Parisienne, bel appartement, pas riche mais certainement pas pauvre, et de gauche parce que je ne suis pas sans illusions au point d'être cynique. Belle famille, pas de mariage. La veste bien coupée, le goût des fringues, une certaine politesse bien placée. J'ai de l'éducation. Le père dans l'édition, la mère, eh bien, un peu aventurière, vaguement hippie, chanteuse à ses heures, partie. Une belle-mère à la place, bien, bien. Le père terrible, évidemment, trop. Connaisseur, acteur, connaît tout, joue tous les rôles. Reste à trouver l'amour. Hommes âgés, professeurs, un politique, petit, un patron, moyen, et Leibo. Je l'aime bien, Leibo. Dix ans d'adultères, rencontres, vacances arrangées. Eh bien, j'aurais aimé être rousse. Brune, tant pis. Deux bagues, la parole facile, je bois bien.

J'ai fait Sciences-Po, vous pensez bien. Lycée parisien, premier amour : un guitariste de rock, tu parles, au milieu des années quatre-vingt, autant dire un perdant. Fini héroïnomane. Plus sage, j'en ai gardé un goût du joint, pas plus. J'ai conservé une certaine connection punk chic à ma manière, vous comprenez, dans les soirées. Puis le prof de français. Sorties entre copines, virées, le réseau qui se tisse sans même que vous aperceviez la toile d'araignée, et un jour ça sature : plus vraiment de *nouveaux* amis, il y a quand même un seuil.

À Sciences-Po, oui, il était brillant. Jean-Michel Leibowitz, le Leib. En fait, avec le recul, je ne pense pas que ce soit un grand penseur. C'est un esprit de son temps — vous me direz, qui est quoi que ce soit d'autre, comme il dirait. Un malin, malheureux. Je me suis toujours fait avoir par le cirque des quarantenaires : je suis triste, un grand blessé de la vie. La drague en mode pitié. L'instinct maternel. On a joué au chat et à la souris, style amour de ma vie, cinq, six, sept ans. Le mentor. Puis on a couché, et c'était plié.

Je suis rentrée à *Libé*. Je fais « culture », autant dire tout et rien. J'ai ma petite revue. Je sors, je connais le milieu. À la base, je m'occupais des chroniques télé, là où tout le monde a commencé. Je fréquentais la musique, l'underground, pour compenser la merde de la télé. Je chronique les tendances, ce qui se fait. Ça donne un goût bizarre à la bouche. On sent déjà la mort dans tout ce qui vit, et on attend le nouveau. J'ai fait de la critique « mode », aussi, évidemment, et « livres » à l'occasion. Dans un repas, vous me demandez, je sais ce qui se passe ; pas grand-chose d'autre, mais je connais l'*actuel.*

Tout ce que déteste Leibo, qui mouline ses fulminations sur l'inactuel, le « non-moderne », un autre temps. Nos débats me semblent terriblement simples, trop. Il est plus petit que moi. Quand on couche, mes seins dépassent du drap. Il m'avait bien appris, en cours, la mémoire, l'autre temps, l'Autre, le silence et l'Histoire — j'ai retenu. Je n'y ai pas réfléchi, mais je représente exactement le contraire : une mode chasse l'autre, et quand la mode reviendra pour Leibo, le démodé, je m'y rangerai, pas vrai. Il n'est pas trop mou, il me sermonne et il me pleure dans les bras.

Le débat, c'est : est-ce que j'aurai un gamin ? La mode va, la mode vient. Qui sait de quel côté tombera la pièce ? Je l'aurai, je ne l'aurai pas. Leib a trois enfants.

J'ai les yeux verts, on les dit beaux. Je n'ai pas tout à fait que Leibo. Il m'arrive de faire coucher d'autres hommes, mais je suis, globalement considérée, plutôt une fidèle.

J'ai rencontré Willie en soirée seconde zone. Il a torché un texte pour ma modeste revue : arts, musiques, nouveaux genres. J'ai couché avec lui, au sens : j'ai dormi dans le même lit, pas plus bien sûr, Willie n'était pas le style. J'étais à proprement parler sa confidente, ce qui signifie : soirées dépression, coups de téléphone à deux heures, étouffer dans l'œuf tant bien que mal les tentatives, éponger le sang, le laver, le nourrir comme un bébé, ne plus le voir pendant trois semaines, vous comprenez, il est *heureux*.

Il se trouve que c'est moi qui ai présenté Doum à Willie. Je travaille avec Doum, je cosigne, articles en retard, petits coups d'humeur. On partage le bureau, c'est un historique, il m'a introduite, il m'a parrainée, au journal.

Doum est un dur, un sanguin. Douze ou treize fois fâchés, tous les deux. Puis il arrive, pas un mot, un paquet sur le bureau, boucles d'oreilles, et c'est fini, il est réconcilié. Doum a toujours aimé que je porte des boucles d'oreilles, il m'a dit, deux-trois fois, « c'est sexuel, Liz ».

Je regarde la télé chez moi, pour le travail, je ne suis pas souvent seule, j'ai des journées compliquées. Je jongle entre les disponibilités de mon Leibo, le boulot, la nuit, les sorties, le dimanche, les repas, les articles. Les vacances.

Je mets toujours deux traits sur les paupières, c'est un porte-bonheur. Je lis trop, je n'ai pas de livre préféré, ça c'est pour ceux qui n'en font pas leur métier. Je suppose que, comme tout le monde, la quarantaine me guette. J'ai la répu-

tation d'une dure. Je pardonne ponctuellement.
Étrange à quel point les gens qui vous en veulent ne se doutent pas combien vous n'allez pas
bien, vous non plus, des fois.

J'ai un nez.

Les pommettes hautes, problèmes de coiffure,
cheveux raides, un peu de gras dans les mollets,
du sport. Régime confort. Qu'est-ce que je fini-
rai par faire ? Dans le monde, il y a des individus définitifs et d'autres, qui ne sont que des
courroies de transmission. Il est évident, à mon
âge, que je relève de la seconde catégorie. Je le
ferai comme il faut.

J'ai beaucoup aimé Willie, c'était ma première
catégorie. Il faut que je le rende bien, j'ai déjà
pas mal donné. Et moi ? Ce sera histoire d'être
là pour lui, encore une fois.

LA JOIE ET LA MALADIE

5

Les années quatre-vingt furent horribles pour toute forme d'esprit ou de culture, exception faite des médias télévisuels, du libéralisme économique et de l'homosexualité occidentale. Dominique Rossi ne s'intéressa pas du tout à l'économie libérale. Plus tard, il regardera quand même la télé.

Ce fut la Grande Joie ! Il répétait toujours ça. Est-ce que c'était une période inédite de l'évolution de l'humanité ou un cycle régulier de libération, d'émancipation des homos, j'en sais trop rien.

« Ça ne ressemblait pas tant que ça à la Grèce antique, et plus du tout à Oscar Wilde », rigolait Doumé, devant un verre de bourbon.

Il était à New York, il était à Londres, il était à Paris.

« Rétrospectivement, je vois bien les années où le fric devenait une valeur sociale démocratique, où la Bourse, l'apparence, le look, le toc, le mauvais goût s'exprimaient dans une grimace généralisée de la planète, au grand jour. Esthétique pub de néons et de premiers écrans d'ordinateur Atari, fuseaux fuchsia, PAO et synthétiseurs. Le clinquant. »

Doumi éclate de rire.

« Nous… Pour nous, ça avait la couleur de l'amour — mais j'avoue que si j'avais été hétéro, ça aurait largement ressemblé à la fin de toute intelligence et à la couleur de l'enfer.

« Mais moi, je baisais à l'époque, et on dansait. Ce n'était pas con, non, non. On sortait au grand jour, on s'éclatait, on avait le sentiment de l'appartenance. C'était la communauté, mais ça paraissait plus un univers qu'une prison. Ça a changé, par la suite. On comprend que c'est la même chose, au bout du compte. »

Dominique regardait ses pilules, toujours, avant de les avaler. Combien de fois il s'est trouvé assis sur ce fichu canapé, les grandes jambes déployées sur le canapé rouge cerise, à côté de la chaîne stéréo. Il réfléchit.

Ce photographe l'a conduit au Palace, merde, jamais il avait ressenti ça. C'était un petit étudiant à lunettes, en chemise, même s'il était baraqué, on se sent toujours un enfant la première fois, et il marchait dans un couloir, avec le son des enceintes, les basses, surtout, qui vous prenaient au ventre ; il avait eu l'impression de marcher au milieu de colonnes et de soldats d'un temps ancestral, vers une arène. C'était violent, ça faisait mal, mais il y avait déjà le plaisir de penser que ce serait peut-être bon *ensuite*, un peu plus loin. Il allait pénétrer sur la piste de danse, la musique vous saisissait à l'estomac, il crut même franchement qu'il allait gerber, puis il a compris qu'il valait mieux se laisser ingurgiter par le son, comme un cœur géant qui nous faisait tous vivre et vibrer, à l'unisson. Il avait oublié Chostakovitch, Fauré, le bop et l'after-punk, tout ce qu'il connaissait, cette musique était vivante, elle était débridée, libre et contraignante à la fois, bien habillée et indécente. Il a appris à danser les mains au-dessus de la tête, et le pantalon sous les genoux, ensuite. Il a compris, comme chacun dans sa propre vie, qu'il était un corps. Il faisait des expériences, sur son corps. Il dansait — ce n'était pas agréable, au début, parce qu'il y pensait, puis il oubliait, et c'était bon parce que ce n'était plus bon, non, non, c'était bien plus que ça. Au diable le reste.

Et il jouissait.

« Merde, qu'est-ce qu'on pouvait jouir, à l'époque, je crois pas qu'on jouisse encore comme ça, aujourd'hui. »

Il ricana, se traita de jeune vieux con, de vieux jeune con. Il avait assez de conscience pour vous empêcher de le juger. Un temps. Un temps seulement.

« Ce qui était joyeux, ce n'était pas seulement la musique, la *house nation*, la disco déjà, avant, ou la baise. C'était même l'amitié, la philosophie, les fringues, les poils, la nourriture, les couleurs. Merde, tout était joyeux. Et en plus, on le disait, c'était politique. On avait laissé tomber les partis,

Trotski, les discussions et les "ouvriers". C'était sexy, tu saisis ? On baisait, on était politique. Tu embrassais un mec, tu faisais la révolution d'Octobre. C'était individuel, privé — mais comme on était pédés, le privé c'était public. On avait même pas besoin de se faire chier à manifester, à discuter des stratégies de syndicat. On s'enfilait, on s'aimait, même, et c'était plus politique que l'assemblée. Bien sûr, ça finirait en libéralisme économique, tout est privatisé, individualisé. Mais à l'époque... Merde, je fais ancien combattant. »

Il sourit.

Il faisait la moue, il tripotait le magnéto. Il avait l'habitude. C'était lui qui faisait les interviews, au journal, dans les années quatre-vingt. Culture et politique, il racontait la vie de la nuit et la lutte des minorités.

« Ah, la *minorité*... C'était le bon côté de la démocratie, pas vrai. Le moment où être une minorité suffisait à détenir la vérité, paradoxalement.

« Le photographe m'a largué. Je m'en foutais, on n'était pas en couple, à l'époque. C'était nos sixties, notre foutue libération de mœurs. L'ecstasy, ensuite... On partait, on partait complètement... Non, je n'aurais pas voulu que ça continue forcément.

« J'aurais voulu que ça se termine pas comme ça, c'est tout. Rétrospectivement, ça donne un mauvais goût à toute la sauce, tu comprends ? »

Doum va au balcon, il est maigre ces derniers temps, et c'est naturel. Il respire l'air frais du soir, près de République. Il ne fume plus. Il déballe un chewing-gum à la menthe.

« Un chewing-gum… Regarde, je déballe ça comme une capote, à force de faire les démonstrations. Les démonstrations, seulement, rien d'autre. »

Il pose les mains sur ses hanches, marron sur le fond noir de la nuit, debout à côté de la baie vitrée et des plantes vertes.

« Tu sais, tout ça, toute cette joie, la communauté, baiser, danser, la politique et ce goût qui reste… C'était l'impression d'être la bonne part de l'époque, les hétéros, les gauchistes, les intellos, les femmes, tout le monde était trop triste, ces années-là, il n'y avait rien de fusionnel, à part la famine en Afrique et Nelson Mandela. Nous, il nous suffisait de faire ce qu'on voulait, ce qu'on désirait, et c'était à la fois bon, beau et vrai. Quand tu fais ton temps, tu ne t'en aperçois pas, tu fais l'avenir. Un jour, tu t'aperçois que cet avenir que tu construis, c'est juste ce qui va devenir un jour passé, dépassé, c'est le fait d'être, c'est le fait d'incarner une époque, un temps, un moment, et là c'est fini, oui. C'est mal fini. Tu te mets à réfléchir quand tu baises, t'as envie de baiser quand tu réfléchis, alors qu'avant c'était la même chose. C'était la Joie, tu vois, je ne sais pas comment dire. Tout ce que mon éducation, tout ce que mon père aurait considéré comme bête, futile, superficiel ou égoïste, ça devenait, comme par magie, intelligent, décisif, profond et politique. Aimer un homme, le désirer, jouir de lui, le faire jouir. C'était fou. Ça devenait plus artistique que d'écrire un bouquin, plus intelligent qu'un livre de philo, plus beau qu'une peinture ou qu'une symphonie, et plus juste que de défendre les pauvres. Merde. »

Il a fermé la porte, et sur la vitre le salon s'est reflété couleur d'ambre, sur le fond du ciel étoilé, moi au milieu, en tailleur sur la moquette un verre de gin à la main. Je l'écoutais. Il n'avait personne d'autre à voir. On était juste tous les deux. Et pour la chronique du journal, le lendemain, qu'on écrivait à quatre mains — histoire de justifier le salaire, hein ?

« On regarde la télé ? »

J'allume. Voilà où on en est.

6

« À Vienne, en 1872, le docteur Moritz Kaposi diagnostique une certaine maladie de la peau, le sarcome qui porte son nom. Cinq hommes mûrs sont touchés.

« À Naples, dix ans plus tard, le docteur Amicis en décrit douze cas.

« Et puis le poulet. En 1908, Ellerman et Bang découvrent qu'un extrait filtré de la leucémie du poulet sur lequel ils ont expérimenté déclenche un processus cancéreux dans la cellule.

« Le docteur Francis Peyton Rous, en 1911, parle d'un rétrovirus.

« Il semble que le virus possède une branche d'ARN qui court-circuite la retranscription des branches d'ADN de nos cellules grâce à une certaine enzyme : l'ARN du virus est un faussaire absurde qui nous fait adopter sa propre signature. Et non seulement il trompe notre corps, mais il n'arrête pas de se tromper : il mute.

« Il a vingt-cinq ans, il est marin. Il meurt en 1959 à Manchester, avec pneumonie, infection à cytomégalovirus, fissure anale et sarcome de Kaposi.

« Cela, évidemment, on ne le savait pas. Les choses, des fois, progressent dans l'ombre et l'inconscience bien avant leur apparition, et leur prolifération, soudaine, terrible, incontrôlable, n'est que l'effet décuplé d'un puissant serpentement dans l'obscurité la plus totale, des années auparavant. »

C'est ce qu'écrivent Dominique Rossi et Jean-Philippe Laporte dans un numéro de *Blason*, vers la fin des années quatre-vingt.

À part Dominique, je ne connais personne aujourd'hui qui soit un survivant de la période.

« C'était tout autre chose, vois-tu. À *Pur Dur*, juste avant *Blason*, il y avait des gens de mon horizon, des gauchistes, des intellectuels. On allait chercher les textes de Foucault, Fernandez, Duvert, et Sartre, encore, toujours. Tu sais, maintenant, Francis, Jean-Philippe, Jean-Luc, ils n'ont même pas supporté, vers 82-83, le passage à *Blason*, à une autre génération. Il y avait de plus en plus de publicités, de trucs un peu putassiers, avec le minitel, mais il fallait l'assumer, c'était nouveau, ça nous représentait. Ils ne comprenaient pas. Je me souviens de Jean-Luc, mourant, qui me disait, maigre, marqué, méconnaissable, à l'hôpital : "Je sais que tu as raison, Doumé, je sais. Mais à mon goût, c'est devenu un milieu pourri par le consumérisme, le superficiel, le parisianisme." Il avait du mal à respirer. "Je préfère me souvenir."

« Il avait dans la tête le Sud-Ouest, d'où il venait, les terrasses de café, les bastons avec l'extrême droite, son premier amour, le FLH, le Front de libération homosexuelle, et tout le petit underground. Il n'était jamais allé aux États-Unis. Il ne voulait pas de cette communauté. "Je préfère me souvenir", il disait.

« "Les premières années nous auront comblés", et il reparlait des premiers numéros de *Pur Dur* dans les années soixante-dix, de l'odeur du cuir, des imprimeurs, des souscriptions, des rapports avec la Ligue, et du premier amour. »

Dominique se gratta la lèvre là où il aurait dû porter la moustache.

« J'en ai vu finir comme ça, par paquets. L'hécatombe, surtout après 87. C'était l'horreur, jusqu'à ce que je rencontre le Will. »

Il se redressa dans son fauteuil en osier, tire-bouchonnant ses chaussettes.

« La première fois qu'on en a entendu parler, je veux dire sérieusement, c'était en 1981, cela faisait quelque temps que la rumeur courait aux États-Unis. On était revenus, en pleine victoire de Mitterrand.

« On mangeait ensemble, Jean-Philippe, Francis, Jean-Luc, Lionel et deux autres, je crois. J'étais le petit jeune, à l'époque. C'est Éric qui est arrivé, il secouait la tête. Il venait de s'engueuler avec Gilles, un de ses proches, vraiment, un bon ami, qui travaillait à Claude-Bernard. D'après Gilles, on y soignait un steward pédé, pour une infection pulmonaire, et Gilles, qui avait des contacts avec Willy Rozenbaum, qui était alors chef de clinique assistant, disait qu'il y avait des connexions avec un article, paru dans la *MMWR*. Merde, on l'a lue, un peu plus tard, la *MMWR*, *Morbidity Mortality Weekly Report*, c'était le bulletin médical, à Atlanta, du Center for Disease Prevention and Control. Tu vois, je me souviens des noms, j'ai pas tout perdu. »

Il s'étouffa.

« Il a bien fallu qu'on apprenne la médecine, tout ça. Tout le monde s'en foutait. »

Il s'essuie.

« Moi qui ai jamais rien branlé en biologie.

« On parlait d'un cancer homo, et il y en avait pour dire que c'était lié aux poppers. Ça, on les utilisait — c'est sûr.

« Jean-Luc, plus que Jean-Philippe, qui doutait vachement, a voulu qu'on réagisse. C'était évident pour lui, et pour beaucoup d'entre nous, qu'il s'agissait d'un truc politique, idéologique, pour permettre le flicage, le fichage, la fermeture des lieux de sociabilité pédé. C'est un retour à l'ordre, ils sonnent l'heure, il disait.

« Il y avait ce gars, François, qui était le président de l'Association des médecins gais et qui a finalement un peu écrit des trucs à tort et à travers dans *Pur Dur*, sur la maladie, comme quoi aussi c'était une création protofasciste de l'État hospitalier, et puis tu comprends, on lisait Foucault, et c'était une sorte d'évidence, tellement on était cadrés, mis en minorité, qu'il y avait forcément quelque chose de stratégique là-dessous. Il n'y avait pas de hasard, et pas de Nature.

« La Nature… Le corps, on se l'est pris en pleine face. On peut toujours continuer à dire que c'est une maladie politique, ça c'était bon quand j'étais, quand j'avais, tu vois, les couilles, maintenant quand t'as ça partout, que t'as l'impression que tu seras plus qu'une enveloppe vide et fripée, que ton intérieur est autant ton ennemi que l'extérieur et que tes putains de cellules te lâchent, je peux te le dire, c'est une autre histoire. Tu sens la Nature, et tu sens que tu meurs. Je l'ai vu à chaque fois, dans les yeux des mecs. Jean-Philippe a court-circuité Jean-Luc, et Francis, qui partait au Mexique, pour qu'on aille faire l'interview du premier mort. Enfin, à ce moment-là, il était pas encore mort.

« C'était en 82. Il y avait toute cette ébullition qui montait, même dans les journaux. Gallo avait déjà isolé le premier rétrovirus humain depuis deux ans, le HTLV-1, mais on avait pas encore le HTLV-3, autrement dit le LAV. L'ordure. J'avais lu, mais je ne comprenais pas encore, cette histoire de lymphomes et de leucémies T. Je me souviens d'avoir été surtout marqué par l'idée que l'oncovirus, celui de Gallo, il "immortalisait" les cellules cibles, les fameux lymphocytes T. Il les immortalisait. Médicalement, j'avais aucune idée de ce que ça voulait dire, mais j'ai rêvé sur l'expression, assez longtemps.

« C'est par Gilles qu'on avait accès à la documentation. Il essayait de nous expliquer : le sarcome de Kaposi, la pneumonie à pneumocystis chez les homos. On se foutait sur la gueule dès qu'il disait "chez les homos". Il avait une de ces patiences...

« Il est mort dans un accident de voiture, en 88. C'était un type bien.

« On savait, dans les milieux les mieux au courant, dès fin 81-début 82 que ça ne touchait pas que les homos, on commençait à appeler ça le Syndrome d'ImmunoDéficience Acquise. Bon Dieu, quelle merde, d'où ça pouvait venir, cette saloperie, quand même pas des singes ?

« Un père de famille de cinquante-neuf ans était mort à Denver. Charles Mayaud, Jacques Leibowitch, Odile Picard avaient émis l'idée que ce n'était pas lié à l'homosexualité ; bien sûr, nous, au début, on croyait qu'ils voulaient dire une "tare", quelque chose de génétiquement homo, et c'était le sperme, le sang, les saletés de sécrétions, pendant qu'on baisait. L'amour lui-même. Merde, le moteur de toute l'affaire. Le truc, notre truc. Maudit — et on croyait même pas à Dieu dans tout ça, à part quelques-uns. Maudit, par rien. Un fonctionnement, un dysfonctionnement. Et le virus. Ta peau qui fout le camp.

« C'est par Gilles qu'on a eu le contact avec le gars. L'équipe de Rozenbaum, qui suivait tout, qui allait mettre en place le Groupe de travail français sur le sida avec les immunos, les dermatos, les pneumologues, elle déconseillait qu'on aille le voir ; pour d'autres raisons, François ne

voulait pas non plus. On a fait vite. À la déro-
bée, presque, on est allés interviewer le type,
chez lui, rue de Clignancourt, en 82.

« Ça a été le choc. On était encore loin de
l'AZT ou des trithérapies, il y avait le sentiment
qu'on pourrait tous crever et qu'il n'y avait rien
sous nos pieds, pour nous retenir. Le type était
supermal. C'était horrible. J'en ai encore la
gerbe. On a essayé de discuter, il avait le regard,
les yeux au milieu du visage, qui fanait complètement — comme tous les autres après lui. Il ne
nous a rien dit, au fond, mais on a compris. Il
est mort avant la fin de l'année.

« Au début, ça tombait un peu au hasard,
individuellement, sans régularité. On en connaissait un par an. Il y avait cent morts aux États-
Unis rien qu'en 82. On remontait aux cas les
plus anciens — vers 74. On parlait du Zaïre.

« Pendant, allez, sept, presque huit ans, j'ai
vécu avec, comme on vit avec une guerre à l'autre
bout de la Terre, puis en Europe, dans son propre pays. À la fin des années quatre-vingt, au
moment où on s'est rencontrés, ils étaient tous
morts, tous ceux que je connaissais, ceux du
début. Toi, tu commençais. Jean-Philippe, Jean-
Luc, François — comme Hervé ou Jean-Marie.
Tous. C'était l'hiver. On les voyait dépérir, physiquement, très rapidement. On apercevait les
premiers signes, ils avaient le masque, très vite,
et puis on sentait qu'ils étaient pris de court, ils
ne pouvaient pas s'agripper, et puis à quoi ? Ça

53

ne durait pas. Il y avait la visite à l'hôpital, et puis le cimetière.

« J'ai eu, tu vois, comme l'envie de ne pas vraiment connaître ça, un peu par lâcheté, et je me suis détaché des vieux, entre guillemets, ce n'était pas mon âge. J'ai fait la connexion avec la jeune génération, je sortais. Je n'allais plus à l'enterrement des anciens, ceux des années soixante-dix, les militants. J'en ai vraiment eu la culpabilité. Mais, quelques années, pendant que la maladie s'étendait, je peux dire qu'au moins j'ai connu la joie. Je laissais la chose proliférer, j'ai bien profité des feux de la fête, je n'ai pas à regretter. C'est bien, c'est bien, en tout cas ça l'était.

« Évidemment, il reste le souvenir, il faut faire avec. Il y a aujourd'hui une nouvelle génération, des mœurs, un comportement différents, et tout ce que pouvait représenter quelqu'un comme… Enfin, tu le sais bien. Je préfère me souvenir, faire un peu le vide. »

Il but une gorgée de cidre.

Il a souri.

« Les premières années m'auront comblé. »

7

Dès 1986-1987, Doum a fondé, sur le modèle américain, une association d'activistes homos, à la fois pour soutenir les séropos, pour interpeller les pouvoirs (car il apparaissait alors qu'il y en avait plusieurs, comme disait Foucault, qui venaient de mourir) et pour défendre les gays, les lesbiennes et toutes les « fractions » qui commençaient à bourgeonner : queer, trans et tous les trucs du genre.

Ils ont été trois à l'aider à mettre sur pied Stand (qui s'appelait à l'origine Stand-UP : Section Transgenre d'Attaque de la Norme et de Défense de l'Union Pédé) : Éric, un artiste, écrivain, homme de théâtre, Rico, un commercial, proche de la pub, et Philippe, vieille figure de la communauté, presque un ancien monsieur en pardessus, ancien surréaliste, amateur de photos, rentier, proustien, et qui prêtait son appartement près de Rambuteau.

Tout est parti d'une violente engueulade avec Daniel, l'ancien du Parti, à qui Doum était venu demander un soutien politique. Daniel, qui se trouvait dans l'opposition et qui avait perdu son siège de député (il avait pris un emploi de couverture en conseil d'entreprise, dans l'immobilier), tentait de mobiliser les socialistes autour d'un réformisme rocardien — bref, quelque chose de politiquement important à l'époque, et qui ne signifie plus grand-chose maintenant. Il a dit à Doumé : « Je veux bien t'aider, O.K., mais qu'est-ce qu'on fait ? On proteste contre qui, contre quoi ? Contre la Nature. Qu'est-ce que tu veux qu'on fasse, à gauche, c'est une maladie, il faut laisser faire la science. » Doum n'a rien su répondre, il était effondré.

Il en a parlé à Philippe. C'est vrai, quoi faire.

Et puis, au moins, Rico a décidé d'organiser un rassemblement, tous allongés, devant le siège des socialistes, qui n'étaient plus au pouvoir, et là, Doum a fait un antidiscours. Ils se sont tous foutu du gros scotch noir sur la bouche et ils ont fait les morts sur la chaussée.

Ils avaient simplement affiché une pancarte : « Les morts ne parlent pas. Nous n'avons rien à dire. »

Bien sûr, ils s'inspiraient de l'activisme américain. Ils prenaient le contre-pied des manifs devenues traditionnelles, sans surprise, à l'âge où l'on voulait du nouveau, de l'événement. Ils n'attaquaient plus seulement le pouvoir, ils interpellaient la société civile, comme on commençait à prendre l'habitude de dire. Ils étaient peu, mais ça plaisait presque d'autant plus aux médias, les télés étaient là.

Daniel, en sortant de l'immeuble, a secoué la tête, refusant de répondre aux caméras : « C'est la fin de la politique, c'est du pur spectacle. Excusez-moi. »

Ça a foutu Doum hors de lui, il s'énervait facilement. Il l'a dit à Philippe. « Et c'est Dany qui nous fait la leçon, merde. » Lui, le combinard, le foutu stratège, un labyrinthe dans la tête, les idéaux passés derrière les yeux, le sens du pouvoir ancré dans les tripes, et le ventre qui prenait du poids.

Doum a arraché son gros scotch de déménageur, il n'avait pas de mégaphone, pas de banderoles, ce n'était pas une manif à l'ancienne, ça non. Il s'est levé, il a pris à partie les télévisions, et il a dit :

« On n'a rien à dire et on nous censure, on devrait se laisser faire, et laisser faire la direction, le parti, l'État, papa, et toutes les institutions paternalistes.

« Ce qu'on veut, nous, pédés, je vais vous le dire, on veut vivre. Et ce que vous voulez, vous, je vais vous le dire, c'est la mort des pédés, c'est qu'il n'y ait plus de pédés, l'extinction de la race, le mot et la réalité. On nous dit d'attendre comme des petits garçons, d'être bien sages et responsables. On nous dit que si on meurt, nous, c'est un peu de notre faute. Mais qui êtes-vous, hein ? Vous êtes l'Église pour nous dire que nous sommes coupables, et l'État pour nous dire d'être responsables ?

« Alors nous disons, nous, non, ce n'est pas naturel, nous allons tous disparaître, non, ce n'est pas la science qui veut généreusement nous aider ! Non ! Ce sont les labos pharmaceutiques, les responsables politiques qui doivent être mis sous pression, jour et nuit, comme nous ! Oui ! Brisez le silence, levez-vous ! *Stand up* ! Il faut agir, réagir ! Il faut que tout le monde se secoue ! »

Il a repris son souffle, les cheveux courts et teintés en blond, il a pointé son index plein écran :

« Et si je suis coupable d'être malade, vous êtes responsable ! Aimer est notre droit, nous sauver, c'est votre devoir. »

Voilà, au bout de cinq ans, c'était rentré dans les mœurs. Le sida était là, Stand aussi. On mourait, on protestait, on se protégeait, on donnait du fric, on cherchait. Ça faisait partie de la vie, de l'époque, du tout.

RENCONTRES

8

Pendant un an, Willie a dormi dehors, près de la gare du Nord et dans des squats de fumeurs de crack. Il avait appris à cracher sur le système.

Il s'est donné un genre. D'abord les cheveux rasés, et il s'est redressé ; il avait du torse, et une belle cage thoracique. Il disait qu'il était artiste, ce qui voulait dire : en rupture de ban. Il disait qu'il écrivait des *trucs*, il disait qu'il était en train de faire des trucs, des machins. Une sorte d'installation, comme les performers qu'il avait croisés en squat. Il voulait gueuler des mots sur une musique plus ou moins bricolée par des rockers, je crois. Mais il n'y avait plus de rockers.

Il vivait dans toute une mythologie qu'il ne maîtrisait pas. Il aurait voulu des tatouages, un groupe, un look, comme certaines images de James Dean ou de 2Pac, qu'il aimait bien, vendues dans le métro, à la sauvette. On ne savait pas trop. En fait, il était tout seul. Il disait toujours le contraire, bien sûr. Il ne sortait avec personne. Il était dans un local, il avait sa couverture. Il aurait bien aimé avoir un rat, mais il n'en trouvait pas. Il créchait au nord de Paris, toujours, et il répétait : « C'est O.K., c'est O.K., je suis sur un plan. » Même son langage, c'était emprunté. Il buvait de la bière. Mon Dieu, il était évident qu'il n'aimait pas la bière. C'étaient tous des clodos. Des restes de punks, quelques *baseheads*, aucune sociabilité. William était un gars gentil, timide, il se grattait la tête, il se rasait la barbe quand il pouvait. Il faisait la manche.

Il est devenu une sorte de personnage, mais pas encore. Je crois qu'il n'avait même pas conscience que ça allait mal pour lui. Il tenait à cette idée qu'il avait des amis, qu'il avait un projet, et c'était complètement faux. Il débarquait de province, il n'était pas musicien, il n'était pas écrivain, il n'était rien. Il aurait pu avoir une gueule de mannequin. Il avait cette habitude de baisser la tête, et de se gratter le crâne. Je connaissais Pierre, qui connaissait le patron de la salle, qui entretenait de bons rapports avec le local. Je cherchais à faire un portrait, un original, pour le petit journal, sur un marginal, mais un peu ridicule, histoire de se marrer.

C'est lui qui m'a dit : « Il y a un rigolo, un paumé, il écrit des textes imbitables, il veut les lire, il a des théories, il nous fait chier au bar, régulièrement, si ça t'intéresse pour ta revue, je crois que c'est un cas. »

C'était une revue de merde, très prétentieuse, pour se moquer des gens. Un truc pour faire bouger du papier, question tendances à Paris. Un truc d'étudiant, qui croit au mot « avant-garde », pour se donner un genre de phare des masses. J'étais en train de lâcher l'affaire, Dominique, rencontré grâce à Leibowitz, m'offrait une place à *Libération.* J'allais pas dire non.

J'ai dit oui, de toute manière j'étais en train de lâcher l'affaire. C'était mon dernier *Portrait Ovni*, des figures de la nuit, en avant-dernière page, sur deux colonnes.

Il bafouillait et il sentait mauvais. Il s'exprimait mal, si tu regardais de biais, il était beau. J'ai dit : « C'est toi, Willie ? » Il n'a pas dit oui. J'ai éteint le magnéto. C'était dans un concert sur une péniche, les quais de Seine. C'était évident, en fait, qu'il était beau, il n'était pas à sa place — rien que la manière de s'asseoir sur le tabouret, déjà, une fesse dans le vide.

Je lui ai offert une bière. Il était mal fringué, c'est rien de le dire, mal à l'aise, mal foutu.

Il déblatérait des choses que je ne comprenais absolument pas. Rien du tout. Il était révolté, il ne le savait même pas. Y avait rien de politique, rien d'artistique dans ce qu'il disait. Il n'était pas cultivé. C'était de la bouillie. Il était jeune, il avait pas vingt ans, à mon avis.

C'est moi qui lui ai dit, comme ça : « Pourquoi t'es pas pédé ? » Ça me semblait une sorte de vérité.

Je pouvais pas coucher avec lui, comme je l'ai d'abord pensé, deux ou trois minutes, c'était joué. Il n'a pas compris. Il a dit : « Je ne suis pas, je ne suis pas. »

Bon, je l'ai pris par l'épaule, je lui ai dit : « T'es quoi, en fait ? » J'avais vingt ans. J'avais l'impression d'en avoir vingt de plus que lui. J'étais pigiste à *Libé*, j'avais presque ma place, à l'époque, j'étais casée, j'avais fait mon stage pour Sciences-Po. C'était bien, professionnellement parlant.

J'avais l'appartement, vers Bastille. C'est pas comme si on était sortis ensemble, mais je l'ai sorti, ça oui. Il s'est installé chez moi, une, deux semaines.

On riait bien, à l'époque. Il savait rire, William, mine de rien, mais de manière bien précise. Je lui faisais porter mes robes de soirée. Il était très poilu. Je me souviens de la première fois où je lui ai demandé si ça ne le gênait pas, il s'est épilé ensuite — la plupart du temps. Il aimait les perruques, les bijoux. Je me souviens, les premières fois où devant moi, j'étais affalée dans le canapé, couleur cerise, il m'a joué la salope. C'était un putain d'acteur. C'est difficile de se rappeler à quel point il était rigide, coincé, à l'époque, quand on l'a connu par la suite, mais ça se voyait qu'il y avait ce blocage.

C'était un beau mec, un peu rasé, parfumé, avec deux ou trois bijoux et un tee-shirt bien net comme il faut. Je sifflais, le salaud. Je dormais dans ses bras, en ce temps-là. Il était raide.

Il vivait complètement dans le passé. Le genre à aimer la poésie, à en écrire, comme Verlaine, comme Rimbaud. Il écoutait du rock, il parlait des punks. Il n'avait rien connu de tout ça. Il était pudique, violemment recroquevillé. Il aurait détesté tout ce qui était disco, indécent, sexuel. Je me foutais de sa gueule. Je n'avais aucune pudeur. Je me baladais à poil dans l'appart. Je lui parlais de Leibowitz, que j'avais peur d'avoir blessé, que c'était un homme si sensible, que je le respectais, que je ne voulais pas gâcher cette relation... Moi aussi, j'étais pudique, et tout ce genre, à ce propos. C'était à peine les années quatre-vingt-dix, il faut dire.

Il m'écoutait sans rien dire, à son habitude, assis, les avant-bras pendus sur les cuisses. Il se mettait à parler d'un coup, d'un seul, et il parlait de manière très vague, très générale, comme s'il voulait dire quelque chose de vrai — il n'y arrivait pas, évidemment. Il ne parlait pas de son passé. Il évoquait toujours un avenir très vague, semi-messianique, un peu absurde.

Quand je l'avais fait boire, il se grattait le sexe, il riait, sèchement, et il faisait son strip-tease. Il prenait mes écharpes, ma lingerie, mes bagues et mes colliers. Et putain, ça lui allait.

Après, quand il se réveillait, il toussait, il allait à peine prendre une aspirine, à l'époque, il n'avalait rien. Il lisait de la *philosophie*.

Je l'écoutais, il avait une manière de rendre compliquées même les idées les plus simples. Ce n'était pas Leibowitz. Il ne comprenait rien aux idées et à leur signification. Mais il avait une manière d'exister, déjà, en débitant ses conneries, qu'un Leibowitz n'avait pas.

Très vite, un samedi, après quelques jours, je l'ai sorti, plus ou moins comme un copain, en soirée. C'est là où il a croisé Doumé. Ce n'était pas prévu, planifié, c'était une sorte de hasard nécessaire. Doumé était devenu le Prince de la nuit à l'époque. Il était sorti avec Jimmy Somerville, il baisait comme un dieu, mais c'était dans cette période de transition où ça commençait à devenir triste, toute cette joie. William a fait l'inverse, il n'était pas dans le sens du vent, le gamin. Je crois que, d'une certaine manière, c'est ce qui a ému et ce qui a tué le Doumé.

9

Je l'ai réveillé, je l'ai remué, je lui ai dit : « Je sors faire un reportage, un portrait, ça te dit de venir avec moi ? Sortir un peu ? Rencontrer quelqu'un ? »

Will ne disait jamais vraiment rien, il a suivi.

C'est Dominique qui passait me prendre en bagnole, on allait faire un papier sur un restaurateur, un grand cuisinier, deux étoiles au Michelin, qui lançait une « Cantine démocratique », dans plusieurs endroits, un concept pour les travailleurs, et tous ceux qui n'avaient pas les moyens d'accéder à la cuisine des chefs, en recyclant des grands plats à petits prix. Voilà où en était *Libé* — à faire son portrait.

Doum était toujours en chemise, lunettes noires, il conduisait une vieille Dauphine, qu'il soignait bien. C'était un style.

« Ah, salut… Liz ? »

Il a jeté un coup d'œil vers Willie, derrière moi, les mains dans les poches. Il faisait beau.

« C'est lui ?

— Oui, j'ai dit discrètement.

— Salut William, enchanté. »

Willie a tendu la main, Dom avait une sacrée pogne.

« O.K., on va vers la vallée de Chevreuse, Gériolles crèche là-bas, ça promet. »

William, assis au fond, avec la ceinture de sécurité, a demandé : « Ben pourquoi ? »

Doum-Doum rabaissa le rétroviseur intérieur, en le recyclant, mâchant son chewing-gum : « La vallée de Chevreuse, si t'y habites, c'est que tu n'es pas très pauvre.

— Ah... O.K. »

On a roulé. Doum foutait la musique à fond.

« C'est quoi ?

— Paul Oakenfold, un mix exclusif, et puis Mike Pickering, une sélection perso de la Hacienda.

— C'est quoi, comme musique ? »

Willie restait tout droit, à l'arrière.

« De la house européenne. Ecstaaaasy, baby. C'est la musique de demain. Si tu trouves ça bien, c'est que t'as de l'avenir. Sinon, t'appartiens sans doute au passé.

— Ah... »

Il passait ça sur un ghettoblaster, posé devant le passager avant, moi en l'occurrence. J'ai tenté de faire la conversation. Doum n'arrêtait pas de regarder de travers, derrière ses lunettes noires, vers l'arrière.

William cherchait à parler, mais il était silencieux.

« Voilà, on arrive. »

On patienta dix minutes à la grille, parmi des taillis et des bosquets touffus, le long de vieilles pierres bien sûres d'elles.

Il s'avéra que ce Gériolles était un sombre abruti, évidemment. On lui a posé quelques questions d'usage sur son enfance, il est parti dans de longues tirades tire-larmes sur ses parents, son enfance, et lui, lui, lui, très modeste, son attachement pour ses origines, et tout ce qu'il disait de concret aujourd'hui puait le parvenu passé par trois leçons de marketing. Je prenais des notes. Il parlait beaucoup des gens qui parlaient de lui. Et on lui servait la soupe.

Il comptait faire sa marge sur la présentation, le décor, la vaisselle, et le personnel. C'était exactement ces années où les interviews journalistiques commençaient à ressembler à des communiqués d'attaché de presse et où vous sentiez, sans encore la cerner, monter l'impression de parler à quelque chose d'enregistré et d'appris mécaniquement, derrière les lèvres que vous voyiez encore bouger. On a vite compris qu'au fond de l'affaire gisait le désir de mettre sur pied une banale marque, une vague ligne de produits qui porteraient son nom, sa signature, et qui finiraient en supermarché, rayon plats en sauce.

Will a demandé s'il pouvait aller aux chiottes. On l'avait présenté comme notre « assistant », il tenait le magnéto. C'est pas qu'il me foutait la honte, mais...

Quand il est revenu vingt minutes après, avec

un visage « ça va mieux », je lui ai jeté un regard noir — et on est repartis.

Il nous a tous serré la main avec la certitude qu'il pouvait nous remercier de notre attention — j'ai eu peur un moment, parce que Will n'avait pas précisément l'habitude de faire gaffe à son hygiène. Gériolles nous a invités à la première de sa cantine, en allant même jusqu'à nous assurer de l'importance de notre avis.

Le journalisme vous pousse à penser que c'est toujours ce genre d'individus qui réussit. Alors, de deux choses l'une, soit vous vous dites qu'il n'est peut-être pas si important que ça de réussir, soit vous réalisez qu'il vaut mieux admirer ces hommes et tenter de leur ressembler.

En ouvrant la portière arrière, Will a ricané. Il faisait frais et il apparaissait rose au milieu des pétunias, les chaussures grinçant sur les graviers gris. Il a sorti de sa poche une sorte de statuette, en se marrant, qui brillait — une toque en or.

« Qu'est-ce que c'est que cette merde, Will ? »

Il a baissé le regard.

« C'est un connard, non… ? »

J'étais verte, il avait piqué son trophée à ce pauvre type. J'ai commencé à lui faire la leçon, j'allais exploser.

« Putain, tu te rends pas compte, si ce mec s'en rend compte, on, nous… Il a un putain de pouvoir… Je, je viens d'arriver dans ce journal, et je, si toi tu… »

Doum a ôté ses lunettes noires, il a éclaté d'un gros rire sourd. « O.K., O.K. », il a dit. Il a

70

passé paternellement la main sur l'épaule de Will.

« Bien, tu sais ce qu'on va faire ? »

Will a haussé les épaules.

« On va aller rendre ça à ce con. »

J'aurais jamais cru. Will lui faisait confiance. Dom a sonné, Gériolles s'est pointé tout sourire…

« Excusez-nous encore, vous avez oublié ça dans votre jardin. Faites attention. Ça rouille. Il y a de la ferraille sous le plaqué or. S'il pleut… Au plaisir. »

Gériolles a bafouillé.

« Euh, merci, merci… »

En claquant la porte de la bagnole, Will interrogeait Doum du regard. Il a démarré.

« T'inquiète donc pas, William. T'as des choses à apprendre. On va le coincer. Mais pas en volant ses trophées plaqué or. C'est bon pour les perdants, on finit en taule, avec ça. »

Il a redressé le rétroviseur.

« Non, non. Il y a le langage pour ça. On va l'assassiner par écrit, dans l'article. On va faire rire. C'est ça qui tue. Ça lui fera bien plus mal. Il faut savoir se servir du langage, de la culture, et… »

Il a tapoté de l'index sur la boîte crânienne.

« De l'esprit, William. »

Il roulait vers Paris.

« C'est ça qui anéantit quelqu'un. Il faut apprendre, William, il faut être plus malin que ça. Moi aussi, j'ai envie de me le faire. Mais moi, je sais comment. »

William a ouvert grand les yeux, les bras pendants.

Au bout d'un moment, Dom a jeté négligemment :

« Tu passes à la maison ce soir, je te montrerai comment on fait la chose. »

10

Leibowitz est devenu célèbre, au milieu des années quatre-vingt, grâce à un livre qui n'avait rien à voir avec ses réflexions politiques de ce temps-là, en tout cas en apparence. Un livre sur l'amour.

Même le président Mitterrand avait lu *La Fidélité d'une vie, Essai sur la promesse et le temps présent*. Il en parle dans un entretien avec Jean Lacouture, et c'est Robert Badinter qui rapporte l'anecdote… Le Président aurait dit : « S'il avait été faire un peu le guignol au Cambodge ou en Afghanistan, histoire de voir un peu la réalité aussi, j'en aurais fait mon Malraux. »

Bon. Leibowitz passait bien à la télé. À l'époque, il avait des cheveux. À la télé, c'est important.

Le livre disait, en gros, je m'en souviens, je le lisais en boucle : les temps modernes ont le culte de la relation éphémère, de la liberté de choisir ses partenaires, la désillusion face à l'essentiel, et nous avons tous autant que nous sommes perdu le sens de la promesse. Promettre, c'est engager l'avenir, l'avenir de toute une vie dans un moment, un seul. Et Leibowitz disait que le temps, le vrai temps, bien sûr, n'était pas la succession d'instants où l'on penserait : je l'aime, puis je l'aime pas, puis je l'aime, mais une durée promise — aimer, c'était s'engager à aimer même quand on n'aimait plus tout à fait, par respect pour la promesse d'avoir voulu toujours aimer. Et ce temps-là, le temps promis, c'était la seule résistance possible au temps charcuté, divisé en petits morceaux de fausse liberté par la société de consommation, l'individualisme, la civilisation de l'instant et l'hédonisme contemporain. Bien sûr, ça ne voulait pas dire qu'il ne fallait pas divorcer ou tromper, non, mais qu'il fallait réapprendre la durée amoureuse, la durée de la promesse et la fidélité au sens : être fidèle à quelque chose de passé, parfois, même et *parce que* c'était passé. Le livre était court, parsemé de citations de Husserl, Levinas, Ricœur, Kundera et même Derrida. On salua cette érudition et puis beaucoup de gens se l'achetèrent. C'était le bon coup à offrir à une nana, ça c'est sûr.

Quand j'ai su qu'à Sciences-Po, j'aurais Leibowitz comme prof, je me suis baladée avec le bouquin dans la poche intérieure de ma veste, en permanence.

Je ne l'ai pas relu, ensuite.

Le soir où il m'a invitée au restaurant, il avait déjà moins de cheveux. Par rapport à la télé. Il

m'a dit, les yeux au niveau du verre de vin :
« Vous savez… »

Je lui ai dit pour le livre — que je l'avais toujours sur moi.

Il s'est pincé très fort l'arête du nez, comme il fait toujours quand il va pleurer, et il m'a dit :

« Vous savez, ce livre, c'est terrible, je n'y crois plus. » C'est ce qui l'avait rendu célèbre.

Il sanglotait.

« Il y a mon nom sur cette foutue couverture, mais je n'en signerais pas un mot. »

Je l'ai consolé, je l'ai pris dans mes bras, pour la première fois.

Et ensuite…

Eh bien, le livre est dans ma bibliothèque.

11

C'est la seule chose que je n'ai vraiment vue que de dehors, dans toute cette histoire.

Ils se sont aimés cinq années, à peu de choses près. On les voyait, bien sûr, régulièrement. Je ne peux dire que ce que j'en ai aperçu, et un petit peu plus. On les voyait moins, néanmoins. C'était une période d'explosion au grand jour de la communauté pédé, et en même temps de repli.

Ils sortaient, ils avaient les connexions, le Dépôt n'existait pas encore. On rigolait parce que c'était un couple, quand même. Doum cassait la gueule du mec qui allait draguer de trop près Willie, parce que Willie était très beau, il prenait de l'assurance, il avait de la carrure, il se musclait.

À l'époque, au début des années quatre-vingt-dix, on voyait la Gay Pride, et la cause pédé qui se faisait entendre de plus en plus fortement. On apercevait souvent Doum à la télé. Il représentait Stand, l'asso, vigoureusement, il dirigeait *Blason*, le magazine qui paraissait maintenant dans les kiosques, et qui n'était plus à strictement parler underground.

Ils avaient un appartement vers Saint-Paul, ils vivaient plutôt bien. Leur appart était un point névralgique. Moi-même, je venais quand je pouvais — j'étais pas mal avec le Leib, à ce moment-là. Il y avait les soirées, la fête — mais la reconnaissance de la cause pédé et la liberté ne venaient pas de nulle part, c'était une sorte de contrepartie de compassion sociale, dont le prix était le sida.

Doum avait vu mourir en trois ans une dizaine des amis qu'il s'était faits dans les années quatre-vingt. Rico, Éric, Pascal — ils étaient décédés très vite. Le photographe, Francis, qui avait tant compté pour lui — il n'avait pas voulu qu'il vienne à l'hôpital pour le voir, à la fin.

William, je crois, ne comprenait pas tout à fait, ou alors il comprenait mieux, trop, que Doumé. C'est-à-dire qu'il était plus jeune, il n'avait pas côtoyé cette génération-là, à part du fait de Doumé, et il souffrait pour lui, mais il aurait voulu vivre ce qu'ils avaient vécu, eux : la Grande Joie. Doum remplaçait progressivement les soirées, et la baise, par des réunions. Stand prenait de l'importance, à tous les plans, et du temps. Willie a aidé, beaucoup je crois, à la mise en place, la vraie naissance de Stand sur les cendres des victimes d'alors.

Il aimait Doumé.

Ce n'étaient pas des victimes de la Grande Joie, c'étaient des victimes de la maladie, mais il se trouve qu'entre la Grande Joie qu'ils avaient goûtée et la mort, l'héritage que laissaient les cadavres, il y avait la maladie. « Et la maladie était devenue la grande passion pédé, en ce sens qu'ils la subissaient plus que tout autre affect », écrirait Will quelques années après. Doumé avait le visage un peu plus crispé et quand il toussait, on se retournait. Will suivait.

Au point de vue personnel, ils étaient des personnages. Pas l'un sans l'autre. William parlait mieux, c'est vrai, il s'exprimait, et il riait, Doumé lui apprenait tout ça. C'était toujours Doumi qui posait la main sur l'épaule de Willie. Il se contentait d'apprendre, de son côté.

Une fois, ils sont allés en voyage. Ils étaient partis à Venise. Doum riait au journal, à Noël, il disait que ça faisait couple et que c'était hétéro, Venise, mais bon, c'était beau.

En fait, tout le temps, ils allaient à New York. Doum ne menait pas la grande vie, mais il avait l'habitude du fric, juste l'habitude. Willie a découvert tout un tas de choses, presque tout, en fait.

Il portait deux piercings.

Sur mon canapé, ils s'embrassaient à pleine bouche, c'était l'anniversaire de Willie. Doum lui avait offert sous paquets-cadeaux argentés deux plantes et le livre de Nan Goldin. Doum faisait lire Foucault à Willie, et Doum connaissait tellement Foucault, je veux dire, il l'avait fréquenté personnellement, et il allait aux cours du Collège de France, qu'il ne lisait guère ses livres. Willie, lui, lisait tout ce que Doum connaissait sans plus le lire, sans plus y penser. Il avait lu dix fois, vingt fois, ce que Foucault disait sur la guerre — par Dominique, qui était ami proche avec Defert, il avait accès aux notes d'étudiants, aux archives, aux *Aveux de la chair*, avant que tout cela ne soit publié.

Une fois, en dansant, je les ai vus, c'est-à-dire que je les ai vus sexuellement. C'était plutôt Doum à cette époque, mais Will disait qu'ensuite il ne bandait plus, il ne pensait qu'au sida.

Doum savait qu'il était séropo depuis très tôt, bien avant de rencontrer Will. Je ne sais même pas si Will savait ce que ça signifiait, en ce temps-là, au tout début.

Je leur apportais le petit déjeuner au lit, et puis merci, salut. J'étais seule, quand Leibo partait au ski avec sa femme et ses enfants. Ils me mettaient dans le lit, et on matait la télé. J'ai l'impression que j'étais toujours plus triste qu'eux. Je m'en allais plutôt rapidement, pour les laisser ; j'avalais un pancake au sirop d'érable comme aimait les faire Domi, je fouillais leurs fringues. C'était un temps où ils cachaient leurs capotes.

J'étais plutôt seule.

Doumé disait souvent à Will en lui caressant la nuque, lentement : « On est heureux, c'est con, hein, on n'en fout pas une rame. »

Il continuait d'écrire des articles pour *Libé*, mais sa vie c'était Stand désormais. J'avais pris sa place pour le culturel, au journal. J'écrivais un peu sur tout, je travaillais beaucoup.

Je ne sais pas *comment* ils ont été heureux, c'est précisément le genre de choses privées qui ne sont plus ce qu'elles sont quand on les voit de dehors, quand on en parle et quand on les écrit.

CHACUN PREND SA PART

12

Doum avait placé Willie près de lui.

Il allait écrire des chroniques pour *Blason* ; ce qu'il voulait, libre. Doum les relisait, Doum les corrigeait.

Mon Dieu, je crois bien que c'était là le premier emploi de William depuis qu'il était parti de son école de commerce, à Amiens. D'ailleurs, il n'en parlait jamais.

On fêtait ça.

Ils vivaient comme on l'imagine, dans ces années-là. Près de la bibliothèque kitsch sixties, la fausse Lava Lamp, sur le pouf teinte sablée, devant la table basse design, au milieu des lumières, des loupiotes dernier cri, c'est Doum qui avait fait la cuisine, c'est Doum qui apportait le plat, le poulet. Et William attendait.

Poulet au chocolat et aux épices, à la Oaxaca. Willie prend le couteau en se curant la dent de devant, du bout d'un ongle, il coupe une cuisse, il se sert en premier, l'air de rien.

Je me rappelle que Doum se passait le pouce sur la moustache, en ôtant son tablier. Il s'est à peine retourné.

« Pourquoi tu te sers en premier ? Tu peux nous proposer ? »

Willie a claqué la langue, il était tout surpris, il a froncé les sourcils, écarté les mains.

« Ma… Quoi… Tu sais bien que… »

Il s'amusait.

« Non, justement, je ne sais pas. Ça ne se fait pas. On sert d'abord les autres ; ensuite on s'occupe de son assiette. C'est partout pareil, Will. Ton père te disait pas… »

Pff… Pff… Pff… Willie a fait éclater une bulle de salive. « O.K., O.K. Mon père, pff.

« Je prenais la cuisse pour te donner la meilleure part… »

Je fumais, je fumais. J'ai approché le cendrier.

« La meilleure part du poulet ? Tu veux dire le blanc ?

— Ben ouais, la meilleure part du poulet. »

Doumé a toussé, sa foutue toux grasse que j'avais tendance à détester.

« Tu te fous de ma gueule ? D'où tu sors que le blanc est la meilleure part du poulet ? »

Willie s'enfonce dans le canapé. Bien moulé. Il fait exprès de placer son pubis en avant. C'est une façon de dire, je crois, à Doumé : Ferme-la et viens. La meilleure part, tu sais bien.

« Non, non, non… Écoute, si tu veux savoir quelle est la meilleure part, tu me demandes, celle que je préfère, et tu me la donnes. Tu me demandes.

— Mais c'est le blanc qui…

— Non, c'est le blanc pour tes parents, peut-être, parce qu'ils achetaient du filet de dinde au discount du coin. Mais il y a pas de meilleure part, Will, il y a juste la part que j'aime, alors tu me demandes, tu attends pour te servir, et voilà, c'est pas compliqué.

— Tu fais chier. »

Will a tourné les assiettes. Il se comportait comme un adolescent. Il avait un anneau dans le nez et les cheveux ras, teints en blond.

Doum a soupiré. J'ai rigolé.

« J'aime pas la cuisse, chéri. J'aime le blanc.

— Ah, ah, Will a fait. Pourquoi tu m'as fait chier ?

— Parce que j'aime pas que tu te serves en premier. »

Il lui a caressé la cuisse, on a bouffé.

Six mois après, ils étaient séparés.

13

Dans les années quatre-vingt-dix, les parents de Leib habitaient à Maisons-Alfort, pas loin de la gare RER. C'était plus chic que tout ce qu'ils avaient connu, mais ça ne l'était pas tant que ça.

Leib en parlait tout le temps, tout le temps.

Oh ! Je ne dis pas, il était attentif aux miens, de parents. Il demandait toujours des nouvelles de mon père. C'est simplement qu'il portait une attention démesurée aux parents en général. C'est une des premières choses qu'il voulait savoir sur quelqu'un. Ses parents. Les origines, n'est-ce pas.

Évidemment, je ne voyais pas les siens, il ne voyait pas les miens. Une fois… J'allais le chercher à la gare de Maisons-Alfort, quand il sortait de sa visite parentale — je ne connaissais de Maisons-Alfort que les hôtels, enfin l'hôtel, mais je le connaissais bien. Je ne sais pas pourquoi, il a ramené ses parents et il m'a présentée.

J'étais une étudiante. Un peu grande pour une étudiante, mais une étudiante collaboratrice.

En fait, il ne supportait pas qu'on ne connaisse pas ses parents. Son père était un ouvrier, tout ce qu'il y a de plus modeste, dans l'automobile, un juif polonais. Il avait connu Auschwitz un an, au jour près, je crois. Leibowitz avait fait publier son témoignage.

Il ne disait pas « papa », il disait « mon père », et cela gênait son père, je l'ai vu en moins d'une seconde.

J'ai passé une demi-heure dans la maison. C'était à la limite d'être triste, et Leibowitz n'arrêtait pas de reprocher à ses parents de ne rien faire.

Après l'amour, il me disait toujours : « Je leur ai payé un voyage à Venise, encore, ils ont râlé, ils m'ont dit qu'ils sont bien à la maison. »

Son père ne conduisait plus et ils n'avaient pas d'amis, plus de famille. Leibowitz a tout fait pour eux. Ils souriaient, de plus en plus lointainement, ils disaient oui, et ils ne faisaient rien. Son père répétait sans cesse, en tapant sur l'épaule de Leibo : « Jean-Michel, mon fils, on a bien gagné de se reposer, non ? Non ? J'ai pas raison ? » Il souriait.

Ils étaient fiers de lui.

Il était fier d'eux, lui, mais il en souffrait. Ils avaient tendance à le croire heureux et c'était la meilleure part de leur fierté. Le père racontait toujours les mêmes histoires sur le camp et, je le sais, ça faisait chier Leibo. Mais il s'en voulait de s'emmerder quand son père, devant un verre de vin, racontait encore l'histoire de la sentinelle qu'il entendait depuis l'âge de sept ans. Il me disait : « Quand j'étais petit, je ne l'écoutais jamais, mais j'ai tout appris de lui. Aujourd'hui, je l'écoute toujours, mais je n'ai plus rien à en apprendre. »

Leibo avait fait tout ce qu'il pouvait. Il avait écrit pour eux, sur eux. Il avait fait pression pour que son père soit médaillé. Il accompagnait sa mère pour faire les courses. Et puis voilà.

« Eh oui, mon fils, que veux-tu, des fois que c'est fini avant que c'est fini… »

Sa mère faisait la soupe, la même. Il achetait du foie gras, ils n'aimaient pas. Ils n'étaient pas pratiquants. Le père n'avait jamais été un politique, jamais. Ils aimaient la France, et Leibo s'était engueulé avec eux, jeune, parce que ce patriotisme, et leur méfiance vis-à-vis du communisme, il ne le comprenait pas. Il leur reprochait, en ce temps, de ne pas avoir fait d'études.

Ils ne comprenaient pas.

Ils ne comprenaient ni le rôle de la France dans la déportation, dont ils ne voulaient pas entendre parler, ni l'exploitation dont ils avaient été victimes, en tant qu'ouvriers (Leibowitz considérait alors que sa femme, mère au foyer, était une « ouvrière »).

Le père ne répondait guère, il ne s'énervait pas non plus.

« Ah, tu sais, Jean-Michel, mon fils… La vie… »

Plus tard, Leibowitz n'arrêtera pas de louer ses parents pour n'avoir pas fait d'études, et pour avoir pourtant tout compris. Il avait pris conscience que lui-même avait été boursier, que la République lui avait permis de faire les études que n'avait pu faire son père — et que son père était républicain pour ça. Leibowitz était devenu républicain, anticommuniste et patriote, quand je sortais avec lui. Il pleurait presque en pensant au petit mais glorieux salaire ouvrier qu'ils avaient été fiers de consacrer à son éducation — et lui gagnait pas mal d'argent, à présent, grâce à ça.

Il disait à son père, quand je suis venue : « Tu as bien raison, mon père. »

Et son père répondait : « Ah ! Jean-Michel, mon fils, la vie… »

Il n'avait pas fait d'études, voilà tout.

Un jour, Dominique m'a dit : « Tu sais, le problème avec Leibowitz, c'est qu'il se sent toujours persécuté parce qu'il voudrait être comme son père, et que son père n'est pas comme lui. »

J'ai ri.

« C'est de la psychanalyse plutôt bon marché.

— La psychanalyse, ça n'existe pas, Liz. »

Mais Leibowitz disait exactement la même chose : « Ce qui est triste avec les parents, c'est qu'on est comme eux, et pas eux. »

Je lui ai caressé le torse, à l'hôtel, et je lui ai dit doucement : « Dominique dit pareil.

— Non, lui c'est différent. Il est homosexuel.

— Et alors ?

— Il doit détester la psychanalyse, il ne peut pas comprendre. Il ne croit pas à son père, il ne peut pas vouloir être comme lui.

— Ah. »

14

C'est dans un restaurant du Ve arrondissement, au coin du boulevard Saint-Michel, le Bouillon Racine, que Leibowitz prenait ses quartiers, à la fin des années quatre-vingt-dix. Il enseignait à Sciences-Po, vers Raspail, mais il revenait manger vers la Sorbonne, où il avait fait ses études et où il tenait régulièrement séminaires et conférences.

Des étudiants en manteau long, un cartable de cuir à la main, coiffés en mèches, gantés avec de petits gestes du poing, qui tentaient de se donner une dizaine d'années supplémentaires, interpellaient régulièrement le Leib, avec une politesse respectueuse, légèrement compassée, et un sérieux qui irritait fortement Doumé, assis sur la banquette, attendant la fin de la conversation en détaillant le sol en mosaïque de petits carrés colorés.

« Tu m'excuses, Rossi ? »

Leibowitz était dans son élément, il parlait précipitamment, recoiffant nerveusement ce qui lui retombait sur le front, laissant refroidir la poêlée de saint-jacques dans l'assiette.

Chaussures cirées pointues, il tapait du pied et argumentait pour placer l'élève : bon stratège, il tenait toujours à orienter les plus fidèles. Ses anciens élèves s'en souvenaient : thésards, chercheurs, journalistes, cadres, banquiers, diplomates ou préfets, ils gardaient pour longtemps des relations avec lui, plutôt bonnes.

« Oui, alors, Rossi, excuse-moi… On parlait de Miller. »

Leibowitz avalait du bout des lèvres, nerveusement. Il avait conservé cette vieille habitude de lycée d'appeler les familiers par leur nom de famille.

Dominique qui déjeunait avec lui tous les mois, en survêtement, un bouc fraîchement entretenu, et l'impression toujours un peu amère de ne plus faire partie de ce monde, universitaire et institutionnel, quitté prématurément pour la communauté, essuyant sa bajoue à coups de serviette à carreaux, soupirant, précisa : « William… Il… Tu ne peux pas savoir. C'est encore qu'un gamin. C'est, tu vois, une sorte de Rimbaud, il est incontrôlable. Mais je suis plus bon à ça. Ça me fatigue. Tu comprends. J'ai besoin de me poser, maintenant. »

Il avala les pilules. Il prenait des tranquillisants.

Leibowitz mâchonna la salade.

« Tu l'excuses, Rossi… Il faut pas toujours tout excuser. C'est, tu vois, moi aussi, une habitude de gauchistes, envers ceux qu'on considère comme dominés, tu comprends ce que je veux dire. Il faut pas tout excuser. Il se comporte comme un voyou avec toi. Ne le prends pas mal, mais il faut que tu ouvres les yeux. Ce gars-là est enragé, il va te faire des coups de pute. »

Doum sourit et se cure une dent de devant.

« J'aime les voyous. Tu ne le savais pas ? Ce garçon me met face à mes contradictions. Mais je suis un peu trop vieux pour ça, c'est tout. »

Leibowitz renifle et sauce entre les derniers légumes en julienne.

« Attention, c'est un manipulateur, protège-toi.

— Me protéger… »

Doum rit de sa toux grasse.

« Il est pervers, comme… »

Il s'arrête. Doum est rouge.

« Tu retires ce que tu viens de dire.

— Pardon ?

— Tu le sais très bien.

— Écoute, Dominique, non… Si j'ai dit…

— Tu sais ce que c'est. C'est homophobe, Jean-Michel. Tu dépasses, la ligne invisible, tu le sais… Je ne vais pas… Tolérer ça…

— Rossi, je, écoute, calme-toi, je suis… C'est pas une généralité, c'est juste… Pour toi… Miller… Vous n'êtes plus ensemble, c'est un paumé, un pauvre type…

— Tu tournes mal, Jean-Michel, toutes tes salades. Tu, tu prends un mauvais pli. C'est toute la saloperie antipédé que tu nourris… Je, tu es en train de servir un discours… Tu, tu

passes les plats à la droite, comme, comme…
Tu vires antipédé. Donc, tu m'insultes aussi.

— Calme-toi, calme-toi, écoute, je m'excuse si…

— Non, ça ne suffit pas, ça ne suffit plus…
C'est fini, Jean-Michel… »

Doum s'est levé en bousculant la chaise, et en
oubliant ses médicaments, tout rouge et conges-
tionné. Il baragouinait : « J'ai de plus en plus de
mal avec les mecs qui se font des filles, comme
ça, et puis qui, hein, avec leurs étudiants… »

Il a lâché quelque chose comme « hétéro-
facho… », d'après Jean-Michel. Dominique m'a
toujours juré, sans s'attarder, qu'il n'avait jamais
dit cela.

Jean-Michel, interdit, a lancé : « Ne parle pas
comme ça de… mes parents ! »

Jean-Michel n'a pas compris, il m'en a parlé,
et ça l'a profondément blessé.

C'est la première fois que je l'ai entendu dire :
« Les homos sont contaminés par leur rhétorique politique, jusque dans les relations humai-
nes. C'est comme une maladie, oui. C'est, tu me
suis, une sorte de symptôme de l'époque. On ne
peut pas avoir de relation *saine* avec un homo,
aujourd'hui, de toute façon. »

Il y avait tellement de dépit dans sa bouche,
c'est comme ça que je l'ai pris, je l'ai embrassé.

Il s'est mis à le dire plus souvent, de manière
plus argumentée — avant de l'écrire. Et je le
jure, ça date de ce jour précis.

15

Il coupa le son de la radio.

« C'est… C'est atroce, tu sais, cette pollution sonore… »

Je sortais de la douche.

« C'est de la house, c'est la musique qu'écoutent Dominique, Will, c'est pour danser, c'est tout.

— Comment peux-tu dire ça ? On nous l'impose, à longueur de journée, c'est la musique officielle, la musique des supermarchés. Je n'ai pas envie de danser, je ne vais pas danser, c'est mon droit. Le monde entier n'est pas une boîte, pour danser. Ce qui est insupportable, c'est qu'on appelle ça musique, tout court ; les mots perdent leur sens, si on n'y met aucune exigence. Tous ces magazines, cette obsession de la nouveauté, comme si c'était une vérité… Le son de demain… Pfff. »

Je me contentais de dire oui. Il n'avait pas tout à fait tort, il savait bien que je participais à tout ça — et je ne discutais pas vraiment.

« Ce n'est pas que ce soit de la musique populaire, pauvre rythmiquement, mélodiquement, complètement liée aux vieilles règles, avec trois accords — c'est pas cela qui est gênant, c'est qu'on fasse passer ça pour une musique savante, artistique, un chef-d'œuvre de l'esprit humain, comme si ça valait, comme ça, Haydn ou Britten, juste parce que c'est malin, parce qu'il y a un truc, parce que c'est quelque chose et que ça a du succès. C'est une perte complète de la valeur, des œuvres. Quand tu vois des gens de gauche, intelligents, cultivés, comme Dominique, à son âge, qui font semblant d'aimer ça, qui t'imposent un chantage à la modernité pour ça, parce que c'est vivant, c'est jeune, c'est "nouveau", c'est le Mozart d'aujourd'hui, ben voyons…

— Il fait pas semblant.

— Si. Il se le cache à lui-même. Je l'ai connu, à dix-huit ans, il aimait Chostakovitch. »

J'ai enfilé ma nuisette.

« C'est une vraie décadence, Liz, ce n'est pas être de gauche, ça, parce que c'est l'expression des minorités, du peuple, parce que c'est populaire. Ce n'est pas être réactionnaire de dire ça. On n'en peut plus, ils nous font taire, ils nous obligent à ne rien pouvoir dire, à ne pas pouvoir dire que c'est merdique, que ce n'est pas de l'art. Il faut tout tolérer. Regarde comment la communauté homosexuelle — c'est son droit, elle avait raison — regarde comment elle impose partout ses normes, par défaut. Regarde l'image des hommes dans la publicité, les muscles, le fitness, et cette musique, partout, le rapport qu'on a à la sexualité, même les femmes... »

Justement...

Il ne m'écoutait pas.

« C'étaient des revendications. Mais c'est devenu majoritaire. Il faudrait correspondre aux canons homosexuels, les biceps, le tee-shirt moulant, se mettre du maquillage, foutre des strings, et cette musique de rut permanent... »

Justement...

« Je suis en train d'écrire quelque chose sur la décadence, Liz, je pense qu'il faut réagir. Il est temps de prendre ses distances ; ils se laissent, *on* se laisse tous entraîner dans l'esprit de l'époque, et ils le fantasment complètement, internet, la communication, le désir comme ça, errant... Il faut être lucide. »

Eh bien...

« C'est une posture de résistance. Il y a quelque chose d'idéologique, c'est... Oh, tu es magnifique...

— Merci. »

Je lâche mes cheveux.

Il me relâche.

« Excuse-moi, mais je peux pas. C'est... »

Je soupire, et je me relève.

« Tu penses à Sara ?

— C'est, pas seulement, c'est toute cette époque, toute cette sexualité étalée, affichée, en musique, il n'est plus possible d'avoir un amour intime, un désir propre... »

Je m'allonge à côté de lui, en faisant la moue.

« Tu comprends, c'est bien plus beau ainsi. Il y a quelque chose d'un acte de résistance à savoir encore, simplement, se tenir la main. »

J'hésite, je souris. D'accord. Je lui prends la main.

Je ne peux pas m'empêcher de jeter un coup d'œil, vers le bas, je pouffe.

« Qu'est-ce qu'il y a ?

— Rien… C'est, toute cette histoire de décadence, ça te tient à cœur, apparemment. »

Et je remue son sexe.

Il est d'abord vexé, puis il s'amuse avec moi.

« Tu es terrible, Liz. C'est pas faux. Tout est tombé bien bas. »

Et on rigole tous les deux.

LA GLOIRE DES HOMMES

16

Ce soir-là, Will a mal aux dents. Il prend deux cachets, il se tient la mâchoire, et il m'explique : « C'est ma dent de sagesse, Liz, la saloperie. Tu vois, j'ai les incisives trop larges, et puis, eh ben, merde, y a la dent qui pousse par-derrière, et ça ramène toutes les dents vers devant et là, ma dent, juste devant, tu vois, les deux autres, elles, je veux dire, c'est comme si elles l'expulsaient, alors, ben ouais, ça fait mal, i faut que je me coince un ongle entre les dents, comme ça, comme pour la redresser, mais j'ai tout ça, tu vois, en sang…

— Et pourquoi tu la fais pas arracher ? »

Il a un petit rire idiot.

« Ça va pas non ?

— Ben, pourquoi ?

— T'es complètement tarée. M'arracher une dent ? Et pourquoi pas une couille ? »

Il porte une écharpe violette, et beaucoup de satin rose, ces temps-ci.

« On sort ? »

On croise Lilian, en sortant.

« Hé Will ? Ça va ?

— O.K., O.K., c'est cool. T'as lu Bret Easton Ellis ?

— Hein, hein ? Ben ouais, ouais. Pourquoi, pourquoi ?

— Tu trouves ça cool ? Cool ? T'aimes ça ? T'aimes ça ?

— Ouais, ouais, c'est clair. C'est clair. Toi aussi ? Aussi ?

— Je déteste. Je déteste carrément. Enfin, les gens qui aiment. Je déteste les gens qui aiment, tu vois, Bret Easton Ellis — tu comprends ? Tu comprends ?

— Ah, euh, ouais, ouais, mais…

— Allez, casse-toi, casse-toi. »

Je lui demande : « Qu'est-ce qu'il t'a fait ?

— Eh, t'as pas percuté ? O.K., Liz. Cette tapette savait très bien que j'adore Ellis, c'est carrément le plus grand écrivain de tous les temps, avec Spinoza, tu vois, et la salope, elle fait du genre qu'elle adore, alors j'la vois venir, tu vois, me lécher le cul, non, tu vois, comme ça, j'aime pas, j'aime pas. C'est tout.

— Will… C'est toi qui lui as demandé, pas lui…

— Demandé quoi ? Demandé qui ? Tu peux être, tu vois, claire, Liz, s't'pl', j't'adore, O.K. »

Will est comme ça, à l'époque. Il remue la jambe en permanence, nerveusement : « J'ai la jambe branchée en direct sur la queue, Liz, c'est clair », et il a mal aux dents.

Il lève la main, il siffle, il fait : « J'adore, j'adore. »

Évidemment, vu de trop loin, ou de trop près, c'est très « trop », comme il dit — c'est carrément irritant. À la bonne distance, c'était plutôt fascinant, et rassurant. Il sortait tout le temps.

Après toutes les années avec Dominique, c'était comme une libération.

« Hello, Jim. Comme disait Hemingway, man, il faut manger, tu vois, avec les dents. Les dents. Grrr. »

Et c'était parti.

« Will, c'est pas Picasso qui a dit : le ciel est bleu par-dessus les toits...

— Hé mec, je veux dire, qu'est-ce qu'on en a à foutre ? Qu'est-ce que j'en ai à carrer ? Et toi, j'veux dire, tu vois, interroge-toi d'abord sur ton existence, là, si le ciel il est vraiment par-dessus les toits, O.K. ? »

D'une façon ou d'une autre, tout le monde l'adorait, dans la communauté, c'était une sorte de petit garçon, il était tellement naïf. Il portait des tee-shirts de marin à la *Querelle de Brest*, vingt ans après, et il allait voir les mecs super bien sapés, baraqués, bien comme il faut, il se mouchait, il les toisait, il leur disait : « Eh mec, je veux dire, faut se mettre à la mode, mec, faut faire un effort, O.K., comme disait Miles Davis, on n'est pas des perroquets. »

Les gens, ils hallucinaient. « Qu'est-ce qu'il prend pour se soigner les dents ? »

Il jouait à la petite frappe, mais sympa, sympa. Il était bien introduit, dans la communauté, avec l'influence de Doumé, c'est comme un gosse qu'on a vu grandir et qui s'émancipe.

« Hé, Will, t'aimes Morrissey ?

— J'adore Morrissey, j'adore, j'adore, merci. »

Deux jours plus tard, pour lui faire plaisir, un type demandait au DJ de passer *Last of the Famous International Playboys*, de Morrissey, en soirée, et Willie, au milieu des autres, en fumant, disait bien fort : « Putain, ce connard, je déteste Morrissey, je déteste carrément, ça fait trop pédale qui s'assume pas, tu comprends ? »

Il écrivait ses chroniques dans la revue *Blason* exactement de cette manière. On peut résumer ça comme ça : je n'aime pas les types qui font en sorte que je les aime et qui croient qu'ils peuvent penser comme moi. Ou alors : tant que je parle, c'est moi qui décide, si tu crois avoir compris ce que je dis, c'est fini je dis l'inverse. Tu piges ?

Je le voyais moins, mais on m'en parlait tout le temps. Il sortait avec tout un tas de mecs.

Tu croyais que t'avais saisi le truc, même moi, mais non. C'était son malin plaisir. Tu pensais qu'il était de gauche, et il te disait : « Non, sérieusement, mec, je pense, l'avenir, c'est Giscard, il faut complètement le réévaluer. » Et toi, tu écarquillais les yeux : Giscard ? Ce crâne d'œuf de droite molle qui nous a fait chier pendant toute notre enfance, à la présidence ? Nan, nan, il argumentait comme quoi il avait fait vachement

104

plus pour la société que Mitterrand, et qu'il fallait le refoutre au pouvoir, avec Simone Veil, et surtout Raymond Barre à Matignon. Raymond Barre, d'ailleurs, il aimait les Juifs. O.K. Et il était capable de rester fâché avec toi deux jours complets.

Les gens croyaient que c'était du second degré. Tu sais ce qu'il répondait toujours : « Eh mec, tu crois quoi ? Qu'il y en a que deux, des putains de degrés... Y en a, pfff, je veux dire... » Et il ouvrait grand les bras, comme à l'infini.

D'autres fois, il restait affalé, maussade, les yeux dans le vide, il marmonnait : « Ben, non, y'en a qu'un... »

Ça dépendait des moments.

17

En 1995, Jean-Michel Leibowitz, après s'être engagé dans les débats sur la guerre en ex-Yougoslavie, pataugeant dans l'espoir d'une guerre d'Espagne, qui s'avéra une triste tambouille vécue à distance et dans une drôle d'empathie par les intellectuels, revenu « à la France » comme il disait, auprès de sa femme et de moi, publia un ouvrage retentissant sur notre époque, la fin de l'autorité, le règne du laisser-aller culturel, l'éducation, la politique, les bons sentiments, l'ère des « plaignants », la mode, l'existence et le temps.

Échec de l'intelligence, intelligence de l'échec. Faillite de la conscience et idéologie du succès.

O.K. pour le titre, j'ai dit. Bon, c'était censé dire ça : on est dans une époque (et on ne sort pas de son époque, n'est-ce pas, et qu'est-ce que Leibowitz pouvait répéter ce mot, « époque », comme pour s'en convaincre, c'était mortel) qui marque la fin de toute exigence de l'intelligence. C'est-à-dire que, en quelque sorte, la démocratisation de masse, la scolarisation absolue et l'accès aux loisirs, à la culture ont fait de la culture une pseudo-pensée qui n'est en fait que l'acquiescement généralisé à tout ce qui se fait.

Leibowitz pensait que les victimes, les minorités, comme par exemple les femmes, les Noirs, les pauvres ou les homosexuels, par exemple, étaient devenus le prétexte à une autosatisfaction démocratique où l'intelligence finissait par se confondre avec le Bon Sentiment lâche et totalitaire, c'est-à-dire le fait de dire oui à tout ce qui avait été dominé, et de donner raison à ce qui s'était jugé lésé dans les temps prédémocratiques.

Par exemple, il fallait aimer le rap, et on devait considérer que c'était un art. Leibowitz pensait que non, bon, chacun ses goûts, mais il pensait que de dire chacun ses goûts, c'était un terrorisme doux, une capitulation de l'intelligence, qui venait de loin, il citait Kant, et bon, bref, il s'énervait.

Leibowitz était pas pour qu'on interdise le rap, par exemple, hein, attention, non, mais il stigmatisait ce qu'il appelait la pensée unique, la tolérance par défaut, par paresse (je me souviens du temps où il affirmait que quiconque emploie le mot « paresse » pour désigner quelque chose de l'humanité est un penseur de droite) — et bien sûr l'expression « pensée unique » allait faire florès, on le sait. La « pensée unique », c'était la démocratie qui disait qu'il fallait être tolérant et accepter tout ce qui existait, bref, toutes les valeurs étaient dissoutes, il n'y avait plus de hiérarchie. Et juger, classer, c'est être intelligent. Il pensait que la démocratie, comme avait dit Tocqueville, hein, avait abouti, en bout de course, à un échec de l'intelligence, parce que, dans l'intelligence, il y a quelque chose de pas démocratique, il y a de l'inégalité, du classement.

La gauche politique, avec l'effondrement du communisme, repliée dans le Bon Sentiment, était en partie responsable, je me souviens plus exactement pourquoi, mais ça avait beaucoup à voir avec Mitterrand et Jack Lang, son ministre de la Culture, et l'idée de Fête de la Musique, avec tout le monde qui grattait sa guitare dans la rue.

Il voulait montrer qu'on pouvait comprendre cet échec démocratique de l'intelligence en pointant nos faiblesses, nos excuses — et il cherchait alors à me donner un exemple, quand il était en train d'écrire le bouquin : on considérait comme des figures, des artistes de notre temps, des personnes dénuées d'intelligence, irresponsables, et dont l'absence de pensée passait elle-même pour une très profonde pensée.

Alors voilà, moi je voulais lui donner un contre-exemple, lui montrer ce qu'il y avait de neuf, de chouette au présent, mais... Enfin, bon.

Je lui ai parlé de William, de sa petite influence sur la communauté. Je lui ai dit ce qu'il avait de fascinant, et qu'il ne fallait pas forcément le juger comme on juge un philosophe, un vrai artiste, enfin, Victor Hugo, Baudelaire ou je ne sais trop qui. Il a rien dit.

Quand je lui ai demandé, il a fait « mmh ». Je n'étais pas vraiment contente qu'il utilise William comme une figure de *l'esprit du vide contemporain*, dans son bouquin. J'étais même relativement furax.

Au chapitre « Nouvelles communautés et communions du rien : l'attitude gaie, la jouissance forcée, le scandale comme seule pensée », William M. figurait au titre de représentant « underground » du grand n'importe quoi comme morale de vie. Il suffit de faire parler de soi, et de représenter une « communauté » de personnes, pour être soi-même une superpersonne, inattaquable (vous ne pouvez pas nier qu'elle fasse débat), une star, une figure, un « plus-que-quelqu'un » contre lequel tout argument est vain — oui, il est peut-être nul, ou con, mais il *représente* quelque chose, c'est quelqu'un de représentatif. Voilà, on ne peut rien dire de plus. C'est démocratique, et anti-intelligent, cela heurte toutes les lois du jugement, de la critique, de l'intelligence et de la pensée, au-delà même des valeurs.

Contre toute attente, Willie a été très fier de ça. Je ne sais pas trop ce qu'il en a compris, ma foi, mais tandis que je m'excusais, il répétait : « C'est cool, ouais, c'est cool. » Et il souriait. « J'veux dire, c'est une sorte… de, tu vois, manière de parler de moi, je veux dire, comme une consécration, en quelque sorte, ça fait de moi un peu quelqu'un d'important, non ? »

Et à son sourire, très malin, je n'ai toujours pas compris s'il voulait signifier un degré supérieur de lucidité, de machiavélisme et de retournement victorieux en sa faveur, ou bien plutôt une sourde inconscience, marquée par l'indifférence à tout argument, la crétinerie un peu béate et l'air victorieux de celui qui ne connaît même pas les termes du combat.

18

Lorsqu'à son tour Willie devint un peu célèbre, comme il semblait l'attendre depuis si longtemps, sans le dire, il y joua complètement, et même un peu trop. Évidemment, on l'invita à la télé.

Il vint en jupe, avec les poils, et tout ça, et une perruque bleue. Il portait trois piercings et il n'était pas rasé. Il a hurlé pendant une heure au maquillage qu'il n'y retournerait jamais et il s'est pointé finalement avec des tonnes de mascara personnel. C'est le moins qu'on puisse dire. Il m'a téléphoné au dernier moment.

« J'ai les j'tons. J'suis stressé, Liz, j'te jure, je stresse un maximum. Il faut qu'tu viennes, O.K., écoute, j'ai mal aux dents, aux putains de dents, tu comprends. »

J'ai assisté à la chose. Comment dire ? Il fumait sur le plateau, en pleine campagne antitabagisme. Il s'égosillait : « Rembrandt aurait jamais fait ce qu'il a fait sans la drogue du tabac, pauvres incultes ! » Il y avait toujours deux pompiers dans les coulisses, parfaitement. Willie en faisait des tonnes. Il draguait le pauvre présentateur de Canal +, il poussait des cris d'orfraie et il hochait la tête en déclarant : « Ah, mais parfaitement, ah oui, parfaitement, moi je suis totalement d'accord avec ce monsieur Weilobitz, hein, comme vous dites, oui, oui, oui. Moi aussi je suis pour l'abstinence, la fidélité… Non, non, le cul, non, c'est définitivement non. Et puis la capote, il vaut mieux la chasteté. Je suis d'accord. Sincère. C'est vrai, c'est vrai ça, où on va ? Ah, mais moi oui. Oui.

— Euh, c'est Leibowitz, Jean-Michel Leibowitz qui dénonce… »

Là, j'avoue, j'ai eu peur qu'il dise des conneries, qu'il me lâche, et qu'il raconte des saloperies sur Leibo — bon, bref, qu'il parle de *nous*. Non. Je ne sais pas, ce n'était ni par fidélité ni par amitié, ce n'était pas son genre, je suppose que c'est parce qu'il avait la tête ailleurs. Il pensait à autre chose, comme toujours.

« Ah oui, Leibowitz, Leibowitz, c'est juif, ça, non ? »

Sur le plateau, le journaliste a réagi, bien sûr.

« Vous vous permettez de dire ça à cause du nom ?

— Non.

— Comment ça ?

— Non, je dis ça parce que je suis juif, vous comprenez, bon, O.K. Non, moi ce qui me gêne, c'est les pédés.

— Qu'est-ce que vous voulez dire ?

— Qu'y en a trop. Ouais, ouais.

— Trop... Mais vous...

— Non, mais moi je suis. Je suis d'accord. D'accord d'accord. 100 %. »

Les journalistes... Ils ne disaient plus grand-chose, ils avaient capitulé. Willie s'en donnait à cœur joie, il était en roue libre, devant un tel public... C'était facile pour lui.

« Je veux dire les pédés, de ceux qu'on voit comme certains, je citerai pas les noms, mais ce genre-là. C'est trop. Je dis pas qu'il faudrait les éliminer, hein, c'est pas nazi, mais bon, faudrait peut-être qu'ils soient plus pédés. Il y a quand même plein de femmes, dans le monde : ça se trouve y en a trop, c'est comme en Chine. Faut voir les statistiques.

— Trop...

— Les pédés. Trop pédés. Ouais... Moi... Je suis comme monsieur Leibowitz, et je crois à la fidélité.

— Et... Et alors ?

— Bon ben voilà, quoi. »

Il se mit à fumer, les jambes croisées, sans rien dire.

Tous les amis que j'avais étaient morts de rire. C'est la seule fois, ensuite, où j'ai vu qu'on applaudissait quelqu'un en soirée, spontanément.

La même semaine, il a déménagé. Et là, il était seul.

Je suis venue, et il m'a jetée. Il m'a dit :

« J'aime les déménageurs, je vais pas faire venir des tapettes pour déménager, j'adore les déménageurs. »

J'ai jeté un œil autour de moi, dans le hall avec du faux marbre, un bloc de boîtes aux lettres et une plante verte, au milieu des cartons, marron.

« Ben alors, pourquoi t'as pas appelé de déménageurs ? »

Il a grommelé, torse nu, en prenant les cartons : « On peut pas toujours avoir ce qu'on veut, on peut pas, on peut pas. »

Il a tout fait tout seul. Il a pris un appart semi-chic, un drôle de truc. À ma connaissance, après le déménagement, il n'y a jamais mis les pieds.

« C'est trop glauque, Liz, tu t'rends compte, merde, c't appart au quinzième étage, c'est trop haut, c'est trop seul. Oh non, ça ne te fout pas le cafard, rien que d'y penser ? Je peux pas. J'te jure, tu vois, je vais là-bas, je me jette du balcon. Et là, je meurs, j't'assure, je meurs. »

J'avais renoncé à comprendre. C'était un moyen, je crois, pour lui, de mettre sa solitude de côté. Il avait été trop seul — seul, seul, seul. Il a pris tous ses cartons, il les a montés ensuite à l'étage, et c'était fini.

Il dormait, il vivait toujours chez les autres, les amis, les amants.

J'ai croisé Doum au journal. Il a écarquillé les sourcils, bien épais, il m'a toisée de haut, l'air un peu las, j'ai rien eu le temps de dire :

« C'est un chieur, il a dit. Tu peux même pas savoir. »

Leibowitz m'en voulait. Il pensait néanmoins, comme tout le monde, en général, que Will était une sorte de taré qui s'était ridiculisé.

Mais comme disait Will : « Tu sais, Liz, y a rien de parfait, y a rien de nul. Rien. Quelque chose de totalement parfait, ça a quelque chose de nul, non ? Et quelque chose de nul, ça a pas quelque chose de parfait ? C'est ce que j'aime bien, tu vois, avec l'être humain, et en même temps, c'est superdur, parce que, bon, tu fais un truc nul, ça a quelque chose de bien — mais donc ça a quelque chose de nul, et c'est comme une *balançoire*, tu comprends. Ça peut foutre la gerbe. »

Pour beaucoup de gens un peu à la marge, Will avait déclenché un truc. Il ne savait évidemment pas quoi — c'est normal. Il avait peut-être été très seul, mais à tel point qu'il ne l'était plus vraiment — il représentait tous ceux qui l'étaient.

Bien sûr, à force de les représenter, il finirait d'autant plus seul.

C'est la balançoire.

19

Willie avait un instant le regard dans le vide, puis il repartait. Il m'a dit, en désignant la lettre qu'il venait d'ouvrir d'un majeur plein de dédain : « Liz, tu te rends compte, si je veux garder mes allocations chômage, il faut que je me présente à un entretien ANPE — et puis quoi encore ? Tu te rends compte la pression ? Je veux dire, le travail c'est quand même une connerie, pourquoi plus personne n'ose le dire ?

— Je sais pas, Will, je suppose que tout le monde pense que c'est nécessaire. »

Il mangeait des cacahuètes grillées, en caleçon torse nu. L'habitude, quoi. Il avait des manières, des fois… « Je suis un dandy, Liz, si tu as compris ça, tout est élégant, c'est simple, sincère et pur à la fois. Suffit de l'avoir en tête. »

C'était un être qui avait été tellement seul qu'il avait toujours besoin de se trouver entouré, sans jamais avoir besoin de personne en particulier. Il vous le faisait sentir. Il faisait mine de fumer son stylo Bic comme une cigarette, les yeux en l'air.

« Tu sais, Liz, il faut faire quelque chose, tout ce *bullshit* sur le travail, tu vois ce que je veux dire, c'est incroyable qu'on accepte ça. Moi, c'est simple, je veux pas. Tu vois, j'ai pas de théorie sur le sujet, mais merde je veux pas travailler comme un con, non ? Enfin, je veux dire — je travaille pas, mais j'apporte quand même quelque chose à l'humanité, non, plus qu'un type qui se lime le cul sur un siège de bureau devant un écran, avec des chiffres, j'existe, je travaille pas, ça a quand même de l'intérêt pour les autres. J'ai carrément la gloire. Ça a un côté vachement altruiste, j'assure une sorte de spectacle permanent, c'est normal qu'on me file de l'argent, c'est le minimum, même. J'ai le droit d'emmerder la société, je veux dire, après tout, elle est bien contente. »

Il a renversé la tête en arrière, et s'est gratté les couilles. Il ne tenait pas en place. Il avait le visage angélique des jours où on était que tous les deux, les bons jours. J'essayais de travailler.

« Me dérange pas, Liz, je sais ce que je vais faire, je sais. Tu fais la bouffe ? Tu me déranges pas, hein… »

Il claqua la porte et partit s'enfermer dans la chambre.

Un instant, j'ai même cru qu'il s'était trouvé une vocation. Il était capable de tout, il pouvait venir vous taper sur l'épaule avec un grand sourire, et vous dire : « Dis, Liz, c'est compliqué, pour devenir prof comme ton mec, Leib ? Je veux dire, ça m'dirait bien. Tu croirais qu'il

117

pourrait m'avoir un poste, genre la semaine prochaine, pas genre piston, mais bon… »

Il fallait lui expliquer. Mais bon, les explications, ça le gavait. Il étouffait un rot et partait se dégotter une autre passion. Il n'écoutait même pas.

Le lendemain, il avait mis le réveil à six heures, histoire de dire, rasé, il avait sorti la cravate et un costard qui traînait. J'en ai pas cru mes yeux. Il glissait un carnet à spirale dans sa poche intérieure, en avalant un bol de céréales, il a juste gueulé : « C'est O.K., Liz, je reviens en fin de journée, j'suis pressé ! »

J'ai enfilé ma robe de chambre bleue en hochant les épaules.

Il a fait ça une semaine. Le lundi, il s'est pointé à son agence ANPE et il a attendu trois heures la minute précise de son rendez-vous avec M. Jean-Philippe Bardotti, le conseiller qui le suivait.

Il est entré dans le bureau plein d'empressement. Bardotti s'est levé pour lui serrer la main, par-dessus la grande table encombrée de dossiers, d'un ordinateur un peu périmé et de fournitures en tout genre, assez bien rangées. Il retenait sa longue cravate sombre contre sa chemise blanche en se penchant et Will a tout de suite remarqué son début de calvitie, vue de haut. Tsss…

« Qu'est-ce que vous faites, monsieur Miller ? »

Il est resté en arrêt. À genoux sur la moquette, Will fermait les yeux.

« Chut…

— Mais…

— Je fais une vieille prière juive, pour vous, monsieur Bardotti…

— Je… »

Jean-Philippe Bardotti, trente-cinq ans, était un gentil. Il a regardé à droite à gauche, les joues rosissantes.

« Je prie pour vous, ô monsieur Bardotti, tellement joli, tellement gentil, qui cherchez à trouver un emploi pour moi, moi, misérable petite merde… Petite merde… »

Will a commencé à s'agripper le crâne en s'arrachant un ou deux cheveux, pour se taper la tête contre la moquette grise, ce qui avait un effet à peu près nul, mis à part un son sourd révélant la finesse du plancher qui sonnait comme un carton — mais Bardotti s'est tout de même empressé de venir le relever.

« Sale petite fiente de porc de chômeur ! Feignasse ! Feignasse ! C'est comme ça que tu remercies le M. Bardotti qui se crève à longueur de journées pour te trouver un emploi, hein, petit con, profiteur, salaud… »

Il secouait sa tête.

« Oh, vous êtes trop gentil, monsieur Bardotti, trop gentil pour une sale petite pute de mon espèce, n'ayons pas peur des mots, oui, une petite pute — hélas, hélas. »

Il se moucha.

Jean-Philippe Bardotti gardait la bouche ouverte.

« Bardotti… C'est un peu comme Bardot, mais au féminin, non ? Vous avez des liens familiaux ? »

Will sourit largement, lentement, et il croisa les jambes en remuant bizarrement les lèvres.

« Heum, monsieur Miller…

— Je m'appelle Willie, Jean-Philippe. »

Il faisait vraiment quelque chose de bizarre avec ses lèvres.

Bardotti avait l'air perdu, il n'avait plus rien à dire.

« Jean-Philippe, je vais être franche avec toi, comme tu l'as vu, je peux être une vraie petite salope », et il articula : « sa-lo-pe », puis il accéléra soudainement : « Alors, si tu veux me faire plaisir, je serai gentille. D'accord ? Ça nous arrange toutes les deux, non ? Non ? Je veux un emploi. Maintenant.

— Un emploi… Euh… Oui, alors bien sûr… » Il fouillait désespérément dans ses papiers. « C'est-à-dire que, avec votre formation… euh, commerciale, c'est ça, comme cela fait plusieurs années, euh, il faudrait, c'est-à-dire, pour vous adapter…

— Je veux un travail de femme, Jean-Phi. Tu comprends ? Tu comprends vite, j'suis sûre.

— De femme ? Je… Euh, qu'est-ce que, euh, vous voulez dire ?

— Je peux fumer, ça te dérange pas ? O.K., non, eh ben, je veux dire, par exemple, *pute*, t'as des places de libre comme pute, enfin, actuellement ? »

Il lui foutait la fumée dans le nez.

« Euh…

— Je veux dire toutes les femmes sont des putes, non ? On est d'accord, non, Jean-Phi ? Non ? T'as pas d'alliance, t'es pas marié, t'as pas de petite copine, alors tu le penses bien, non, toutes les femmes sont des putains, hein ? »

Il éclata de rire.

« Pas vrai ? J'ai pas raison ? Tu paies combien ? Tu sais que les mecs, c'est gratuit, Jean-Phi ? »

Il cligna de l'œil. Il est revenu le jour d'après.

Bardotti n'avait rien dit à personne. Il en cauchemardait. Pourquoi moi ? Quand il l'a vu arriver… Je crois qu'il aurait voulu s'emmurer dans son bureau.

« Salut Jean-Phi, tu me fais la bise ? »

Will était venu habillé en jupe, avec les collants, le maquillage et le sac à main. Il s'est levé tôt. Il lui laisse une grosse trace de rouge à lèvres sur la joue gauche.

« Alors voilà… »

Il s'assoit, remet en place son soutien-gorge en grimaçant.

« Écoute, Jean-Phi, j'ai bien réfléchi… Je crois qu'il y a qu'un truc qui me correspond bien. Je veux travailler en chantier. Manutention à la limite. En chantier, sinon, tu sais, comment ça s'appelle, avec les gros instruments, là, brrr, qui fait des trous, dans le sol, les grues et puis les casques jaunes, j'adore les casques jaunes. J'aime ça.

— Euh…

— Tu me trouves quelque chose ?

— Euh, mais… »

Will s'approche du bureau, et Bardotti recule. Il s'assoit sur le coin de la table. « Tu sais pourquoi j'aime les chantiers ? »

Il se penche : « Parce que là-bas, je te jure, tout est en acier. Tout. »

Il regarde Bardotti droit dans les yeux : « Tu me suis ? » Et il éclate de rire.

Le lendemain matin, il était là, en tee-shirt et en short cycliste.

Bardotti tremble. Il a rangé tout son bureau. Tout est classé ; sur le bureau gris, il n'y a rien. Bardotti respire avec difficulté, enfoncé dans son fauteuil pivotable rouge et noir.

« Tu me déçois, Jean-Phi… »

Will défait ses gants de cuir.

« Moi, je te donne mes disponibilités. »

Il compte sur ses doigts, tous bagués : « Le lundi, le mardi, le mercredi, le jeudi, le vendredi, le samedi, le dimanche, who-oh-oh… Un, je suis prête à faire la pute, deux je suis O.K. pour me faire défoncer sur un chantier… Rien, rien, rien… »

Il se fige un instant. Bardotti ressemble à un gros cabillaud pris dans les filets d'un chalutier japonais. Il est hypnotisé, on dirait même qu'il gonfle.

Will se met à hurler, d'une voix tellement perçante qu'il faut vite se mettre les mains sur les oreilles : « Je veux travailler, je veux travailler, je suis au service de la société, je suis flexible, je suis flexible. » Et là, sans prévenir, il sort un marteau de son sac à dos et il tape comme un dément sur son propre coude gauche, qu'il se déboîte alors, dans un bruit affreux.

Il s'écroule en gargouillant : « C'est une preuve de bonne volonté, à l'ANPE, à Jean-Philippe, mon idole, je suis flexible pour toi, regarde... » Son avant-bras part à contresens et Will s'évanouit.

Bardotti a appelé les urgences.

Trois mois de bras dans le plâtre, et il est fier de lui. Tout le monde vient le voir à l'hosto. Il parle avec enthousiasme de Bardotti : « C'est un génie, je l'aime, s'il ne veut pas de moi, je me suicide. » Il soupire et me regarde : « Pfff, c'est crevant, c'est un boulot en soi, tu vois. »

Deux jours plus tard, sortant de l'hôpital, après avoir fait envoyer à ses frais mille roses rouges au bureau de Jean-Philippe Bardotti, il se pointa en chaise roulante à l'ANPE, avec une gigantesque enveloppe en kraft, et sur son ventre un slogan : « J'aime les fonctionnaires de l'ANPE. » Dans les couloirs, il distribua des liasses de billets aux secrétaires, abasourdies, aux employés — avant de venir frapper en grande pompe à la porte de Bardotti, qui murmurait : « Oh non, il est fou, pas lui... », tandis que, le bras en écharpe, Will se jeta à ses pieds, pour les embrasser, tout en agitant son enveloppe vide : « Oh, je vous en prie maître, maître, je vous en prie, je n'ai plus d'argent, je suis à la rue, je suis pauvre, je suis pauvre, aaargh, je veux travailler... »

Il se releva.

« Ou alors, héberge-moi... Tu as du cœur, je le sais... »

Jean-Philippe Bardotti, nettoyant ses lunettes, s'épongeant le front, bafouilla : « Pourquoi, pourquoi vous me faites ça ? Je suis tranquille, je suis pas quelqu'un de méchant... Je... Je ne connais personne... »

Will se redressa : « Oui, c'est vrai, pourquoi ? » Il se gratta la moustache avec circonspection.

Tout le monde avait entendu parler de Jean-Philippe Bardotti dans la petite communauté gay de Paris, c'était devenu une sorte de figure culte. Willie a dit : « Il faut que ce type devienne pédé, il est des nôtres, il est complètement frustré dans son bureau. Il faut le sauver. En plus, je l'aime. »

Et le lendemain, Will débarqua avec une trentaine d'amis en tee-shirt orné d'un cœur rose, une boîte de bonbons à la main. Toute l'ANPE était morte de rire. Bardotti s'était réfugié au fond de son bureau, en pleurant.

Will frappa et, d'une voix de biche, il susurra : « Mon amour, c'est moi... » Tous les collègues de Bardotti pouffaient.

Will pénétra avec tout son cortège, qui chantait en chœur la chanson des années quatre-vingt : « Ah si j'étais un homme, je serais romantique... »

William, en costume noir, fit sa déclaration et offrit une bague officielle de fiançailles à Bardotti.

Après un silence, il hocha la tête : « Je pourrai faire femme au foyer, comme ça, hein. Je t'attendrai le soir, et je te ferai des petits plats. »

Vous savez, ce qu'il y avait de terrible, d'invincible en Will, à l'époque, c'est qu'il était sincère quand il disait cela. Je suis sûre qu'il était amoureux de Jean-Philippe Bardotti. Vraiment ; c'était un très grand sensible, à sa manière.

Il est revenu le lendemain, avec une pancarte autour du cou : « On ne veut pas de moi. »

Il a frappé à la porte de Bardotti. On est venu lui dire qu'il était parti, il avait démissionné. On croyait que c'était de la blague, mais Will a vraiment été triste, désespéré — deux jours durant.

Puis il a écrit toute l'histoire dans ses chroniques, à *Blason*. Ça a connu un certain succès dans le milieu. On lui a proposé d'écrire un roman.

Je lui ai demandé : « Pourquoi tu as fait tout ça ? »

Il avait très mal aux dents, il n'arrêtait pas de se torturer les gencives avec des cure-dents.

« J'fais ça pour plus avoir mal aux dents... »

Il bâillait.

« C'est bien d'avoir des obsessions, je veux dire, c'est structurant, c'est important. Si tu réfléchis plus de trente secondes à la condition humaine, tu vois, c'est l'essentiel. Faut rester bloqué sur un truc qui paraît pas forcément important. »

Je buvais mon thé en feuilletant un catalogue, pour un article.

J'ai arrêté mon travail trente secondes, et je l'ai regardé dans les yeux : « Mais pourquoi tu mets toute ton énergie à faire des trucs comme ça ? »

Il a louché, il s'est étiré, assez fatigué, et il a laissé claquer sa langue contre son palais : « Ben, tu verras, j'm'entraîne. Faut que j'précise mon obsession. »

20

Lorsque la campagne présidentielle de 1995 a commencé, progressivement, Leibowitz appartenait encore au camp des intellectuels proches du Parti socialiste. Il ne supportait pourtant pas le personnage de Lionel Jospin, et la gauche destinée à devenir « plurielle ». Comme si c'était bien parce que c'était « pluriel ». Jospin avait été le ministre de l'Éducation incapable, selon lui, de prendre la décision d'interdire le voile islamique à l'école, en 1989, il était le promoteur d'une société molle, tolérante par défaut, pétrifiée par le « service publicisme » des gauchistes, flanqué des restes de la politique culturelle de Jack Lang, promouvant dans un enthousiasme de vieux bourgeois les nouvelles créativités, mélangeant l'art et le n'importe quoi subventionné, détruisant toute autorité de savoir, toute échelle de valeur, dans un laxisme lamentable.

Logiquement, les amis de Leibowitz ont fini par lui dire : « Mais en fait, c'est simple, c'est juste que tu n'es pas de gauche, Jean-Michel. »

Leibowitz a répliqué par un article furieux, que j'ai fait publier, pour lui faire plaisir, dans *Libé* : « Être de gauche aujourd'hui, c'est rompre avec la gauche et son esprit majoritaire. » Suite à quoi il a apporté son soutien « critique » au Premier ministre de droite de l'époque : Édouard Balladur. Il participa même à un déjeuner de campagne, au milieu d'intellectuels installés et plutôt académiques.

Il écrivit un nombre considérable d'interventions et inventa à cette occasion l'expression de « minorités majoritaires » qui, selon lui, devait connaître un succès identique à son invention du concept de « pensée unique » — afin de désigner les idées « de gauche » qu'il jugeait implicitement dominantes dans les médias, autour de tabous et de valeurs faussement généreuses, supposées indiscutables parce que de « bon sentiment » : l'antiracisme, la tolérance, le relativisme culturel, la fraternité entre les peuples, le pacifisme, la révérence envers les « dominés économiques », qui étaient avant tout une construction théorique des intellectuels.

L'expression fit un flop.

Alain, son ancien chef de section à l'Organisation, désormais porte-parole de campagne de Jospin, déclara : « Quand on prend le contre-pied de la gauche, on est à droite. »

Quant à l'extrême gauche, dont venait lointainement Leibowitz, cela faisait longtemps qu'elle ne déclarait plus rien à son sujet.

Lorsqu'il apparut à Leibowitz qu'il était bien de droite (mais de manière « critique », et en « contre-pied », contrairement à ceux qui y sont depuis toujours de plain-pied), il eut la révélation désagréable du fait que Balladur était bel et bien majoritaire à droite, qu'il représentait le pouvoir, un peu par défaut, et que les intellectuels *de pouvoir* lui étaient acquis : il se trouvait donc être l'un d'entre eux — et il batailla alors avec énergie pour faire comprendre soudain à son entourage que Balladur était un choix rien de moins que moutonnier (pas à la manière dont lui l'avait fait, néanmoins) ; il bascula en conséquence, à coups d'éditoriaux et d'articles percutants, du côté de Chirac, au moment même où ce dernier était encore largement en minorité à droite, dans les sondages.

Chirac battit Balladur au premier tour et Jospin au second. Il était président de la République.

Leibowitz, soutien tardif, mais soutien néanmoins, se vit proposer la direction de Sciences-Po Paris, qu'il refusa, en déclarant calmement qu'on ne l'achetait pas. Ce n'était pas faux, il n'était guère vénal.

Dominique ricana dans *Libération* sur le « philosophe minoritaire » officiel du président.

Leibowitz, extrêmement pincé, répondit qu'à notre époque, il se pouvait bien que le seul moyen d'être à contretemps, de résister à la pensée unique de l'air du temps, qui célébrait sans cesse les « minorités », c'était d'être majoritaire, et officiel. Il faut se rappeler Pascal, concluait-il. Comprenne qui pourra.

Il voyait presque désormais dans le fait de se présenter à l'Académie française fondée par Richelieu un acte de résistance à la rébellion factice, à la Condé, et à la corruption du langage, qui avait gagné toutes les strates de la société, à l'illusion plastique de la subversion, qui s'était imposée sous la pression conjuguée du gauchisme et des avant-gardes, puis de l'activisme, antiraciste, féministe ou homosexuel.

Se croyant agressé, il se fit une gloire d'être minoritaire face à une masse floue, qui lui apparaissait une majorité sourde, aux yeux de laquelle il passait désormais pour le représentant même du pouvoir, de l'esprit majoritaire, agressant incessamment les minorités culturelles et intellectuelles. Personne, en démocratie, n'a véritablement intérêt à se penser comme intellectuellement dominant, bien au contraire — disait parfois Dominique, en commentant l'actualité.

Depuis lors, il fut caractérisé comme penseur *réactionnaire*, et il ne cessa de réagir, de s'employer à montrer face à l'acharnement, face à l'avalanche de critiques sarcastiques et parfois violentes qu'il subissait de la part de ses adversaires, ses anciens amis, combien cette mise en accusation de sa personne justifiait et prouvait qu'il avait fait le choix du franc-tireur, contre la pensée unique, le choix du seul véritable intellectuel marginal, qui pense contre son temps — celui qui ne crache pas aveuglément contre le pouvoir et l'institution, comme le font tous ceux, privilégiés et nantis, qui en profitent largement, tout en l'accablant d'imprécations apocalyptiques de révolutionnaires de salon, incapables de prendre leurs responsabilités, les devoirs des droits que leur octroie leur rapport au pouvoir social. Il haïssait littéralement Bourdieu et le *bourdivisme.*

Le pendule de la politique veut que ce soit souvent par l'intelligence du contre-pied, par réaction, que l'on finisse par se voir attribuer la bêtise des girouettes. Je ne sais plus où j'ai lu ça — ça se trouve, même, c'est Leibowitz qui l'a écrit.

Quant à Willie, je me rappelle qu'une fois, après avoir bu comme un trou, torse nu, en pleine ébullition de discours, les mots se bousculant, il m'avait lancé : « Tu vois, Liz, le problème avec cette connerie de pensée unique de ton Leibowitz à la con, et tout le truc du contre-pied, là, c'est qu'au fond, il doit toujours être sûr de savoir où est-ce qu'elle est la majorité, enfin tu vois, l'esprit, là, de l'époque, l'idéologie, la pensée dominante — pour penser et puis pour faire le contraire, hein.

« Il suffit qu'il dise : hop ! les homos, les minorités, hein, ils sont tous devenus majoritaires — donc il faut que j'aille, paf, contre eux, les antiracistes, ils sont le je-sais-pas-quoi de l'époque — mais je veux dire, qu'est-ce qui t'assure que c'est pas le racisme, tu vois, ou l'homophobie, hein, qui sont en fait dominants, réellement ? Est-ce que c'est pas tout ça, paf, un château de cartes intellectuel, tu vois ?

« Le problème, avec l'esprit de l'époque, tu vois, ce que tu reniles, c'est que tu peux pas juste toujours penser que t'as raison, tu vois, parce que t'es convaincu que tu penses contre ton époque, contre la majorité — parce que bon, t'es jamais, jamais sûr, en fait, de repérer ce que c'est ton époque, où c'est ?

« Hein, putain, où c'est qu'elle est ton époque ? Merde, j'aimerais bien savoir. Tu vois, moi, je sais pas ce que c'est mon époque. Elle est homo, ou elle est antihomo ? J'sais pas. Tu te plantes presque à coup sûr.

« Ça veut rien dire, penser contre la pensée unique. Rien.

« Dès que tu le dis, paf, ton ennemi i va dire que c'est toi — et même, ça se trouve, il aura pas tort. C'est pas pour ça que toi, t'auras tort, en plus.

« C'est pas ça, avoir la gloire.

« Moi, je pense, i faut être fidèle. Moi j'suis fidèle à l'idée pédé, tu vois. C'est pédé, c'est bon. J'assume 100 %. Les pédés feraient une putain de dictature nazie pour éliminer tous les hétéros, ben, excuse-moi, j'aimerais toujours les pédés. Ça a rien à voir, tu vois, avec cette connerie de la majorité. C'est du *bullshit*. »

Il avait avalé toute la bouteille, et il s'est endormi quasi instantanément sur la moquette.

« Tu vois, c'est la couille, chez ton mec. »

Il rigola encore.

« Si i' croit que les gauchistes sont partout, ben il veut plus être gauchiste, pfff... Le contre-pied, merde, c'est juste quand on sait pas prendre son pied là où il est. Si t'étais sa femme, j'suis sûr qu'il prendrait sa foutue femme comme maîtresse, tu vois. »

Et il ronfla.

Merci Will.

Will semblait toujours organiser les soirées auxquelles il ne faisait pourtant que participer.

La grande fête du vendredi, il la rebaptisa *Dominique La Police.*

Doumé venait d'annoncer à la télé la nouvelle campagne de prévention, et il avait terminé son petit speech en lâchant : « Soyez raisonnable. » Will ne supportait pas ça.

Putain, on n'est pas devenu pédé pour être raisonnable !

Il avait alors signé un article, rédigé à la dernière minute, pour *Blason*, qu'il avait voulu appeler : « K-POT = KAPO = PAPA ».

Puis il était parti en soirée avec un tout jeune type, Ali, dont il était proche, à ce moment-là. Il l'avait sorti de la prostitution. Il disait qu'il le formait. C'était un jeune gars très beau, plutôt cultivé et extrêmement incohérent.

Will se protégeait, à l'époque, il faut pas croire. Ce qui l'a énervé, c'est juste qu'on lui dise de le faire. C'est un peu ça qui l'a poussé, même si pas seulement. Dominique avait participé, avec Stand, à une « réunion prévention » organisée par le ministère de la Santé, pour rassembler, comme on dit, tous les « acteurs » de la lutte contre la maladie.

« Merde, le ministère, c'est des nazis. » Il zézayait.

Il s'est baladé toute la soirée avec la pancarte « Dominique La Police », au bras d'Ali. Quand il a été bien défoncé, il a rajouté au feutre rose « (sans capote) »… Il y en a beaucoup que ça a choqué. Il ne lui en fallait pas plus.

Willie a réagi en blablatant. Il disait comme quoi, voilà, on était tous des moutons, on réagissait pas, on suivait tranquillement les plans célestes du dieu prévention et K-Pot est son prophète.

Là, il y en a qui ont ri. Il savait y faire, Willie, qui zézayait quand il était stoned.

Et il est parti dans un délire capote, interminable.

Ali était plié, il a applaudi.

C'est parti comme ça. Pas plus, pas moins. Évidemment, avec tout l'arrière-fond…

LA HAINE EST BELLE

Tous les vendredis soir, dans l'amphi de l'École des arts appliqués, Stand organisait son forum, qui était à la fois, de manière originale, une réunion de bureau de l'Organisation et une sorte de « micro ouvert » où n'importe qui pouvait venir donner son avis. Doumé menait les débats, il était terrible. Tout le monde l'écoutait avec une certaine fascination.

Il y eut un moment, pourtant, où des voix s'élevèrent pour protester contre le fait que le comité de rédaction de *Blason* se déroule conjointement à l'assemblée de Stand, comme s'il n'en était jamais que le bulletin officiel et enregistreur. La question devint cruciale à l'occasion du débat sur l'article de Will, « K-POT = KAPO = PAPA », qui citait nommément Dominique.

D'entrée, fort de son emprise sur le mouvement, Dominique demanda le vote d'une motion visant à publier un communiqué désolidarisant Stand et *Blason* de l'initiative isolée, solitaire même, de Willie Miller.

C'est Doumé qui avait voulu le principe selon lequel tous les participants votaient les décisions prises en forum d'expression ; ce qui, dans une certaine mesure, se révélait assez dynamique et jouissif tant que le mouvement était minoritaire et peu connu, mais devenait suicidaire dans des conditions élargies.

« Je mets au vote la parution du communiqué dénonçant le texte de William Miller comme en tout point contraire aux principes, à la morale et aux règles de fonctionnement de l'association. On peut le juger, de plus, relativement dégoûtant, humainement parlant. Le préservatif a sauvé bien des vies, nous le savons tous. On y va ? Débat ? »

Ce fut d'abord timide. Et puis, à la grande surprise de Doumé, qui ne s'y attendait absolument pas, je peux en témoigner, ce fut la curée.

La salle était pleine de jeunes pédés curieux, assez éloignés du militantisme Stand à la Doumé, et la jeune garde de la direction elle-même souleva des objections quant au dirigisme de Doum-Doum, sa manière d'inféoder la tribune de libre expression qu'était *Blason* à l'asso. Dans la salle, les plus gamins scandaient même parfois le nom de Miller. Doum, choqué, perdait la main. Il s'arrachait les cheveux.

« Je ne comprends pas, vous pouvez vous foutre en rogne contre moi, mais remettre en question la protection, le préservatif… Vous tenez à la vie, non ou oui ? »

140

« On tient à notre indépendance. On n'est pas des chiens en laisse. »

Je n'ai jamais vu le Doum déboussolé à ce point. À cet instant, il regarda sur l'estrade, à sa gauche, à sa droite... Il chercha un regard connu. Rico, Éric, Philippe, Didier... Les autres fondateurs, et puis sa génération — ils étaient tous partis. Et il se retrouvait presque vieux, par les faits. Les plus jeunes ne comprenaient pas. C'était totalement irrationnel, ils se retournaient contre lui par pure réaction et ils foutaient en l'air la seule assurance qu'ils avaient, eux, de ne pas mourir.

Il se sentit seul.

Il fit valdinguer sa chaise, s'empêtra les pieds dans les fils du micro, qui fut coupé, et l'on n'entendit qu'à moitié ses mots d'adieu : « Eh bien soit, si vous voulez vraiment... Alors... Mais après, faudra pas vous étonner si... »

Il cacha son désarroi dans une colère monstrueuse. Je me rappelle sa mâchoire qui tremblait, et lui qui répétait : « Je vais le détruire, c'est sûr, maintenant c'est sûr... Il y a pas d'autre solution, je le détruis, je le détruis, c'est tout. Merde, merde, merde... »

Blason devint pleinement indépendant et quitta le giron de l'asso, suivi par la frange la plus dure du mouvement.

Doum resta bien évidemment coordinateur de Stand, mais il avait lâché les rênes du magazine. À terme, cela s'avérerait une erreur, même s'il n'avait guère eu le choix.

« Dominique a joué très personnel, on comprend tous ses rapports avec Will, tout le problème, mais il laisse ses sentiments empiéter sur un terrain qui nous concerne tous, quoi qu'on pense de ce que dit Will, la libre expression, la liberté, l'essence même de notre mouvement, tel que l'avait d'ailleurs voulu Dominique. On n'est pas des censeurs. »

C'est Olivier qui a pris plus ou moins la tête de *Blason*, vite remplacé par Ali.

« Ça se trouve, il sait même pas lire, ce type, putain…, avait craché Dom entre ses dents. C'est juste son foutu pantin… »

23

Le matin, Doum-Doum me prenait souvent en voiture pour aller faire des interviews. Je ne sais pas conduire, ça me fait peur.

Il proposait toujours des bonbons au cassis et il mettait France Info. Pour conduire il avait des lunettes et, souvent, contre le lumbago persistant qui lui bloquait les reins, il attachait une grosse ceinture grisâtre qui lui donnait l'air assez mignon d'un superhéros un peu bedonnant au volant. Il me faisait rire.

« Où est-ce qu'on va ? »

Un matin, Doum tremblait de la main droite sur le levier de vitesse.

« Ça va ? »

Il avait l'air livide.

« Qu'est-ce qui y a ? »

Il avait peur.

« Je ne sais pas ce qu'il me veut, Liz. J'ai la trouille. Je le maîtrise pas.

— Comment ça ?

— Il va... Il va m'assassiner. »

J'ai ouvert grand les yeux : « Qu'est-ce que tu racontes ? »

Il a porté la main à sa gorge, comme pour prendre son propre pouls.

« Je le sens. »

J'ai cru qu'il allait tourner de l'œil.

« Quand on était ensemble… Il… J'avais beau lui proposer quelque chose, lui dire : on va au cinéma, on sort se promener, on va voir un tel, on fait l'amour… Il… Il passait son temps à me regarder, avec ces yeux-là, et à dire : et qu'est-ce qu'on fait ensuite ? J'avais la trouille. C'est con, vite je cherchais un truc à lui dire, à lui apprendre, à lui offrir. On voit une vidéo ? Tu sais ce que c'est comme fleur ? On mange dans une heure… Et lui, qui disait, ou alors il le pensait, j'sais pas : t'as que ça à me proposer ? Tu faisais un pas, il attendait le pas d'après. Et j'avais déjà, moi, avec la maladie, le sentiment qu'il y avait la mort au bout, tu sais, Liz, je voulais pas trop me presser. Lui, c'est comme s'il voulait explorer, aller au bout, dire merde au bout, et disparaître sans états d'âme. Il… »

Il suait à grosses gouttes. Il me faisait un malaise.

Je me suis inquiétée pour rien, c'était un coup de chaleur. Il s'est révélé cardiaque, sans gravité. Je l'ai emmené à l'hôpital, je n'ai pas aimé. Et il ne m'en a jamais reparlé.

24

C'est comme ça que je l'imagine, c'est comme ça qu'il le racontait.

Willie avait rencontré Richard en soirée *Dominique La Police*, un classique des nuits parisiennes. Un beau mec, un roux, médecin, tout juste sorti des études, un peu désaxé.

William se remet sur le dos et il accroche le haut du lit à la force de ses deux mains. Il souffle.

« Il y a quelque chose de chiant avec le sexe. »

Richard nouait le préservatif. « Tu l'as dit.

— Non, mais je veux dire, profondément.

— Ouais, qu'est-ce que tu veux dire ?

— Le drame de la vie, c'est que le sexe c'est fini, mec.

— Qu'est-ce que tu racontes ? C'est fini et ça recommence. »

Richard s'est allongé à côté, et il cherche un peu d'herbe, sous le réveil.

« Merde, je veux dire fini au sens philosophique, tu comprends.

— Tu veux dire fini au sens que c'est pas illimité ?

— Tu m'as compris, Richie. C'est un problème de trou, c'est un problème de *trucs* — et pis on sait très bien comment ça finit.

— C'est clair, tu m'fous le cafard. » Il se marre. « De toute manière, j'l'avais déjà.

— Ben voilà, merde, dire qu'on se fout en l'air l'adolescence pour ça, tu vois ce que je veux dire. On f'rait mieux de profiter de l'enfance pour le coup.

— C'est clair.

— Tu vois, j'aimerais bien jouer comme des gosses, tout ce truc de trous, en fait, y a pas trente-six mille possibilités, quand c'est fait, on fait quoi après ? Tu vois… »

Richard rigola. D'un seul coup, il attrapa entre deux ongles un long poil sur le torse de Willie, et clac ! il l'arracha sèchement.

« Aïe, putain…

— Hihi, ça m'fait marrer.

— Ben quoi ?

— J'veux dire, ça t'fait un trou en plus.

— Ah, t'es con. Merde, je vois c'que tu veux dire, merde, tout ce qu'on a fait, tout le monde l'a fait, même Dominique… »

Richard avait craqué des allumettes, pour s'allumer son pétard.

« File-moi ça. »

Quelques minutes durant, ils s'amusèrent à se cramer des bouts de peau, sur les fesses, les oreilles, les tétons, les testicules…

146

« Arrête, oh putain putain… »

Puis ils arrêtèrent.

« Merde, c'est déjà fini.

— Tu prends pas ton pied, Will.

— Si, si… Tu vois, t'as rien d'autre à proposer. Faut autre chose, faut autre chose, allez, allez, on fait comme tout le monde, là. Aïe, putain, j'ai mal aux dents, je veux plus penser à ça, trouve-moi quelque chose. J'ai mal. »

Richard prit d'abord maladroitement un cure-dent, ce n'était pas suffisant.

Puis la clé de l'appartement. Un peu dans les vapes, il tentait de redresser la dent avant de Will, de la remettre en place, au beau milieu des autres.

« Allez, en ordre, les filles… »

Il alla chercher un couteau. Will gémissait et sa gencive suintait le sang.

« Attends, je glisse la lame, bouge pas, je vais faire levier.

— Aïe, merde, fais gaffe au couteau.

— La carte de crédit…

— Ah ouais. »

Il coinça la carte de crédit entre deux incisives, puis ajouta lentement la lame du couteau, en faisant contrepoids.

« Eh merde, c'est bon, putain, ça, ça fait du bien. »

Ils entendirent alors un gros crac, et Will pissa le sang.

Il se regardait la bouche face à la glace, au-dessus du lavabo, en frottant avec le plat de son avant-bras la buée qui s'y déposait.

« Non, c'est bon, c'est O.K., fais-moi confiance, j'suis médecin, t'as rien.

— O.K., O.K. »

Il s'effondra sur le lit défait, et remonta le chauffage.

« O.K., raconte-moi ta journée, alors. »

Il soupira.

Richard fumait : « Ben, j'm'appelle Richard Winter. C'est la première année que je suis en cabinet.

— C'est cool ?

— Mouais. Ça dépend comment tu prends ça. J'ai pas la carrure pour assurer. À longueur de journée les gens défilent devant toi, avec leurs maladies, et toi, tu vois, tu vois bien qu'ils meurent.

— Ils meurent ?

— Ben ouais, on t'a pas dit ? Ouais, merde, on les répare, tu fais semblant de t'intéresser, tu compatis, tu soignes, tu soignes, et putain à la fin ces enculés ils vont tous crever. Tous...

— Ah ouais...

— C'est la merde, on est supermal. Je t'assure. J'en peux plus. J'suis là, je promets la vie, les enfants, le nez débouché. Les meufs rougissent, elles te draguent toujours un peu, ça me soûle. Et toi tu te dis, merde, je voulais faire médecin, genre être utile, tu vois. Et t'es utile à la sécurité sociale. La salope.

— Qui ça ?

— Ben, elle.

— Ah ouais, O.K.

— C'est ça, de l'autre côté du bureau, tu vois, j'ai mon bureau de merde, et ils sont malades, et moi je suis la vie, mec, la Vie. Je suis le médecin, O.K... J'en peux plus.

— Eh, tu vas pas chialer.

— Je m'excuse. Je peux pas faire ce métier… Je peux pas, être vivant, les soigner, ça va pas du tout. J'arrive pas. Je veux changer. Je… Je sais pas, Will, c'est quoi ce monde, c'est quoi cette vie ? »

Will ferma les yeux, et réfléchit.

« C'est la merde.

— Sûr mec, c'est la merde. »

Willie ne voyait pas quoi dire d'autre.

Richard sécha ses larmes. Il s'assit.

Willie demanda doucement : « T'es juif ?

— Ouais, t'es séropositif ?

— Pourquoi tu demandes ça ?

— J'sais pas. Je sais… Tu sais, j't'envie, des fois.

— Pourquoi ?

— Tu sens la mort dans ton ventre, tu vois, tu l'as en toi, t'es pas derrière le putain de bureau. Tu comprends, je suis censé soigner les gens, les gens, ils meurent et moi, et moi je me dis, je sais pas ce que c'est la mort. Tu comprends, je sais pas. C'est comme un mot. Je vois les gens qui pleurent des fois, merde, c'est rien pour moi, rien. Rien à foutre.

— T'as jamais vu un mort ?

— Ma grand-mère, elle était juive. »

Will remua la tête de gauche à droite sur l'oreiller, en laissant tinter son bracelet.

« C'est quoi ton truc, là ? Tu veux sentir la mort. Merde, c'est Bataille qui disait l'amour la mort, c'est pareil. C'est Dominique qui m'avait fait lire le bouquin. Trop trop fort.

— T'es sûr que c'est ça ?

— Sûr.

— Will...

— Oui ?

— J'voudrais qu'tu m'prennes, tu vois, comme ça, sans capote, j'voudrais que tu m'fasses ça comme un bébé, tu comprends ? J'voudrais que tu m'foutes ça dans le ventre, c'est comme un enfant que tu me fais, non ?

— Tu déconnes ?

— Non, c'est vrai, y a plus que ça. Est-ce que tu sais même ce que c'est de baiser sans capote ? Merde, tu te rends compte, j'ai jamais fait ça...

— C'est clair, et tous ces enculés qui nous font la morale et qui faisaient ça sans rien, eux, merde, c'est dégueulasse...

— Fais-moi un gosse, Will, fous-la-moi, dans le ventre, la mort, la maladie, tu vois, j'pourrais la porter, ce sera un peu à toi.

— C'est clair, y a plus que ça à faire.

— Je t'aime.

— Oh, je t'aime. »

C'est comme ça qu'il le racontait.

25

« Tu as encore mal aux dents. »

Mmh. Will, mal rasé, en robe de chambre, une serviette de plage sur la tronche, en plein hiver, végétait sur le lit défait. C'était dimanche. Je lui proposai ce que j'avais en stock : des céréales, du chocolat, quelques fruits, pas grand-chose. J'avais pas le courage d'aller faire les courses.

C'est une fille que je payais, qui venait faire le ménage le lundi. J'ai regardé les lames du parquet, sales, et les paquets de bonbons par terre, entre le plaid, les vêtements et un ou deux cartons.

« Tu devrais pas manger de bonbons, avec tes dents, Will...

— Mmmh.

— J'ai pas le courage de faire le ménage, tu crois que je suis une privilégiée, Will ?

— Mmmh. T'es une putain d'aristocrate, Liz. Le problème, c'est que tu travailles quand même. Faut pas. Tu fais plein de choses, mais pas celles qui sont nécessaires pour vivre. Ça, c'est pour les autres. Ouais, t'as raison. »

J'ai entrouvert la fenêtre, pour fumer, en collectant les verres d'alcool.

« J'ai froid, merde, j'ai froid. Ferme ça. »
Will grelottait.

Je suis venue m'installer à côté de lui, en me coiffant vaguement, et je lui ai ouvert la bouche.

« Pouah. C'est une infection. Tu pues là-dedans. C'est en train de pourrir de l'intérieur, ou quoi ?

— 'est pas ma faute. »

Oh merde. Il avait la bouche ensanglantée, et une dent de travers, la gencive violette.

« Pourquoi tu vas pas voir un dentiste ?

— 'eux pas. »

Je l'ai nourri au Doliprane, je voyais pas quoi faire d'autre, et je me suis couchée à côté de lui.

« Qu'est-ce que t'écris ? Un livre ? »

Il traînait à côté de lui un bloc-notes noirci.

« Nan. C'est un plan de bataille.

— De bataille ?

— Pour foutre en l'air Dominique. »

J'ai jeté un œil, j'ai vu des schémas super-compliqués et…

« Pas touche, regarde pas, tu vas lui dire après, j'te connais.

— Non, mais…

— J'peux pas t'faire confiance. Confiance à personne. »

J'ai essayé de lui caresser la joue : « Oh, ça va passer… »

Il s'est rebiffé.

« Will, pourquoi t'es comme ça ?

—J'suis au maximum, si j'étais pas pareil, ce serait pas moi, tu vois. Maintenant faut que je sois au maximum.

—Je t'aime bien comme ça, mais y a une marge, tu pourrais changer, un peu, juste évoluer…

—Ah non, non. C'est des conneries, ça. Moi je vais être supercélèbre, tu comprends, et après je serai mort. Je m'en fous que si j'énerve, si je fais chier plein de gens, de toute manière, on est tous quelqu'un, et point. Même si on me déteste, en fait, je vais pas être moins quelqu'un, au contraire, tu vois, alors c'est philosophique, O.K. Donc rien à foutre. Faut que je sois au maximum. Faut que je sois quelqu'un au maximum. Faut des objectifs.

— Quels objectifs ?

—Dominique, il est en train de faire un complot, tu vois, contre moi. Je vais pas me laisser faire. Tu comprends, je lis dans son jeu, c'est comme du jus de couilles. Je sais ce qu'il fait, mais je vais l'assassiner.

— L'assassiner ?

— Ah ouais, ouais, mais plus que juste physiquement… » Et il tapote le côté de son crâne avec son index, façon de désigner l'esprit, d'un air entendu.

« Tu vas pas faire de conneries, hein, Will, tu me promets ?

— Nan, nan, mais c'est plus profond, c'est symbolique, tout ça. Faut qu't'apprennes, l'esprit est plus fort. C'est la paranoïa, Dominique est paranoïaque.

— C'est bizarre, non, comme tu le hais quand même...

— Ah, mais c'est important, la haine, c'est superimportant. Tu sais, on vit dans une société, où la haine, c'est superdévalorisé. La haine, ça fait exister, c'est superimportant. La vraie haine, moi j'existe vachement pour ça, comme il dit Spinoza. »

Il mouline de l'air avec le bras.

« Tu vois, je serai célèbre pour ça, et si on te hait, même si tu meurs, ça fait de toi vraiment quelqu'un. Et c'est mieux que l'amour, par un autre côté... »

Il réfléchit deux secondes.

« Pa'c'que l'amour, tu vois, c'est vaincu par la mort, en fait, parce que tu veux pas que ce que tu aimes meure, bien sûr, alors que ce que tu détestes, non, tu veux que ça meure, et, à la limite, la mort c'est pas suffisant, parce que ça a été, tu vois, en quelque sorte ça a quand même existé. C'est mieux que la mort, l'amour c'est moins bien. »

Je l'écoutais. On entendait la circulation ralentie des voitures un dimanche, à travers les vitres, et sous les nuages gris comme un carton mouillé, avec l'aspect d'un pelage de chat.

Il poussait incessamment l'une de ses dents vers l'arrière, à l'aide de son gros pouce, et s'excitait sur place en m'expliquant :

« Ouais, ouais, ouais, la haine, et la fidélité, c'est clair, c'est ce qui y a de mieux dans l'homme. L'amour, j'suis sûr, ça appelle la mort, et la trahison, c'est juste une façon d'oublier le temps, tu vois, de faire semblant. Non, non, non, la haine et puis la fidélité, c'est l'important, c'est vraiment bien, ça justifie bien d'être humain. Regarde, quand on n'en a plus, de haine, on préfère rien, on choisit rien, on fait rien, on comprend tout, et pis on est sage, et pis on n'est plus rien, c'est tout à fait comme disait Spinoza.

« Tu vas détruire, tu vas foutre en l'air, putain, tu vas sortir du monde la saloperie de truc que tu détestes. Y a un côté arbitraire, c'est clair, superarbitraire, dans l'affaire, mais c'est parce que dans la vie tu choisis, et choisir, tu vois, c'est complètement arbitraire. Faut le savoir, c'est tout. Moi, c'est Dominique, ben c'est Dominique, j'ai trouvé. Je déteste ce mec, ça m'énerve qu'il existe, clairement, ça m'fait chier un maximum, franchement. Il a complètement trahi tout ce qui y avait de vrai dans la cause pédé. Il devient genre total universaliste, il parle des victimes, et tout le monde est une victime, et gnagnagna, il va collaborer avec l'État, pleurnicher pour les subventions, tu vois, pieds et poings liés, il veut soigner tout le monde.

« Mais le sida, c'était une vraie chance, je veux dire, c'était à nous, juste les pédés, tu vois, il a complètement dilapidé le truc, on le donne à tout le monde, je l'ai vu à l'œuvre, je le connais, tu sais. Il faut pas vouloir pour tout le monde, être juste, faire le bonheur, comprendre tout le monde, merde — c'est de la merde. »

Il parle difficilement, en postillonnant, avec la langue pâteuse, et précipitamment.

« Faut de la mauvaise foi, faut faire des trucs faux, faut assumer — au bout du compte, en fait, on est juste quelqu'un, on n'est pas le monde entier, faut pas faire semblant. Ça c'est bon pour la morale.

« C'est ça que je veux... » Il me prend à témoin, et désigne son torse, musclé, développé, glabre.

« C'est ce que je ressens au plus profond de moi pour Dominique. Je veux le détruire. Ça veut pas dire juste l'ignorer ou le buter. Nan, ce serait une sorte de martyr de la cause pédé, et puis tout le monde en parlerait. Nan, je voudrais, ouais, salir même son passé, et lentement, paf, le réduire à néant, néant, comme si ce mec avait jamais été rien. Son nom, qui il était ? Non, connais pas. Tu vois. »

Il hoche la tête, il est d'accord avec lui.

« C'est une sorte d'obsession, ça me motive bien, cette pédale me travaille. C'est pas la haine vulgaire, où tu t'énerves, tu veux juste tuer quelqu'un. Non, c'est vachement plus... Plus profond, ouais. C'est limite paisible, c'est cool. Ça fait un but dans la vie, comme une sorte de cible, limite de culte. C'est ça. Je sais que je vis tant que je l'entraîne, paf, dans le néant. C'est superimportant. Sinon... »

Il s'énerve, et se lève.

« Sinon, on n'est rien, merde, Liz. Y a rien. On est quelque chose qui va même plus être quelque chose. On va mourir. À la limite, bon, c'est pas grave. Mais à cause de ça, tu sais bien, tout ce que tu fais, même un truc grandiose, hein — ça relativise. Ça relativise un maximum. Pa'c'que bon, t'as juste été un truc, une chose. Et y a d'autres personnes, d'autres trucs, d'autres choses, et y en a plein. Tu comprends ce que je te dis, tu réfléchis, tu m'écoutes, c'est superimportant ce que je te dis, hein.

« Quand tu réfléchis bien à la vie, hein, tout ce que tu trouves, je veux dire quand tu laisses tomber la morale, la souffrance, le *bullshit*, et tout, c'est que c'est juste des choses, et chacun son choix. C'est clair, chacun son choix. C'est aussi con que ça et tout le monde le sait. Et en plus tu choisis même pas vraiment, évidemment, hein, t'es entraîné, et puis la société, et tout. Bon. Spinoza, quoi. Et toi t'as fait, t'as pensé ça dans ta vie, ouais, mais tu meurs, j'veux dire ni plus ni moins que le connard le plus absolu, que l'abruti ou le gros nazi. Et lui pareil. C'est égal, c'est complètement égal, c'est chacun quelqu'un. Eh ouais, ouais, c'est ça. Et c'est tout, après chacun fait ce qu'il fait, et la vie, je veux dire, c'est rien d'autre, c'est vraiment rien d'autre, quand t'y réfléchis. »

Il saute presque sur place.

« La haine bien fidèle, ça motive bien pour tenir, sinon tu craques, c'est pas possible, de penser que c'est égal, que t'as beau faire du mieux, ou du pire, ou même rien faire, c'est égal pas plus pas moins et paf tu meurs. Alors tu te motives et tu te concentres, sur quelqu'un, ou sur quelque chose, hein, à la limite, genre une idée, mais une personne c'est mieux, et tu la détestes grave, t'essaies de vouloir que ce soit pas quelque chose, pas quelque chose, mais bon c'est quelque chose, justement, et même si tu sais que c'est égal, c'est complètement égal, c'est juste quelque chose comme toi, à la fin, dans le monde, ben mais c'est pas grave, nan, tu refuses que ça existe, tu veux le virer du monde. C'est ça la haine, c'est cool pour l'homme. Superimportant.

« Moi, je crois que le sida c'était aux pédés, c'était un supertrésor pour nous, je crois qui faut être pédé, pa'c'que c'est mieux, qu'on est pas des victimes, et que la mort, c'est putain d'important, que l'État et toutes ces conneries c'est manière de faire croire à l'amour des femmes, tu vois, genre la mère, la vie, elle donne la vie, on te protège tout ça. Alors que non, la mort. Parce qu'on a peur. Et Dominique, il a choisi ça, je le sais, alors je le hais, mais tu vois, c'est superréfléchi. C'est superfidèle, en quelque sorte. »

Je savais pas quoi dire.

Il a finalement sauté hors du lit, en slip, comme s'il avait plus mal aux dents, et il a entraîné son ordinateur portable vers le salon.

« Qu'est-ce que tu fais, Will ?

— J'ai un putain d'paquets d'idées, me dérange pas. C'est tout c'que j't'ai dit, faut qu'j'l'écrive.

« — Tu vas l'écrire ?

— C'est clair, c'est clair, faut qu'ça m'fasse célèbre, faut qu'j'me grouille, i m'faut une œuvre, tu vois, tu crois pas ?

— Ben, peut-être. »

Je me suis allongée, j'étais fatiguée, il m'avait fatiguée. Leibowitz était à Deauville avec ses enfants. J'ai cherché un livre sur la table de chevet, pas le sien.

« J'vais faire un bouquin, faut qu'ça s'vende, tu m'aideras, ouais, et Leibowitz, là, aussi.

— Mmh, mmh », j'ai fait.

Et puis j'ai demandé : « T'as plus mal aux dents ?

— Si, si, mais là, c'est bon, ça va dans le bon sens. Vers l'intérieur, tu vois. »

26

Le livre de William a été publié grâce à Claude
— une connaissance de chez Fayard.

Megalomaniac Panic Demence H, le livre s'appelait. Supertitre, super.

Il faisait partie du mouvement, alors, de l'autofiction. Quelque chose qui avait commencé la
première fois qu'un homme préhistorique avait
fait l'expérience de parler de lui-même pour se
donner du pouvoir, et que personne n'écoutait
déjà plus ce dont il parlait, mais qu'on le regardait parler. Quelque chose qui avait continué
avec le fils de Monique, Montaigne et JJR, puis
quand on s'était aperçu, nous les modernes,
qu'on n'avait plus rien à dire du monde, à part
soi-même, qu'on met en scène — mais moi *qui*,
hein ? ça reste à voir, et puis qui avait fini par
porter ce nom quand Serge Doubrovsky avait
publié *Fils* en 77. Une quinzaine d'années plus
tard, c'était devenu un style, le style : tant que
je parle, j'ai raison, je peux mentir ou j'ai rien à
dire, j'ai raison — j'ai la parole, et ça s'appelle

un livre ; William allait bien là-dedans. Moi, je sais pas, c'est comme ça que Claude le présentait, c'est comme ça qu'il l'a vendu. Alors O.K.

C'était donc de l'autofiction.

Ce qui veut dire qu'il n'y a pas d'histoire, il y a un *discours*. C'est quelqu'un qui parle, et on le regarde parler. Bon. O.K., qui parle ?

Pendant quatre cent trois pages, vous avez de la chance, je vais vous résumer, c'est un type assez embrouillé, exalté, qui retourne toutes les choses à l'endroit à l'envers, et qui parle, notamment, de génie, de godemichés, de communauté, de préservatif, de Leibowitz, de viande et de légumes. Bon, appelons-le William (lui s'appelle « je »), pour nous ce sera plus simple. Il n'y a pas de chapitres, au cas où vous n'auriez pas compris, mais des « fragments » (le terme vient de Claude, ça veut simplement dire qu'il y avait différents feuillets entre lesquels Will n'avait jamais marqué « suite », parce que, quand il en rédigeait un, il ne se souvenait plus des autres, et ça le gavait).

William, dans *Megalomaniac Panic Demence H* (*MPDH*, on va dire, hein) est un jeune surdoué (QI égal au nombre de pages du bouquin, c'est dire), capable de résoudre des problèmes algébriques de Grothendieck à quinze ans (il a trouvé le nom dans le dictionnaire Larousse). Il est trop fort. Attention, il est *trop* fort, c'est pas des conneries. De temps en temps, il lit Nietzsche.

Il a un sexe gigantesque, il ne sait pas quoi en faire (à quoi ça sert un sexe ? demande-t-il), et il se masturbe cinq fois par jour. Après, il fait de la topologie non commutative.

Il devient adulte, et là, problème. Les adultes pensent que tous les hommes sont égaux ; d'ailleurs pas mal d'adultes savent résoudre des problèmes algébriques de Grothendieck, alors c'est plus trop un avantage, et puis ceux qui savent pas, ils s'en foutent, ils demandent à un type avec des lunettes, qui est payé pour ça dans une université quelconque. Merde ! À quoi bon être un putain de génie, s'exclame « je » (Will). Car Will (« je ») est bien supérieur, d'ailleurs c'est lui qui le dit, mais ça fait chier les autres adultes (nous, autrement dit le lecteur), qui l'humilient, pour équilibrer la balance (comme il est trop fort, on considère qu'il est en fait trop faible, résultat égal zéro — et il relit Nietzsche). On lui dit : O.K., tu viens carrément d'unifier toutes les théories du champ, là, et tu es un putain de génie, mais tu connais rien à la vie.

Il est dégoûté, carrément, et il le dit (je résume — je rappelle pour ceux qui prennent en cours de route, c'est *pas* une histoire).

Là, un journaliste vient l'interviewer (c'est un putain de beau mec, il lui dit : t'es un putain de génie, on sait ce que t'as dans le cerveau, voyons voir ce que t'as dans les couilles, mec).

Là, digression sur les neurosciences : William recopie intégralement des bouts de textes de Changeux, des époux Churchland, puis il termine par un paragraphe sur la transhumanité : le cerveau, c'est que des impulsions électriques, putain, grâce aux nanotechnologies, on va tout transférer sur processeurs, en raccordant ça à une bite génétiquement modifiée, par des arte-facts — on se fera plus chier avec le corps, dans quelques années, notamment pour manger, c'est complètement dépassé, et on sera ce qu'on est, un cerveau et une bite. D'ailleurs, il n'y aura plus de femmes.

Là, digression sur les chimpanzés, la politique, le pouvoir et l'homosexualité. On est des putains d'animaux qui vont devenir des machines — en fait, le journaliste se fait avoir, dans son propre appartement, à Paris. William (enfin, celui qui parle et qui dit « je ») lui a piqué sa carte de presse (digression sur la corruption dans le journalisme, et Pierre Bourdieu, hétéro-stal), il va se faire passer pour lui. Il s'aperçoit alors, avec rage, et plein de haine, qu'il entretient une liaison avec une bonobo (femelle), et que c'est comme ça qu'il a chopé le sida. Pour une rai-son mystérieuse, il ne se modifiera pas géné-tiquement pour éviter le sida. Mais bon... Le journaliste a beaucoup de poils, énormément ; là, digression sur la viande : il faut être végé-tarien — là, digression au carré sur Morrissey et *Meat is Murder*, d'ailleurs, c'est génial Morrissey, j'adore — parce que la viande, c'est le corps auquel on est encore attaché, comme des préhu-mains, entre la bite et le cerveau, c'est dégueu-lasse, ça pompe toute l'énergie vitale, et l'homme deviendra postanimal le jour où, autotrophe, il ne mangera plus d'animaux du tout, parce que tant que tu mets de l'animal en toi, il en ressort que tu es un animal — d'ailleurs les femmes gerbent les bébés...

Là intervient le fragment central sur la haine, la N ; vous pouvez relire mon chapitre précédent, c'est nettement plus clair :

N = (amour + mort) − mensonge.

Le journaliste et William font tout le temps l'amour, il y a sans cesse des scènes de sexe, en italique, je vais me chercher une aspirine. Et là, en fait, digressions sur Spinoza, si je me souviens bien, le monde virtuel et le Chaos, parce que le monde, c'est un Chaos autoconnecté au cerveau, et la bite c'est Dieu, sans le Père.

Le journaliste ne veut jamais faire d'exhib de slip à Will — qui s'aperçoit que l'autre n'a pas de bite, il s'est fait connecté un nanogodemiché de cyborg. Il part alors dans des partouzes parisiennes.

Le journaliste et William s'engueulent, parce qu'ils mangent de la viande (là, digression sur la zoosphère, pourquoi Lévi-Strauss n'a rien compris à la nourriture comme échange politique symbolique du sexe, un passage sur les Indiens d'Amazonie, un extrait du guide *Lonely Planet*, et pourquoi la psychanalyse n'existe pas). À la fin, éloge de la purée. Les légumes, John Holmes, l'acteur porno, pourquoi il s'évanouit quand il a une érection, un sexe trop long, et les pâtés végétariens à base d'algues.

C'est le genre de livre, vous n'avez aucune idée de ce qui peut les rattacher au monde qui les entoure, à la réalité — et pourtant ils existent, dans le monde. Certainement pas bon, même pas mauvais. Comme un mal de tête puissant, et un objet très laid, mal foutu, inutile, mais bon, qui prend pour un jour ou deux une place gigantesque dans votre vie, et ça vous ne pouvez pas le nier.

Le héros (ce n'est pas une histoire) regarde des films d'éthologie animale, sur les mouettes, et se masturbe en permanence. C'est la fin. Il y a même des violons.

À un moment, à la toute fin, le journaliste est le père de William. Une scène d'anthropophagie, qui tourne court. Qui mangera la queue ? (titre de l'antépénultième fragment, page 387). Ils s'engueulent.

S'ensuit une histoire assez lacunaire du préservatif, depuis Louis XIV et la laine de mouton, et de la guillotine, depuis Marie-Antoinette, en parallèle. L'expérience de l'Absolu. Le préservatif, c'est l'État dans un cul, la bite, c'est la liberté dans un slip. Le personnage se suicide (il est tué), en s'étouffant la tête dans un sac plastique Monoprix. En fait c'est le journaliste qui l'assassine, avec une capote plaquée or.

Là, digression sur « Dominique Rossi, Grand Protecteur de la Vie — grand-mère castratrice des pédés, défenseur de la capote, parce qu'il bande mou, et tueur. Il va me tuer. Bareback forever.

« Je sens ses mains sur mon cou. Gants de latex.

« J'étouffe, je veux sortir. Il regarde autour de lui. Mais je suis dehors. On ne peut pas s'en sortir. On est déjà dehors. »

Il n'y a pas marqué « fin », mais, effectivement, c'est fini quand même.

J'ai eu très très mal à la tête, et je soupçonne que la plupart des quelques personnes qui l'ont acheté *non* ; parce que moi je l'ai lu en entier, et ce n'est pas fait pour ça. À écriture fragmentaire, lecture fragmentaire.

Bon, les critiques, maintenant.

Maurice Dantec envoya du Canada un papier pour *Les Inrockuptibles*, il citait un acteur porno que je ne connais pas, Francis Bacon, Deleuze et Kurzweil, *Technikart* et la plupart des magazines et des fanzines « à la pointe » y virent l'émergence d'une subjectivité. Ah, ça coûte pas cher. Dans le chaos de la langue, William Miller produit l'étincelle de la singularité pure, ce qui n'est pas si fréquent.

Certains, les moins avertis, le prirent au pied de la lettre. Je me souviens d'un article très court, une sorte de brève, dans *Le Monde des Livres*, qui disait à peu près : « Sensation du moment dans le milieu *underground*, William Miller, un jeune surdoué, présente les pièces fragmentaires d'un parcours initiatique chaotique, dans la confusion d'un monde marqué par la sexualité, la viande, l'informatique et la haine amoureuse. Convaincant dans ses moments de folie, malgré les manques évidents de maîtrise, et le peu d'accomplissement de l'ensemble. Des passages controversés qui feront débat, s'ils sont lus. Une conscience à vif et les vertiges d'une vérité. Qu'on nous permette au moins de rester pour l'heure dubitatif. »

Le journaliste avait tenté d'être juste, avec ce « roman » totalement injuste, et de dire la vérité sur ce bouquin écrit dans un état second de transe totalement foireuse, sans aucune planification consciente ou inconsciente, à partir d'un patchwork monstrueux de citations récupérées sur internet ou dans ma propre bibliothèque, sans ordre, car il n'y connaissait pas grand-chose, à la vérité — c'est le chaos, O.K. Disons que c'était chaotiquement le chaos. Je n'ai pas plus d'avis sur le sujet. Incontestablement il avait une sorte de désir de liberté. Le bouquin n'était jamais qu'un symptôme… William ne voulait évidemment pas qu'on le lise, mais qu'on le voie écrire. La vérité n'avait rien à voir là-dedans, définitivement.

Je lui ai dit : « C'est pas mal, Will, t'es un écrivain, maintenant. »

Il a fait claquer une bulle de chewing-gum : « Nan. T'as rien compris ou quoi, Liz. J'suis un putain d'texte.

— Ah, O.K. » Et on s'est remis devant la télé. Ils passaient une adaptation de *La Belle Hélène*.

Le livre ne s'est pas beaucoup vendu, quantitativement parlant, mais il a fait parler de lui, dans la communauté, à cause de l'avant-dernier fragment : « Le sida fait vivre, la capote tue. »

J'ai rencontré un ami, au journal, qui m'a dit : « Attends, tu te rends pas compte, c'est une bombe à retardement. C'est un vrai livre culte en puissance ; c'est la folie. »

C'était, peut-être, ce genre de choses connues du petit nombre pour cette raison essentielle qu'elles ne le sont pas du grand.

On s'est fait chauffer une soupe devant la télé.

27

Le Sidaction 2000 était une sorte de grande manifestation médiatique, notamment télévisuelle, dont le but consistait à réunir le plus de fonds possibles, en faveur de la recherche contre le virus du sida — sous forme de dons de particuliers — à l'occasion d'un ensemble d'animations, d'interventions d'artistes et de particuliers, douze heures durant.

« Ah ah, ricana Will devant l'écran, quand je pense que Dominique va faire son flic dans cette bouse. Tout le monde est bien à sa place, dans le monde, hein, au bout du compte, c'est comme disait l'autre. »

Je m'épilais, les cheveux en bataille, sur le canapé, en regardant distraitement l'écran.

« Tu peux m'aider, Will ?

— Oh, oui, putain, j'adore arracher les poils. »

Il me chatouillait. « Arrête, arrête, sois sérieux, ça fait hypermal.

— Je sais.

— Tu tires d'un coup sec, O.K.

— C'est bon, je connais, Liz, ma chérie. »

Pour me concentrer sur un autre sujet, je scrutais l'écran : Jean-Luc Delarue en costard *casual* et quelques autres présentateurs, avec un ruban rouge au revers de leur veste, et le sérieux, ce pathos, regardaient un à un les témoins, le public, avec ce froncement de sourcil concerné — il faut « aider ». On aurait dit des robots activés en fonction émotive. C'était normal, quoi.

Will tirait la langue : « Merde, ces enculés, qu'est-ce qu'ils viennent nous faire chier… C'est à nous le sida, c'est à nous, O.K. Si tu veux en parler, viens que je te le refile, connard. Merde, t'en parles si tu l'as, trou du cul, c'est comme la vie.

— Willie…

— Non, j't'assure, Liz… Regarde où ça finit, toutes ces conneries, la prévention, merde, toute la communauté finit par aller leur baiser le cul à la télé, en pleurnichant pour du fric. Du fric. Elle est où, l'utopie pédé, tu me le dis. Regarde ce gros con, il me fait gerber, direct, avec sa tronche. Aucun mec n'en voudrait. Regarde-moi ce gros cul. Personne n'accepterait de se faire limer par cette salope. Il va être obligé de se faire une transfusion, s'il veut choper le truc, le gars. »

Alors qu'il arrachait la bande de la peau badigeonnée de cire chaude, Will s'arrêta — en plein milieu.

« Aïe, putain, Will, qu'est-ce tu fous… »

À l'écran, sur une estrade blanche dominée par des écrans représentant des images d'enfants africains contaminés, sous la musique de *Drive* des Cars, assis sur un coin de cube blanc (couleur pure, respectueuse), Dominique venait de prendre le micro, chemise rouge, un léger tic à l'œil. Will était fasciné par la conjonction de l'écran et de l'homme — pas n'importe lequel.

« Dominique Rossi, président de l'association Stand, qui s'est associée à l'initiative de toutes les chaînes hertziennes, TF1, France 2, France 3, Canal + et M6, c'est une première. Nous avons besoin de toutes les forces, de toutes les volontés pour vaincre le fléau. Vous êtes engagé sur le terrain de la prévention depuis huit ans, je crois... »

Dominique le moucha, très sec, entre deux chanteurs concernés et un rugbyman en sweat bicolore orné du mot : « solidarité », l'air béat.

« 1988-2000, ça fait douze ans, pas huit, si je compte bien, je crois. Bien, je suis porte-parole, pas président de l'association, merci... »

Pour tout un tas de raisons, liées à sa génération, à la critique des médias, à une certaine fidélité à sa jeunesse, Dominique n'était guère à l'aise à la télé, lui le tribun naturel — il ne savait pas exactement où regarder et il tripotait un peu trop le micro, il avait des gestes de théâtre dans un cinéma. Will était plus jeune, lui, il savait parfaitement regarder la caméra comme si c'était vous — et vous, et toi aussi, connard. Il avait l'habitude de la télé.

« Oh, le con, qu'est-ce qu'il est nul... Il a oublié de se retirer le truc qu'il a dans le cul, ou quoi... »

Willie s'étouffa.

Une bande de poils pendait de mon dessous de bras. « Merci pour ma féminité, Will. » J'ai grimacé en essayant de rattraper le coup.

Dominique sortit de sa poche un petit papier plié, l'air bien trop cérémonieux. Il continuait à faire son conspirateur léniniste d'un jour d'octobre. Will ricanait.

« Qu'est-ce qu'il fout ? »

« Je ne suis pas là pour le spectacle. Aujourd'hui encore, des gens meurent. Et des gens sont responsables. »

Il déglutit.

« On dirait Giscard qui démissionne... »

Will était éclaté.

« Il ne faut pas fermer les yeux. Nous avons accusé, par le passé... »

« Oh, l'autre, il fait son méchant... Hihi... »

— Chut, la ferme, Will, écoute... »

« ... l'État et l'industrie pharmaceutique. Aujourd'hui, dans les rangs mêmes des victimes... »

« Hé, ducon, victime toi-même...

— Chuuut. »

« ... il y a en a qui jouent aux bourreaux... »

« Hein ?

— La ferme, Will, il... »

« ... par ce communiqué, je tiens, avec tous les responsables de Stand... »

« Les *responsables*, c'est ça... »

« ... *à dénoncer publiquement les pratiques d'un individu qui, par ses actes et ses paroles, commet aujourd'hui, maintenant, de véritables crimes contre lesquels...* »

Will garda la bouche ouverte.

« ... *au milieu de ce spectacle d'autosatisfaction...* » Doum fit un signe étroit vers le plateau qui l'entourait.

« ... *nous, soucieux de la vie, de la survie des victimes, quelles que soient leurs origines, leurs préférences sexuelles...* »

« Qu'est-ce qu'i' fout, qu'est-ce qu'il raconte ? ? ? »

Je n'ai plus rien dit.

« ... *leurs existences, dénonçons publiquement, pour crime de contamination volontaire, l'écrivain William Miller...* »

Willie resta figé, sur le canapé, la langue presque pendue.

« ... *apôtre des relations sexuelles non protégées, responsable de la contamination d'au moins onze personnes, nous tenons témoignages et preuves de ses actes et paroles à la disposition du public. Lorsque le ver est dans le fruit, quand des individus tuent sciemment leurs semblables et mettent en danger la vie des plus fragilisés, il est de notre devoir de les mettre publiquement face aux conséquences de leurs agissements. Nous n'hésiterons pas. Nous sommes contre la délation, mais quand on a affaire à des traîtres, et des meurtriers, il faut savoir répliquer. Nous ne nous laisserons pas faire. Nous défendrons la vie, la nôtre.* »

Il tremblait légèrement.

William se gratta frénétiquement le crâne :
« Oh l'enculé, oh l'enculé… »

Sur le plateau, on applaudissait, sans trop
savoir qui ou quoi. La polémique était lancée,
rien ne serait plus pareil ; le présentateur, se
raclant la gorge, mit quelques bémols aux pro-
cédés « un peu extrêmes » de Stand, mais il
assura évidemment qu'il fallait refuser tous
ceux qui détruisaient avec inconscience et barbarie tous les efforts qu'on n'arrêtait pas de faire
pour sauver des vies, et eux ils détruisaient, et
ce n'est jamais bon de détruire, et c'est pour
cela que par exemple ce soir, en envoyant vos
dons au…

Au beau milieu du numéro de téléphone,
William balança le combiné dans l'écran — si
violemment que j'ai dû me racheter un poste.

« L'enculé — je vais l'anéantir. »

IL FAUT PRENDRE PARTI

28

Je n'ai plus vu Will que passagèrement, au début des années 2000. Il avait gardé de bons contacts aux États-Unis, depuis que Doumé l'y avait emmené. Il s'y rendait régulièrement.

Il avait une influence grandissante sur *Blason* et, vu de loin, il semblait avoir passablement changé. Je me trouvais dans une période de passage à la trentaine dépressive, ce que je n'aime guère chez les autres.

Depuis 96 environ, Will servait de relais à Paris pour l'underground américain. Il avait sa bonne réputation, là-bas, bien plus qu'ici, nul n'est prophète en son pays. « *It's the new* Michel Foucault », à ce qu'ils disaient. Il se contentait en fait de petits textes, plutôt obscurs, et surtout d'articles.

Le temps passait.

Will interviewait régulièrement des acteurs de porno, pour *Blason,* et la première secousse eut lieu à propos d'une phrase de Scott O'Hara qu'il avait rapportée. L'écrivain et acteur déclarait :

« J'en ai marre d'utiliser des capotes, je ne le ferai plus… » Il y eut des remous à Stand, et les rangs se resserrèrent autour de Doumé.

Willie passait son temps à défendre la liberté individuelle, contre la croisade morale de ceux qu'il appelait les collabos : les institutions professionnelles de la prévention.

C'est une interview croisée avec Aiden Shaw, le célèbre acteur porno, qui mit le feu aux poudres. « Aujourd'hui, disait Will, on sait que le sida est avant tout le nom, tu vois, d'un argument moral qui sert à fliquer notre sexualité. Tout le *sex panic*, alors qu'on sait que le sida, à peu près, aujourd'hui, ça va se soigner, on voit bien que ça a joué le rôle de rendre la communauté gay normale, acceptable, et de l'assimiler, pour la castrer. Quand tu vois qu'aujourd'hui un mec comme Dominique Rossi, contre-révolutionnaire de droite, collabore avec le ministère de la Santé en France, qui date de Vichy, tu vois, et préconise la délation généralisée vis-à-vis du sexe libre, t'en penses quoi ?

— Je ne peux pas imaginer avoir une vie sexuelle *safe*. Je suis le genre de personne qui prend des drogues, qui aime prendre des risques, et le sexe non protégé en fait partie. C'est ce que je préfère, tu vois. Ce n'est pas que je n'aime pas les capotes, c'est juste un bout de caoutchouc, mais la différence entre baiser sans et avec est vraiment immense. Et prétendre depuis des années qu'il n'y a pas de différence est une connerie.

— C'est clair, répondait Will. On veut interdire le plaisir, c'est complètement politique. Quand tu vois que certains commencent à parler de meurtre ou de crime face à des relations entre, tu vois, des partenaires sérodiscordants, complètement consentants. Où va la liberté ? Le séropo actif va être culpabilisé, en tant que *gift giver*, ce qui est complètement moralisant, parce que c'est une relation à deux, avec un *bug chaser*, et un échange de désir. Il est temps qu'on comprenne la portée politique du *skin to skin*. »

Willie est rentré en France. Il a débarqué différent. Un peu plus dur, un peu plus distant, il s'exprimait mieux. Il portait des bagues, il avait les muscles hypertrophiés, il était rasé sur le haut du crâne, pas sur les côtés, et entretenait une barbe très légère. Il avait des fringues de luxe.

Il ne m'appelait quasiment plus.

Un mois après son retour — j'étais totalement au fond, à cause de Leibo —, il m'a dit qu'il allait passer me prendre. Il voulait me voir. Ça m'a étonnée qu'il conduise.

En fait, il avait un chauffeur, c'était Ali, son représentant à *Blason*, qui avait bien grandi. William m'avait dit jadis l'avoir chopé près de la fac Dauphine, où il faisait le tapin, à vrai dire, j'en sais rien. Leibowitz n'y croyait pas. Ali conduisait toujours sans rien dire. Will était son ami.

Will louait une grosse bagnole, comme dans les clips de r'n'b, man. Il ne se prenait pas pour rien. C'est progressivement que j'ai commencé à réaliser ce qu'il représentait pour les plus jeunes, ceux que je ne connaissais pas, que je ne rencontrais pas via Doumé, ceux qui montaient sur Paris, de province, vers seize ou dix-sept ans, et qui disaient : « C'était trop bon, alors j'ai buté la gueule du type en backrooms qu'est venu me dire de mettre un préso. Merde, c'est vraiment des fachos. » Les groupes contre le sida étaient devenus complètement déconnectés de la réalité de la communauté, qui était désormais une hydre insaisissable.

Will était l'idole. Il fumait tranquillement un spliff sur la banquette arrière. Il faisait terriblement jeune, surtout à côté de moi. Il portait un boa sur son tee-shirt, il avait quelque chose, l'aura d'une véritable icône. En vrai, on avait déjà l'impression de le voir en photo. Il était beau.

On fait la tournée des bars du Marais : Thermik, Mixer, Cox, Duplex ou Contrat. À chaque fois, les rangs grossissaient, Will saluait les mecs de la tête. Que des gamins. Une véritable armée. Ils étaient impressionnés, les gosses. J'attendais, derrière lui. Aux murs, les affiches de prévention de Stand, début des années quatre-vingt-dix, dix ans déjà, étaient encadrées, comme des souvenirs dans un musée. Il n'y avait pas de gel, pas de capotes, à la caisse. Will a rigolé : les tapettes de Dominique oseraient pas se pointer ici, maintenant, on maîtrise. Elles sortent pas trop tard, les pauvres, c'est mauvais pour la santé… Les jeunes gens, sculpturaux, percés, beaux comme des Apollons high-tech se marraient.

« Y a soirée "slip" à l'Arène…

— Non. » Will, assis sur un tabouret, décidait. « Au Glove, au Transfert ? »

— Ça craint, y a encore des lopes lookées cuir comme en 70. »

Ça finissait souvent au Dépôt. « C'est la place », glissa Will.

Il sortit de sa poche une affiche froissée de Stand : « Baiser sans capote, ça vous fait jouir ? » Il a rajouté : « OUI, et capoter sans baise, ça vous fait jouir ? », au feutre, et l'a fixé au mur du bar, avec du Sticky pate.

« O.K., on s'arrache. »

Les blagues tournaient autour des assos : Aquahomo, le MAG, le Centre gay et lesbien. Les jeunes gens, visiblement, n'aimaient pas les collectifs. « On est là pour s'éclater. »

Et Will rajoutait toujours à la fin : « C'est politique. »

Les autres écoutaient, mais ils ne le disaient pas.

Il a commencé à se lancer dans un discours contre l'ordre moral, il était resté brouillon, il n'avait pas perdu cela, au moins.

« C'est la honte, la culpabilisation à tout bout de champ, parce que cette putain de génération ne sait plus bander, je vous ai déjà dit que Dominique Rossi... »

Je l'ai interrompu. « Qu'est-ce que tu veux savoir, Will ? » Les lumières flottaient.

Il a mâchonné un truc. « Je veux savoir comment va Dominique. » Il a ajouté : « C'est stratégique. C'est politique. »

En entrant dans les backrooms, ça sentait bon, j'ai juste eu le temps de voir Will qui commençait à faire chier un gars, looké trente-trente-cinq ans, parce qu'il enfilait une capote, au fond : « Enfile plutôt ton mec, hé… »

Il lui a enlevée. « On t'a pas dit, maintenant, tout le monde c'est comme ça. »

L'autre l'a bousculé. « Mais non, tout le monde c'est pas comme ça. »

Les gamins ont protégé Will.

« Putain, il m'a coupé l'envie, connard, connard… »

Il y avait cinq ou six gars qui passaient pour la prévention, avec un nouveau gel, et des capotes gratuites.

« On dirait des bonnes sœurs…

— On est des bonnes sœurs, tire-toi. »

Ils étaient en train d'expliquer, à l'entrée, les modalités du traitement d'urgence, et de donner le contact pour l'hôpital Saint-Louis, qui organisait des consultations-écoutes pour séropos.

« Ouh… Les flics. Ça pue.

— Ça pue la mort, ici, barrez-vous. »

Les autres essayaient encore d'argumenter, tout en criant :

« Assassins !

— Vieilles lopes. On veut des vraies baises ici… »

Je suis partie, dans la cohue. Je n'appartenais à rien, ici.

Will est venu chez moi, deux jours plus tard. Il avait extrêmement mal aux dents.

Il ne disait pas grand-chose. De fait, il s'est installé là.

La plupart du temps, il répondait à des annonces sur internet — je me fais un carnet d'adresses, il disait.

Je jetais un coup d'œil par-dessus son épaule, il était un peu comme mon gamin.

« C'est toujours ces histoires de barbaque ?

— Putain, *bareback*, Liz, c'est sérieux.

— Je rigole. C'est une plaisanterie. Ça veut dire quoi ?

— À cru, chevaucher à cru. Un putain d'étalon. C'est quand on baise librement. *Bareback horse-riding*.

— Tu veux dire, sans capote.

— Ouais.

— Tu refiles la maladie à des mecs ?

— Ouais, ouais, c'est la guerre, Liz. C'est l'amour. C'est comme un don, c'est limite mystique, bien sûr. Spinoza. J'les féconde. J'suis en train de monter des *conversion parties*, sur Paris, tu vois, un peu en underground, c'est des touzes avec des séropos, et les seronegs sont là pour se faire féconder. On les engrosse. Ou alors, c'est *russian roulette*, tu sais pas, tu vois, c'est superexcitant, peut-être c'est le *fuck of death*, peut-être pas.

— C'est quoi tout ce langage, tout ça, Will ? Qu'est-ce que tu fais ? C'est pour se donner un genre communautaire ?

— C'est la communauté qu'est en train de se reconstituer, y a plein de jeunes ici, comme aux

183

States, je fédère, j'ai un rôle, tu vois. C'est la jeunesse. C'est là que ça se passe.

— J'apprécie moyen que t'utilises mon ordinateur pour envoyer des messages du style... »

Je me suis penchée au-dessus de lui.

« *Trou à jus cherche gros gicleurs, lope soumise pour vide-couilles...* C'est pas un peu puéril, Will ? T'as pas honte ?

— Allez, arrête, tu comprends pas, tire-toi. C'est pas à une femme de r'garder ça. »

Je me suis allumé une cigarette.

« T'es *straight*, t'es *safe*, et puis t'as pas de couilles, j'veux dire, le prends pas mal, c'est pas une insulte, c'est une constatation. »

Il tapait à fond sur les touches.

« Tu saisis pas, Liz, t'es pas dedans. C'est du pur cul, une vraie baise, libératrice, bien foutreuse, total plaisir. C'est politique. »

Il se retourna. Je riais — pas lui. Il m'avait légèrement dégoûtée. Ce genre de moments où l'on préfère ne pas avoir de sexe, quel qu'il soit.

« O.K., Will.

— Tu vois pas comment le monde il est chiant, tu vois pas comment tout le monde fait semblant. C'est une sorte de grosse capote hypocrite sur toute la planète. On va tous crever, à long terme, c'est j'sais plus qui qui disait. T'as toute la jeunesse qui veut s'éclater, et tout le monde qui meurt sans rien dire, et tout le monde qui chuchote pour déranger personne. T'as plus le droit de fumer, tu peux plus rouler vite sur la route, avec ta bagnole, tu peux pas dire "bite" à un gosse sans qu'on te foute en taule et t'as les flics du genre de Dominique qui trouvent que c'est normal, qui te disent comment baiser, et qui veulent que les pédés collaborent avec la société, pour vivre, pour survivre. Mais putain, i' sont comme des gros cons de 68 qui finissent au Sénat, et qui gèrent, hein, qui gèrent, avec bobonne, la famille, et leur petite maîtresse, tiens, ça me rappelle quelqu'un.

« On n'est pas pédé pour ça... On est pédé parce qu'on encule la société, parce qu'on veut pas collaborer, et parce qu'on sait qu'on vit pas, on meurt. Tiens, tu sais quand c'est qu'on commence à mourir ? »

J'ai soupiré. J'aimais pas trop quand il te prenait pour un con, qu'il t'interpellait ainsi, on aurait dit un clodo qui t'apprend la vérité sur Einstein et la relativité.

« Non, Will, j'ai dit, pour lui faire plaisir.

— Quand tu nais, putain (il s'est excité), tu commences à mourir. La vie, ça existe pas. On meurt dès le départ ! Tout c'qu'existe, c'est le plaisir. Les impulsions neuronales, tu comprends, depuis ta bite. C'est super quand tu vois tous ces jeunes péds, et qui viennent me voir, et qui me disent merci, putain j'y croyais plus. Ils ont le goût du sperme, le *poz cum*, tu peux pas savoir, faut risquer sa vie pour ça. Là tu jouis. Et c'est... »

On a sonné.

Ali venait le chercher. Je lui ai dit de monter. Will allait se préparer dans la salle de bains.

J'ai servi le café à Ali. Un type mystérieux, impénétrable.

« Merci, m'dame. »

J'avais un châle sur les épaules, et je me faisais l'effet d'une vieille dame, la grand-mère avec le copain du petit-fils. Amusez-vous bien, hein, et sortez couverts... Pfff.

« Mmh. Alors, vous l'aimez bien, Willie ? »

Il a acquiescé.

« On est encore ensemble. C'est une star, madame. » Il souriait. Il avait quelque chose d'impertinent, je ne sais pas trop quoi.

« Mmh. Vous êtes séropo ? »

Il a souri. « Ouais. Pourquoi ?

— C'est Will ?

— C'est Will quoi ?

— C'est Will qui vous l'a filé ?

— Pourquoi ? »

J'ai secoué la tête. « Vous avez quel âge, Ali ?

— Vingt-deux. »

Will a débarqué, parfumé, habillé, en tee-shirt noir, resplendissant :

« On va à une touze. »

J'étais une mère désemparée. J'ai juste dit...

« Faites pas les cons...

— Non, madame. »

Will a hoché la tête. C'est politique. « On n'est pas des victimes, c'est bon. »

Et il a haussé les épaules : « Et puis, quand t'es vieux, tu prends tes protéases et ta trithérapie. C'est pour la retraite, comme Dominique. C'est fini le chantage *establishment*, antisida, genre pratiques à haut risque ou protection, il faut choisir. C'est bien, c'était manichéen, déjà. »

Il ricanait. Il avait enfilé ses gants.

Comme disait Doumé : « Putain, ce salaud, plus il est dégueulasse, plus il est beau. »

« Ah ouais, tiens, Liz, j'tai pas remerciée. J't'ai emprunté un peu de liquide. » Il a posé une cassette sur la table basse, en verre.

« C'est le film avec Tony Valenzuela que j'ai parrainé, *Bareback rider*, je fais une petite apparition. Tu me dis ce que t'en penses. Hésite pas à le passer à Dominique, il aimait bien les vidéos, à l'époque. Ciao, et bonne... (il fait le signe de deux guillemets avec l'index et le majeur de ses deux mains) "baise" avec Mister Décadence. Au fait, vous mettez des... Tu vois ce que je veux dire, pour sa femme, faut se protéger.

— Gros con », j'ai dit.

Ali m'a serré la main, avec un air respectueusement ironique. Je sentais bien que mon appartement, mes manières — il ne pouvait que penser des saloperies de moi, j'étais une bourgeoise blanche.

Je suis allée me promener dans le froid, j'étais seule, je n'avais ni mon écharpe ni mes gants. L'air glacial me brûlait presque et je suis restée longtemps dehors engourdie, enivrée, comme si cela m'aurait fait plus de mal d'aller me réchauffer auprès d'un feu, d'une cheminée, d'un radiateur, à l'intérieur.

J'ai repensé à quelque chose que disait Will, deux ou trois jours auparavant, à côté d'une bûche qui flambait, en lisant distraitement un article écrit par Doumé, pour *Libé*, où il émettait le souhait que cette génération ne soit pas bouffée par la maladie, comme l'avait été la précédente, mais volontairement cette fois. Il a balancé le journal au feu : « Cette vieille pute de Dominique.

« Il voudrait faire profiter les générations d'après de son expérience, hein, ne pas commettre les mêmes erreurs, connaître les mêmes souffrances… Comme un père. Tu vois, c'est ça, un putain de père, quelqu'un qui comprend pas qu'on est né, quelqu'un qui veut se venger qu'on est né après lui, et qu'on va le foutre dans la tombe, et qu'il aura servi à rien de sa merde de vie. On est né, merde…

« Il veut pas qu'on fasse les mêmes conneries, pour se convaincre que lui, ça aura servi à quelque chose qu'il les ait faites, pas seulement pour lui, mais pour tout le monde, hein, la postérité. Ça existe pas. On fera les mêmes conneries que lui, et toutes ses pauvres souffrances à la con, on souffrira pareil, elles auront servi à rien, sauf à lui — et lui, il mourra.

« Y a rien de ce qu'on fait qui donne des leçons aux autres. Ce qu'on fait, c'est bon que pour soi-même. Ça, c'est l'expérience, hin hin. Et à la fin, tout ce qu'on a pu accumuler disparaît, paf, parce que tu crèves. C'est ça qu'ils veulent tous se cacher, et c'est pour ça qu'ils mentent tous. Ils ont peur. Ils se protègent.

« Y a de la morale que pour soi-même. On n'est pas responsables des autres, ça leur apprend rien et ils nous apprennent rien. D'ailleurs, quand tu jouis, c'est toi, c'est toi. Là, tu te mens pas. Tu sais très bien que c'est pour toi. C'est ça le plaisir… C'est que pour toi. Ça se communique pas… C'est juste, dans certaines conditions, c'est coordonné, mais c'est limite au hasard. Tu jettes dehors ton foutre, mais c'est limite au hasard.

« Tu jouis toute ta vie, et à la fin ça disparaît. Tu t'en souviens, et puis tu crèves, tes cellules sont grillées, et tout part avec toi, les souvenirs, tout le plaisir. C'est tout. Y a pas à faire semblant que c'est autrement, qu'on est ensemble, qu'on s'aime, qu'on s'aide, qu'on est solidaires et qu'on se protège. C'est chacun son jus, tu ramasses, tu profites, tu crèves et c'est fini. »

Il appuyait la compresse sur sa mâchoire gonflée.

« Autrement, on serait pas chacun quelqu'un, autrement. C'est cool comme ça, c'est cool. Y a pas d'capote contre la mort, j'veux dire, autant vivre dans un sac plastique et croire qu'on finira pas dans un cercueil. »

29

En l'an 2000, William est complètement dans l'internet. Il ne parle que de ça.

« C'est, tu vois, un peu comme Spinoza, mais concrètement, on est tous dans l'unité.

— O.K., Will. »

Un de ses premiers, et derniers, coups d'éclat sur le web consista à balancer, depuis mon ordinateur, treize photos qu'il possédait de Doum-Doum, qu'il avait numérisées grâce à mon scanner. Il m'avait demandé, d'un air candide :

« S'il te pl', Liz, tu sais comment on fait un site perso ? »

J'avais fait venir Antoine, le chef de rubrique multimédia, un ancien *webmaster* pour une maison de disques, avec qui je flirtais, plus ou moins, qu'est-ce qu'il n'aurait pas fait pour moi ! Will l'a dragué à mort en minaudant chaque fois qu'Antoine, supergêné, essayait de lui expliquer, « sur Dreamwaver, pour commencer, si t'es débutant, tu peux aussi...

— Mais là, si j'appuie, là, ça fait quoi ?...

« — Non, attends, je t'ai expliqué, pas tout de suite...

— Ah bon, parce toi, tu m'as dit, t'appuies, alors bon moi, j'appuie...

— Attends trente secondes.

— O.K., O.K. J'attends, j'attends. Pfff, c'est superintéressant, oh, et alors, donc, si je veux mettre, je peux...

— Attends. »

Bref, Will avait son site perso. Je ne crois même pas que c'était prémédité, il avait rempli toute une page Spéciale Dominique Rossi, « quelques réflexions sur un Saint du Sida ».

En exergue, il plaçait en rouge sur noir la phrase que Rossi se plaisait à répéter dans les interviews :

« Personne ne pourra dire que Dominique Rossi a jamais joui sans capote. »

Will ajoutait en commentaire : « C pas 1 double négation ? Ou 1 triple ? Kelk'1 conné kelk chose à la gramère, ici ? »

Et il livrait treize photos, avec pour chacune une légende très courte, à peine une ligne.

C'était d'une extrême mélancolie — de mon point de vue.

Pour Dominique, je suppose que cela relevait d'une violence insensée.

Pour les autres, les militants, les jeunes, la communauté, c'était vraiment marrant, incontestablement.

@1. On trouvait d'abord un polaroïd, au centre duquel une main d'homme, celle de Dominique, reconnaissable à sa grosse bague de l'époque marquée d'un « S », étirait un sexe, le sien, mou et au repos, le long d'un double décimètre. Le sexe se trouvait extirpé d'une masse de poils drus, noirs, et visiblement épais. Will écrivait : « On disait de lui qu'il baisait comme un dieu, à l'époque, onze centimètres bien tirés au repos, il faut espérer qu'il a des réserves. Par ailleurs, sa période Jackson Five. Ce n'était pas lui, déjà, qui écrivait : une bite poilue, c'est déjà une femme ? »

@2. Deuxième polaroïd. Dans une salle de bains, mal éclairée, au milieu de fringues et d'affaires de toilette, Dominique, accroupi sur le rebord de la baignoire, la mâchoire en avant, se grattant les aisselles, suspendu au pommeau de douche fixé au mur, imite le singe. Il est nu, il a l'air profondément con. On sent qu'il se le permet, parce que, au moment où celui qui le regarde prend la photo, il l'aime et ils ne sont que tous les deux. Will écrit : « J'ai toujours su qu'on avait chopé le sida parce que des mecs en rut avaient baisé avec des chimpanzés. »

@3. Meilleure qualité. Dominique à poil, dans les toilettes (pour ceux qui savent, on reconnaît l'appartement de Saint-Paul), est assis sur la cuvette des chiottes, il fait une tête qui mime l'extase. À la main, il tient le bouquin de Leibowitz, *La fidélité d'une vie* — dans l'autre main, quelques pages arrachées, il a le cul légèrement relevé, il est en train de se torcher. Will écrit : « Dominique Rossi et Jean-Michel Leibowitz sont de vieux amis. Leibowitz, ce vieil arriviste, sera finalement parvenu, grâce à sa vieille relation, à entrer dans un cabinet. »

@4. Dominique, flou, est à quatre pattes sur la moquette, un collier de chien au cou. Il a la langue pendante. J'ai bien regardé l'image. Ce qu'il y a de troublant, c'est que je suis certaine que, contrairement à ce que ne vont pas manquer de penser tous ceux qui la verront, il n'y avait là rien de sexuel sur le moment. Dominique aimait bien imiter le chien, ça devait amuser Willie, et il l'a pris en photo. Will écrit : « Dominique écrit : "Il est fini le temps où être homosexuel signifiait s'humilier. Il faut que l'on se redresse." Tu donnes la patte ou tu remues la queue, Dominique ? »

@5. Cinquième photo : très nette. Doum, à poil, tient comme une pancarte une très large photographie qui représente le comité de vigilance de Stand (une dizaine de personnes). Au feutre, on lit, sur leurs visages : « petite bite », « niqueur de Thaï », « suceur de pisse » et autres insultes, plus ou moins lisibles. Doum porte un chapeau melon, et il présente la chose un peu comme une vendeuse de lingerie. Will écrit :

« Il avait beaucoup d'amis. C'est quelqu'un de sociable, surtout dans les touzes. »

@6. Doumé, encore une fois tout nu, porte un bandana noir sur le crâne, une créole, et il imite le Maure du drapeau corse ; Willie est à genoux, on le reconnaît jeune, il porte un bonnet phrygien, il semble maquillé comme une Marianne en jupe tricolore, il suce Dominique. L'appareil photo est à déclenchement retardé. Will commente : « Dominique est souvent fourré dans les couloirs du ministère de la Santé de la République française, ces derniers temps. »

@7. Dominique, sur un lit, fait l'amour par-devant, avec une femme, visiblement blonde. Will ajoute : « C'est un bon représentant de la cause pédé. Auprès des femmes. »

@8. Dominique et Will plissent les yeux, apparemment face au soleil, leurs visages sont mal cadrés, ils doivent se prendre eux-mêmes en photo à bout de bras. On devine la Giudecca, à Venise, derrière. Ils sourient. Will a l'air jeune. Doumé le sert contre lui, et il n'a pas une seule ride sur le front. On voit même ses taches de rousseur. Il a l'air de faire beau. Will n'a rien écrit.

@9. Dominique est en train de pisser dans la forêt, il porte un large manteau de fourrure. Tous les alentours sont couverts de givre. La photo est en noir et blanc. Il est beau. Son profil se découpe sur les arbres blanchis et son souffle vient de dégager comme un petit nuage vaporeux devant ses yeux. Will note : « On dirait qu'il regarde son âme. »

@10. Dominique, fatigué, les traits tirés, en tee-shirt, le caleçon baissé, affalé sur mon canapé rouge cerise, le sexe à l'air, regarde Will, derrière l'appareil photo, le pouce dressé, l'air de dire : c'est bien — sur l'écran de télé, on perçoit l'image d'un porno plutôt hard, l'acteur n'a pas l'air vieux. Je ne devais pas être là. Je leur laissais toujours les clés. Le sexe de Doum est à plat. Will remarque : « Il ne bandait plus qu'avec le pouce. Dominique Rossi est incapable d'avoir une érection depuis plus de cinq ans. Ça vous étonne ? »

@11. En gros plan, surexposé, le ventre de Dominique, un peu affaissé sur les abdos, et trois replis gras. Will : « À force d'aimer la bière, au cimetière… »

@12. Dominique, qui ne bande pas, est en train de se faire sucer par un jeune homme noir, qui tente de l'exciter simultanément à la main. Il a l'air crevé. Son visage est creusé. Naturellement, il laisse son ventre aller de l'avant. Tout cela n'a plus l'air du tout de l'intéresser. Il est presque un peu dégoûté, l'ambiance est glauque. Il n'y a quasiment pas de lumière. Sous les doigts du jeune garçon, le sexe de Dominique ne semble pas beaucoup réagir, il est mou et il ne porte pas de préservatif, et Will conclut : « On ne le dira jamais assez : Dominique Rossi n'a jamais joui sans capote. »

@13. Dernière photo : Dominique Rossi, accoutré de manière carnavalesque, comme à un anniversaire, sur un vieux polaroïd, tient à la main une capote gonflée comme un ballon d'enfant, et il fait les gros yeux au moment d'enfoncer dans le latex une grosse aiguille de couturière. Dans le fond, un rideau et un lit. New York, peut-être. Will finit : « Dominique Rossi teste la capote. Alors, ça marche ? »

J'ai du mal à imaginer sa douleur quand on l'a averti de jeter un coup d'œil sur le net. Tout le monde, à Paris, était allé voir le site. Les blagues circulaient. À Stand, on appréciait modérément.

Willie disait : « Comme disait Gide, l'intimité, c'est le nom qu'on donne aux saloperies que l'on ne peut faire que dans le dos des autres. C'est la moindre des choses pour un pédé. »

Tristement, je demandai : « Qu'est-ce que tu veux dire, Will ? » Il n'y pensait déjà plus.

Je disais : « Tu te rends compte, Will, avec la puissance d'internet, tout le monde va voir ça...

— Oh, Liz, l'internet, c'est complètement dépassé. C'est fini, c'est *down*. Il faut vivre avec son temps. C'est de l'histoire passée. »

Et puis : « Il y a jamais rien de joyeux dans le passé, non, c'est toujours triste, même quand ça a été joyeux. C'est bien la preuve que c'est de la merde, le passé. Faut juste l'oublier. »

30

Avec le dernier petit groupe d'amis, Dominique fit le coup de force à Stand. Il nomma des proches à la direction et demanda une politique d'urgence visant à exclure les éléments proche de l'apôtre du *barebacking* qu'était Miller, coupable de crime contre l'humanité.

Ce fut cette dernière expression qui ne passa pas.

Même si son influence était moindre depuis quelques années, Stand, relativement institutionnalisé, occupait désormais un confortable immeuble à Aubervilliers, acheté trois années auparavant avec l'héritage de Philippe, dont on avait vendu aux enchères la collection d'œuvres surréalistes, de photographies érotiques et de souvenirs de Breton.

Un jeudi soir de 2001, ce fut la véritable foire d'empoigne. Ali mena l'attaque contre la vieille garde. Il insista sur trois points : la politique autoritariste de reprise en main d'un mouvement que Dominique ne maîtrisait plus du tout ; l'utilisation injurieuse et très grave de l'expression crimes contre l'humanité envers William Miller ; la confusion totale, très ennuyeuse pour le mouvement, que faisait Dominique entre son ressentiment personnel et la politique de l'association.

Dominique, excédé, perdit son calme. Il se leva et partit dans un délire sur internet, l'homophobie et le cancer de la toile.

Voilà qui fit rire beaucoup de gens.

« Toute la vie de l'asso se fait sur le web… On devrait s'autoaccuser ? L'internet est homophobe, fasciste, c'est ça ?

— Non, non, mais il le favorise. »

Les jeunes se marrent, ils ricanent. « C'est ça, c'est ça, faudra penser à changer de minitel, hein, Doumé… »

Dominique hurla, et la veine de son cou battait comme une corde rose de l'oreille à l'épaule : « Il n'y a plus aucune morale, tout part en couilles, vous ne voyez pas que ce type est en train de détruire tout ce que je, tout ce que nous…

— Ouaf, ouaf… » Ils faisaient le chien. Certains, au fond, lancèrent un cri de chimpanzé.

Ils se foutaient de sa gueule.

« Dominique, chut, chut, Dominique, je ne sais pas si tu es bien placé pour nous faire la morale, hmm. » C'était « suceur de Thaï », autrement dit Thierry. Les derniers « historiques », c'est-à-dire, en fait, ceux des années quatre-vingt-dix, n'appréciaient guère les rapports que Doumé avait entretenus avec Miller. Ils gardaient la fameuse photo de la pancarte en travers de la gorge.

Dominique, hors de lui, tripotant un petit papier du bout des doigts, sortit finalement quelques accusations qu'il avait gardées par-devers lui, contre Ali.

« Vos parents... Hossan Hassam, il a été proche des Frères musulmans, non ? C'est lui qui a écrit... »

Ali haussait les épaules. On siffla Dominique. « Vous savez bien que j'ai rompu avec mes parents ! Je vous accuse de soutenir les attentats en Corse ? »

Dominique cria : « Et vos rapports avec la République ? Vous avez fait signer à l'asso le manifeste Banlieue-Palestine, islamiste, et le voile...

— Vous êtes devenu hystérique...

— Hou-hou... »

Ali acheva : « Le manifeste n'a rien d'isla-miste. Rejoignez donc votre ami Leibowitz. Vous partagez visiblement sa vision du monde impé-rialiste, ultrasioniste — ou je me trompe ? »

Tout le monde savait qu'il soutenait la cause palestinienne.

« Ne parlez pas de Jean-Michel Leibowitz comme ça, je vous prie, ses parents... »

Ali s'était levé.

« Je vais vous dire ce que vous ne supportez pas, Dominique. Vous ne supportez pas que je sorte avec Willie Miller, votre ancien amant, c'est votre problème, vous ne supportez pas qu'un musulman sorte avec un juif, et vous traitez William de fasciste, et vous me traitez de fasciste, vous êtes à la dérive idéologiquement, vous êtes complètement dépassé, et vous...

— Je n'ai pas...

— Laissez-moi finir. En l'occurrence, c'est vous le fasciste, et votre ami de la même espèce...

— Comment pouvez-vous...

— Laissez-moi finir...

— Je ne supporterai pas...

— Quelle est votre position sur le conflit au Proche-Orient ? Vos catégories sont dépassées, Stand prend sa part et sa responsabilité dans la lutte contre l'occupation, parce que nous sommes solidaires... Un Palestinien actuellement, c'est comme un pédé en régime homophobe, nous sommes solidaires, et il faut vous y faire, les temps ont changé. »

Doum compta ses derniers soutiens. Le bâtiment presque luxueux, le troisième étage de la salle de réunion, les apéritifs et les quelques biscuits sur la table couverte d'un drap blanc... Deux vigiles protégeaient l'entrée, depuis la tentative de vandalisme, l'année précédente. Ils étaient entre eux. Il lui en restait une petite dizaine. Ils n'étaient pas très chauds. Bien, il en prit acte.

Le lendemain, le fondateur historique de Stand publiait un communiqué pour annoncer sa démission de l'association, pour des divergences idéologiques insurmontables.

« Stand a fait le choix de fermer les yeux sur les pratiques criminelles qui ruinent la crédibilité de la communauté et la déciment ; ça a été le début de la fin, et la signature de son acte de décès. Ce qui suit aujourd'hui n'en est que la conséquence logique. Elle a décidé de tourner le dos à sa vocation de prévention, d'aide et d'interpellation des pouvoirs publics pour plonger dans la démagogie et un fourre-tout idéologique sans issue. Je lui souhaite bonne chance. »

Dominique reprit son travail au journal — mais ayant perdu le contact avec le monde de la nuit, il ne pouvait plus vraiment s'en faire le chroniqueur. « Je suis fatigué, Liz, je n'ai plus envie de sortir tous les soirs. La musique me soûle, c'est devenu n'importe quoi, ils écoutent des trucs hardcore, ça me fait mal aux deux oreilles. C'est complètement superficiel et irresponsable. Ils ne baisent qu'en pensant à la mort, comme des gamins. Je veux plus voir ça. Paris est pourri. »

Il s'installa un moment chez moi, désœuvré. « C'est une page qui s'est tournée. » Les souvenirs lui revenaient. Il me les confia, je l'enregistrai au magnéto, régulièrement.

Les amis qu'il aimait étaient morts, les autres s'étaient éloignés à mesure que Dominique avait pris de la distance avec la communauté. C'était comme un silence après un concert ininterrompu de plusieurs années.

Il buvait du bourbon. Les discussions intellectuelles lui manquaient. Avec moi, ce n'était pas vraiment ça. À tout point de vue, il a essayé, on a essayé. Ce n'était pas ça, pas avec moi, bien sûr.

« J'aimerais revoir Leibowitz… » Mais Leibowitz n'aurait jamais accepté de le rencontrer, à présent.

31

Tout s'assembla et tout prit sens dans la tête de Leibowitz, qui fonctionnait en termes de *positions.*

Le 11 septembre 2001, l'attaque islamiste des États-Unis dominant le monde et représentant l'Occident, la remise en cause des valeurs historiques intellectuelles européennes ; l'altermondialisme, le gauchisme qui se restructurait, en parlant de dominants, de dominés, et d'un autre monde possible ; le conflit entre l'État juif et la Palestine — et l'attaque contre sa personne, de la part d'Ali, le nouveau porte-parole de Stand, l'association pédé en perdition, qui l'avait accusé d'être « sioniste », en déclarant : les victimes sont devenues les bourreaux.

Si on l'accusait, lui, d'être sioniste, et si un homosexuel de gauche propalestinien le traitait de nazi, implicitement, parce qu'il était juif — c'est qu'il devait bien être sioniste et fier de l'être. Il fallait défendre Israël, et il fallait défendre les États-Unis.

Leibowitz écrivit dans *Le Figaro* l'une de ses chroniques hebdomadaires, sous le titre : « Antisémitisme, la nouvelle cause de gauche ».

Loin des déclarations de l'électron libre du Likoud, Ariel Sharon, Leibowitz tenait encore, comme toujours depuis la guerre de Kippour, une position de défense de la légitimité israélienne, qui passait par la reconnaissance des droits palestiniens à un État, et la recherche d'une paix juste.

Mais il pensait que l'islamisme radical, antisémite, antiaméricain, trouverait un certain terreau dans la gauche française, et notamment dans les mouvements des minorités historiques, qui s'identifiaient toujours fantasmatiquement à des dominés. Il voyait un lien secret devenir évident entre l'irresponsabilité de l'homosexualité militante devenue radicale, « millerienne », et l'antisémitisme moderne. Il relisait Genet, il recherchait les racines du mal, et un ami de droite dit de lui : « Il s'intéresse au monde tel qu'il est reflété dans sa tête, mais les faits, le monde dehors — il s'est déconnecté, c'est dommage. C'est le risque avec les gens intelligents qui réfléchissent trop. »

Leibowitz n'avait plus de cheveux.

L'AMOUR VRAI

32

Fin 2001, au paroxysme du phénomène, tout le monde, médiatiquement parlant, attendait avec une impatience rageuse le prochain roman d'« autofiction » de William Miller. L'éditeur Grasset lança le bouquin en appliquant une stratégie éprouvée : « le contraire, mais la même chose ».

C'est là que j'entre en scène, brièvement.

Miller était maintenant bien plus connu, et plus important, que Dominique, qui existait surtout par ce qu'en faisait Miller. Depuis la rupture, assez officielle, entre William et Ali, à l'occasion de laquelle Will était parti fonder LMPDD, « Le Mouvement PD Dur », on attendait un livre fracassant de Miller sur Ali, les Arabes, la gauche, l'altermondialisme — ou encore quelque chose sur les socialistes, Dominique, la prévention et l'État. Ou à défaut, un bon gros livre bourrin sur la droite, les homophobes, Leibowitz…

Mais non, il a sorti le bouquin sur moi.

Mes amis sont mes ennemis. Elizabeth L., journaliste hétérodéprimée dans un journal social-déprimé.

L'éditeur parla d'« alterfiction ».

Le livre était un ramassis de langue de pute sur moi, mon côté bourgeoise qui ne s'assume pas, mes seins qui pendent, mon vagin, les femmes, les vaches — et mon aventure avec un grand intellectuel chauve. Tout le monde l'a reconnu.

De l'avis général, le livre était une bouse, à peine relue, illisible, sans aucun intérêt. Évidemment — *je* suis sans intérêt.

Je n'ai jamais franchement compris pourquoi il a fait cela. Se brouiller était une forme d'amour, chez lui.

Plus tard, quand je lui ai demandé pourquoi il a fait cette vacherie, le salaud, Will, complètement à l'ouest, m'avait répondu, en se tenant la mâchoire :

« C'était un cadeau, Liz. Sincère. »

Bien. J'ai passé un an en congé, morte, sous calmants. Leibowitz ne m'appelait plus, occupé à essayer de retrouver Sara, et à défendre son honneur, pour ses enfants.

Je suis incapable, encore aujourd'hui, de lire le livre en entier. C'est une bouillie comme en faisait Will à l'époque où je l'ai rencontré, contre les femmes (les vaches), contre les journalistes, la bourgeoisie, la dépression, les grands appartements (dont il profitait amplement). À la fin, je me suicidais.

Que je lui aie pardonné au bout de six mois tient simplement au fait qu'il avait lui-même « oublié ».

Will semblait content de son coup. Il était un peu moins à la mode, il avait profité de sa rupture avec Ali pour redécouvrir ses racines juives et lire la Torah. « J'ai toujours aimé Spinoza... »

Je me suis relevée progressivement.

J'ai quelques phrases qui me restent.

« Elle a l'aigreur des femmes qui n'auront pas de petits garçons, qui n'accapareront pas le sperme des mâles pour se faire croire qu'elles créent la vie, elles qui créent la mort. Les femmes sont mortes, les femmes comme Elizabeth L. Elles ne savent pas jouir, la preuve, elles n'ont pas de sperme. Ce sont des mères d'amertume. Elles sont tristes. »

Will était incapable d'être méchant, je le pense sincèrement. Il ne croyait pas vraiment à l'existence des autres. Il concevait sa vie comme une expérience, et il n'attendait des autres aucune vérité, aucun jugement.

Il m'a souri, une dernière fois : « Pourquoi j'ai fait ça ? Comme tout le reste... Sans raison, et histoire de voir, Liz, *no offense*. On sort ? »

Je ne lui en veux plus, je ne lui en ai jamais voulu. Je n'avais qu'à m'en prendre à moi-même.

Le problème quand vous avez un problème avec quelqu'un, c'est qu'il y a les autres, tout autour. Enfin, des fois ça peut être bien — mais pas vraiment si ces autres personnes, c'est Dominique.

J'avais l'impression de me débattre dans une toile d'araignée.

L'un se prenait les pieds dans les fils de l'autre, qui accusait le premier de l'avoir pris au piège, ils s'emmêlaient et, plus le temps passait, plus le tout ressemblait à ce genre de vieilles pelotes de fil qu'on ne démêle plus sans couper.

Ce qui m'a vraiment plombée, c'est l'article de Dominique.

Quand j'étais au plus bas, après la sortie du bouquin de William, il a pris l'initiative de publier une tribune dans le journal.

« Pour l'honneur d'Elizabeth Levallois ».

Traitant William de nazi, à l'origine de l'établissement de camps de concentration intellectuels, il le fustigeait d'une longue litanie d'insultes, tout en rappelant que je l'avais aidé, que je l'avais fait démarrer, que je l'avais hébergé, nourri, bref, je me retrouvais quand même responsable, par la force des choses.

C'est au cours de ces événements que j'ai pris un coup de vieux. J'ai coupé mes cheveux et j'ai fait une psychanalyse.

Évidemment, l'article pour me défendre n'était qu'un article pour attaquer William. Dominique se trouvait extrêmement isolé, en ces temps-là, et William l'avait vraiment réduit à pas grand-chose. Il était maigre, et de sa tête on ne voyait quasiment que le crâne. Il vivait « chez des amis » où il squattait plus ou moins, vers le parc de Sceaux. Il fumait énormément. Il continuait à assurer une fonction plus ou moins honorifique au journal.

William était devenu une véritable obsession, pour lui. Tu pouvais pas le voir sans qu'il t'en parle. Il disait qu'il faisait ça pour la communauté, contre le criminel, et ce n'était pas faux, bien sûr.

Mais... Cet article, je ne l'ai pas supporté. Il m'utilisait pour déverser sa bile sur l'autre. Sous prétexte de défendre mon honneur, il racontait tout ce que j'avais fait pour Willie — et la plupart de mes proches, des collègues ou des parents ont haussé les épaules : ah ben alors, c'est un peu de ta faute, s'il existe, ce type, alors. Faut assumer.

Je suis allée voir Dominique à Sceaux, ça me faisait bouger un peu, sortir, prendre le RER. J'ai sonné, en lunettes noires — et quelqu'un a ouvert pour lui. Quelqu'un que je ne connaissais pas, une femme plutôt fine, un genre de prof, peut-être une amie d'études. Elle m'a dit d'entrer. C'était une de ces belles maisons fleuries, comme des châteaux miniatures et bourgeois. Une bonne famille. Le ciel était mauve, très clair. Je suis restée sur le seuil, à regarder la berline garée sur les graviers.

Dominique est arrivé, en short, il avait l'air sincèrement heureux de me voir, et content d'avoir de la visite.

J'ai hurlé, je ne sais plus trop quoi, et je l'ai baffé. Comme on est quand on veut se mettre en colère. Quand on l'est vraiment, on fait moins de bruit, on n'a pas besoin de se convaincre.

J'ai bien sûr reproché à Doum tout ce que je ne pouvais pas envoyer à Will. Doum était un être humain normal, lui. Dominique a dit que je le protégeais trop comme mon fils, mais je crois qu'il a dit ça un peu comme quelqu'un qui ne peut pas avoir de fils. Il répondrait que moi non plus, le salaud — mais là c'est moi qui parle, et je pourrais avoir le dernier mot, si je voulais.

C'était injuste.

Tout ce que j'avais sur le cœur, je l'ai foutu sur la gueule à Doumé.

Rétrospectivement, j'imagine qu'il a dû souffrir — parce qu'il croyait que je venais le remercier.

« Bon, bon, O.K. J'ferai plus rien pour toi. Allez, retourne te faire sauter par Leibo, gâche bien ta vie avec ce connard comme mari de substitution, et l'autre fils de pute comme fils de substitution aussi, allez, et...

— C'est ça, Dominique, c'est ça, j'ai hurlé, et toi, pauvre con, comme ami de substitution !... »

Il s'est calmé, et très froidement, il a dit : « Ah non, ça, faudra plus y compter, femme. » Et c'était très insultant.

Il a refermé la porte.

Par la fenêtre du premier étage, j'ai vu la femme, longiligne et belle, qui m'observait à travers le rideau de mousseline, comme une tête fantomatique dans le coin de la vitre, au-dessus de trois pots de fleurs rouges silencieux.

Et je suis repartie, en pleurant.

Femme, j'ai eu tant d'amis hommes qui n'aimaient que les hommes que j'ai appris à me sentir inutile. Je n'avais pas de mari, pas d'enfants, c'était la vérité.

Et je n'ai plus revu pendant des années mon bon vieux Doumé.

34

William vivait à droite à gauche. Il se compromettait pas mal en écrivant à tort et à travers pour toutes les revues qui le lui demandaient. Il faisait payer toutes ses prestations. Il en avait besoin pour la dope.

Il bégayait pas mal autour de 2002.

Il avait un peu de barbe et des fringues pleines de fric. Beaucoup de bagues. On ne peut pas dire qu'il savait rester aimé ; mais c'était relatif. Connu comme il était devenu, il pouvait se permettre d'accumuler les ennuis. Je me faisais du souci — c'est quand il n'aurait plus la plateforme de la célébrité qu'il tomberait sur une foule de gens à bout qui le mettraient en pièces.

« Je suis bien célèbre, maintenant (il bâillait), je sais même pas si c'est la peine de faire, tu vois, une œuvre. À quoi ça sert, en fait ? »

Stand avait plus ou moins implosé à la suite des élections présidentielles de 2002 : face à Le Pen, fallait-il appeler à voter Chirac ? Willie disait qu'il ne s'intéressait plus à ça. Il se baladait avec la Torah.

« Depuis qu'on m'a traité de nazi, je me sens vachement juif. »

Il ricanait. C'était le moment où il aura été le plus important, médiatiquement parlant. Mais comme souvent, au fond, c'était déjà sur la pente descendante, si on y regardait un peu mieux.

William était à la tête d'une association qui reposait sur rien — toutes les finances partaient dans sa consommation personnelle. LMPDD, « Le Mouvement PD Dur » ; en fait, c'était « Le Mouvement Pour Détruire Dominique ».

Willie avait voulu réunir tous les ennemis de Dominique — *mes* amis !

Il parlait de plus en plus de lui, à mesure qu'il perdait prise, à supposer qu'il ait jamais eu prise sur quoi que ce soit.

Les plus jeunes en avaient assez — ils n'avaient même pas entendu parler de ce « Dominique ».

Les plus jeunes allaient plus volontiers du côté d'Ali, qui prenait des positions assez tordues. Mais il y avait quelque chose, par là-bas.

Oh ! William avait encore toute sa cour. Par petites relations, il avait fini par diriger une sorte de collection, dans une petite maison d'édition, où il publiait tout ce qui venait, avec pas mal de sympathie — et puis il finissait toujours par se brouiller avec les mecs.

Il se marrait. « Moi qu'étais une bite en français. Putain, je connais rien à la littérature… » Il s'arrêtait, comme avec des cailloux dans la bouche, affalé quelque part : « Mais j'ai du pouvoir, un max de pouvoir, tu comprends, c'est ça le pouvoir. »

Dans le communiqué de presse qui annonçait la naissance du « Mouvement Pour Détruire Dominique », officiellement, je me suis retrouvée vice-présidente. Ce petit salaud avait mis Leibowitz à la trésorerie. Leibowitz a démenti.

L'association a fait un flop.

Plus personne ne s'intéressait à Dominique Rossi, et on commençait sérieusement à ne plus s'intéresser à William Miller.

La vague passait. Il n'y avait pas trente-six façons de rester à flot.

35

« William Miller, bonjour. Comment ça va ?

— Ah ben ouais, ouais ; ça va, mais tu m'as déjà d'mandé ça, non ?

— Oui, évidemment, mais là on est à l'antenne.

— Ah ouais, cool.

— Alors, William, pas de nouveau livre, mais tu viens pour nous parler de la collection que tu lances. Des bouquins érotiques, je crois ?

— Hein, ah non, non.

— Ce n'est pas ça ?

— Non, mais tu vois, toi, là, t'es dans la radio, là, radio PD…

— Radio Attitudes…

— Ouais, ouais, ben, Radio Attitudes PD, et j'veux dire, t'es un peu, comme, tu vois, alternatif en quelque sorte…

— Oui…

— Ben tu vois, tu veux faire de la promo, moi ça m'fait chier. Les trucs dont tu parles, là, les bouquins, c'est tous des bouses, mais tu vois, faut faire rentrer le fric, tu vois c'que j'veux dire...

— Alors... Alors tu comptes vendre ça massivement, pas vraiment comme littérature...

— Ouais, c'est clair, c'est clair, c'est du papier à branlette, on est d'accord, mais non, de toute manière, c'est dépassé. Sur internet, tu vois les vidéos que tu peux choper, j'veux dire à quoi bon des bouquins, des mots ? C'est fini ça — j'veux dire, même internet, c'est fini. D'ailleurs même internet, y a des mots.

— Ah... Mais... Bon alors, pourquoi tu sors ces bouquins ?...

— Ah ben ouais, ouais, y a la question, bon tu vois, faut faire tourner la machine, O.K... Et pis, ben histoire de voir, c'est juste sans raison, merde, tu vois.

— O.K. Donc... Donc on met ça de côté.

— Ouais, comme tu dis.

— Bon ben sinon, des projets ?...

— Ben non, j'veux dire, les projets, c'est bon pour les cons, ceux qui croient qu'i' vont mourir.

— Ah. Et pas toi ?

— Ah non. Moi j'suis déjà mort.

— Tu veux dire...

— J'veux dire, j'veux rien dire du tout.

— Alors...

— Te fatigue pas, mec. On m'a tué, c'est tout.

— On t'a tué.

— Ben ouais. Quand tu chopes le sida, c'est bien qu'il y a quelqu'un derrière le flingue, tu piges ?

— Tu... Tu parles un peu comme Stand, non, là ?

— Ouais, c'est bien que tu dises ça, parce que moi, tu vois, j'voulais dire, on l'oublie maintenant, j'ai vachement apprécié l'action de Stand...

— Tu... déconnes ?

— Non, j'ai l'air, trouduc ? Avec ton cynisme de jeune lope. Je te signale que j'ai participé à la fondation du truc. Non, Stand, c'était super, c'était cool, un des meilleurs trucs qui soient arrivés à la nation pédé. Sincère.

— O.K. Tu... Tu disais que tu te sentais tué...

— C'est clair, j'vais surprendre personne si j'dis que je suis actuellement la cible d'une tentative de meurtre organisé, planifié par la personne de Dominique Rossi, et j'ai les preuves...

— C'est, euh, grave, ce que tu dis...

— Non, mais attends, le truc, il est pas là. Le problème est pas que ce type veuille me buter, c'est qu'il l'ait déjà fait, tu vois...

— Je, euh, je te suis pas...

— Tu crois que j'ai chopé le truc en m'branlant, ducon ?

— Tu veux dire, euh, le virus ?

— Ouais, évidemment. »
Silence.

« Et...

— Ouais.

— Tu... Tu essaies de dire que c'est, euh, cette personne qui t'a contaminé.

— Sûr. Évidemment. Tu savais pas ? Ah bon.

Ben oui, c'est Dominique Rossi qui m'a foutu la chtouille maximum avec son jus de couilles. Ouais, ça t'gêne si j'fume, non, O.K.

— Tu... as les moyens de... prouver... Euh, tu peux peut-être rappeler aux auditeurs qui est, qui était Dominique Rossi...

— Ouaip. Ben. Le fondateur de Stand, que les jeunes générations doivent pas connaître, ben tu vois, une asso de protection et de prévention. C'est, tu vois, lui, avec le ministère qu'ont lancé tous les plans capote. Pour qu'ils situent un peu. Les jeunes ont pas vraiment trop d'culture.

— Et...

— O.K. Ben, Dominique Rossi, c'est un peu notre papa à tous, non, j'veux dire ? Ben, on était ensemble cinq ans, j'veux dire en couple, à l'ancienne. Il était séropo, il me l'a pas dit, au début. On n'utilisait pas de capotes. C'est clair ou j'explicite ?

— Eh bien...

— O.K. Pour les vieux à qui ça dit que'q'chose, ils comprendront, disons ceux qui ont suivi. Le reste... J'veux dire, les jeunes, i' réfléchissent pas, i' z'ont plus d'cerveau aujourd'hui. J'veux dire, les jeunes, c'est con. Les vieux i' comprendront.

« Dominique Rossi. Stand. Capote. Sida. William Miller. Ils saisissent le truc, tu vois, la connexion.

« Et, bang, là, tout s'éclaire. L'amour vrai. Tu vois, la haine, tu la comprends, le mensonge, et paf, le retournement. L'un, l'autre. Ouais, ben, les hommes, quoi. »

36

Le dimanche, Will sortait avec des amis pour aller se balader aux Buttes-Chaumont.

« La nature, des fois, c'est cool. »

Ce jour-là, Will était seul. Il sortait en robe, bien maquillé, souvent avec un chien. Il aimait bien sortir le rottweiler de son pote Steven, à la tombée de la nuit. Il tournait selon des cercles concentriques, avant de descendre par le petit pont, au-dessus des arbres, pour finalement monter vers le point culminant, histoire d'observer le panorama.

C'était l'hiver, il faisait froid.

William n'aimait pas être seul. Il se sentait fragile, tout petit, et des crises d'angoisse le prenaient parfois. Alors il marchait vite. Les passants le regardaient, les couples, les familles, et les hommes sur les bancs ; il gardait la tête haute. Dans ces moments, William avait besoin d'un homme à son côté, et il n'en avait pas. Il regardait la ville de Paris étendue, déjà ponctuellement illuminée, et à perte de vue ces maisons, sous le ciel blanc qui noircissait, ça lui foutait le cafard : il avait l'impression de voir toute l'Histoire. Tous ces héros, ces gens qui avaient passé leur temps à penser, toute la masse de ceux qui avaient juste *vécu*, et qui faisaient pencher la balance de leur côté, et toutes ces civilisations aussi, merde, l'Histoire. Oh, lui, il était une pauvre pédale, il demandait juste à n'avoir rien à faire avec tout ça. Mais il finirait une pauvre crotte dans la gigantesque merde de l'Histoire, complètement indistinct. Et puis l'homme, hein, qui fait toutes ces maisons, en pierre, sur la Terre, et la Terre, un jour, elle va bien exploser. Oh putain, il ne restera rien, et ça lui fait mal à la tête.

« Enculé, je vais t'éclater. »

Il n'a pas tout de suite compris — *qui* l'agressait.

William a porté la main à son visage. C'est l'espèce d'os, sous son œil, il avait l'impression que l'œil lui-même saignait. Il s'est raclé le genou sur le gravier et il a trotté vers le tronc de l'arbre le plus proche. Il n'y avait personne à l'horizon, les lampadaires s'allumèrent, comme mille étoiles minables et régulières.

Il a levé la tête.

Doum l'a saisi à la nuque, en bourrant son thorax de coups de poing violents, pas véritablement réguliers.

William a ouvert grand les yeux. Doum le traînait vers les grilles. Il avait la robe déchirée, et les jambes parcourues de petites rivières de sang. Il a regardé le ciel.

Doum lui a enfoncé la gueule entre les barreaux. « Aïe ! », a crié Will. Ça lui a arraché la peau de l'oreille gauche. Il avait froid à cause du métal et Doum lui a foutu un grand coup de pied dans les côtes. En essayant maladroitement de se dégager, William s'est fracassé la mâchoire et ouvert la lèvre, contre la grille noire.

Il haletait.

Doum lui déchira le tissu. Il respirait comme une bête.

« Enculé, enculé, enculé. »

Du plat du poing, il martelait le bas de la colonne vertébrale de William qui s'effondrait dans le parterre de fleurs. Il se sentait un peu comme une princesse de conte, en robe d'apparat, un jour de printemps, la tête couronnée de mille fleurs, et d'un baiser.

Il lui fractura le crâne, rageusement, en le balançant à plusieurs reprises contre le réverbère.

Dominique était hors de lui. Il éructait. Il pleurait.

William a fermé les yeux.

« Oh c'est bon... »

Doum n'a pas supporté.

« Tu veux encore jouer au con, tu me provoques, petite fiotte. »

Et il lui a tapé deux ou trois fois dans les couilles, de la plante du pied. Il le castagnait, en le tenant par la bretelle de sa robe, qui craqua.

Will avait la gueule en sang, un œil clos, l'arête du nez déboîtée, la lèvre fendue, et deux dents en moins, les cheveux poisseux.

« C'est les dents, ah n'ai plus mal aux dents... »

Doum est resté interdit. Ils se firent face, tout entiers couverts par les ombres des arbres. Dominique debout, le poing fermé, qui reniflait, et William sur le cul. Il faisait grand silence, à présent.

Will porta la main à sa gueule, en respirant. Dominique prit une cigarette et la fuma, sans rien dire.

Will referma les yeux, il aimait bien, il n'était pas seul.

Dominique trembla, il cherchait quelque chose à dire ; la cigarette était finie avant qu'il ait trouvé quoi. Il jeta le mégot au pied de William, étendu, défroqué, presque endormi — et il partit.

Quand il fut seul, William sentit le froid — et il s'aperçut qu'il avait mal. Il gémit comme un chien. Il fallut attendre que le gardien de nuit fasse sa tournée.

Il avait terriblement mal.

Tout autour de lui, la ville était si grande qu'on ne la voyait même plus, et il eut extrêmement peur.

On l'emmena à l'hôpital.

37

Il poursuivit sa tournée de promotion.

William débarqua sur le plateau le bras dans le plâtre, le cou et la mâchoire couverts de bandages, l'arcade sourcilière recousue, l'oreille emmaillotée, soutenu par deux jeunes gens, parce qu'il ne pouvait apparemment pas vraiment marcher.

Aux émissions TV, désormais, il se pointait toujours au dernier moment. Il réclamait son maquilleur personnel, pas question de passer par les loges ; ça, c'est bon pour le théâtre.

« Je vous demande, euh, d'applaudir, William Miller... Il... Euh, il a eu la force, euh, le courage de venir ce soir... »

C'était une émission branchée, sur le câble. La seule en direct, pas désagréable, j'y intervenais à l'occasion, comme chroniqueuse.

Il leva l'une de ses béquilles et se vautra immédiatement la gueule.

Je n'avais pas de nouvelles de lui et, comme

quelques-uns d'entre nous, j'étais seule devant la télé, ce soir-là.

Les deux gamins sont venus le relever. Il zézayait et il avait l'air naturellement défoncé à un truc genre morphine.

J'ai commencé à plaindre le présentateur, qui ramait comme un damné : le rafiot, sa pauvre émission, coulait déjà.

« Zalut.

— Euh, bonjour, William. Ça fait quelque temps que vous n'êtes pas venu nous voir. Et… Euh… Que vous est-il arrivé, grand Dieu ?

— Z'est rien. Z'a pète la forme. »

Il voulut lever les deux béquilles simultanément, pour dessiner en l'air le V de la victoire, mais il glissa du siège et se cassa la gueule, sous la table. Les deux gosses repoussèrent les assistants-plateaux et épaulèrent le Will, les yeux à demi clos, qui rigolait.

« Bien. Euh. Faites attention à vous, William. Vous… Vous avez fait une chute…

— Ben vouais. Z'ai ouvert la porte, et ze zuis tombé. Hihi…

— Euh… Alors, euh, sinon, on ne s'était pas vus depuis, euh, l'affaire, disons, autour des nouvelles pratiques…

— Ah vouais, la capote.

— Euh… Oui… Et… Vous nous aviez confié, alors, préparer un nouveau roman, après la… euh, déception de *Mes amis sont mes ennemis*, qui…

— Z'était mon chev'-d'œuvre.

— Euh… Oui… Mais, comme il n'a… pas trop marché…

— Les zens zont des gros cons. Z'était zénial.

— Et… »

C'était fini pour le présentateur. Will pouvait commencer.

« Hé !… Tu m'damandes pas comment za me suis fait za, trouduc ?

— Heum… Mais si, je, justement…

— Z'ai été victime d'une agrezion.

— Une agression…

— Z'étaient des zarabes. Z'est touzours les zarabes qui zagrezent les zuifs. Z'est Leibowitz qui l'a dit… Ze zuis zuif. T'as oublié ?

— Oh… Mais c'est important ce que…

— Ma non, ducon. Z'est pas vrai. Ze plaizante. Z'aime beaucoup les zarabes…

— Ah… Je… »

Il pouffait. « I zont des gros zexes avec du poil. Hihi. Nan, zérieux, z'étais victime d'une agrezion zhomophobe. Z'est grave. »

Il ressemblait à un nounours de science-fiction bloqué dans un corps artificiel ; il souriait bêtement, il ne pouvait pas tourner le cou et il se tapait un méchant rhume, un peu de morve lui coulait du nez qu'il était dans l'incapacité d'essuyer.

Globalement parlant, il avait l'air béat.

« Ze zont des zhomophobes qui m'ont attaqué, i' zont voulu me tuer. I' zont crié zale pédé, z'étaient des zhomophobes, et i' m'ont buté. Maintenant z'ai mal. Le danzer est partout. Y a des zhomophobes partout — z'est un peu pareil que ze que dit Leibowitz zur les zarabes qui zont partout, contre les zuifs. Alors, où on va, pazs'que les zhomophobes plus les zantizémites, on est mal barré. Z'est la merde. Ze zuis d'accord avec lui.

— Il… » Le présentateur, qui avait reçu Leibowitz deux semaines auparavant, tenta vaguement de nuancer, pour ne pas trop compromettre Leibowitz, mais Will était parti.

« Z'est les zhomophobes ! Z'est tous des nazis ! I' zont voulu me tuer, i' veulent tuer les zuifs ! »

Et, gigotant un peu trop, il tomba de nouveau de son siège.

Le présentateur en profita pour lancer la publicité.

Lorsqu'il revint à l'antenne, il avait l'air profondément emmerdé.

Will, encadré par deux types de la sécurité, eux-mêmes encadrés par les deux gamins plutôt musclés, refusait de quitter le plateau et il continuait à déblatérer.

« Moi, ze vais vous dire. Z'aime les zhomophobes. Z'aime les zens qui m'ont fait za. Pourquoi ? Pazsque que z'aime pas les zhomophiles. Les zhomophiles, comme vous. Les zhomophiles, ils disent : ah, nous, on aime bien les pédés, hein, ils dizent même pas les pédés, ils dizent les *zhomosexuels*. Berk. On veut qui zoient dans la zociété, et qui zaient des droits comme nous, pazsque z'est des êtres zhumains comme nous. I' zont gentils. Mais non ! Les pédés, z'est pas des zêtres zhumains comme vous, z'est comme les zextra-terrestres : z'est différent, z'est pas pareil. On veut pas des droits des zhomophiles. Z'est tous des frustrés, i' nous touchent zamais, i' nous regardent de loin, i' dizent : on vous zaime. Mais zi vous nous zaimez, faut venir nous baizer. Alors que les zhomophobes, i' dizent : à mort les pédés. Dézà, eux, i' nous z'appellent les pédés, z'est cool, merzi. Enzuite, i' nous touchent, i' nous cassent la gueule, z'est un peu comme zi i' nous baizent. Moi z'aime bien, perzonnellement. Ze dis merzi. Z'aime bien les zhomophobes, z'est nos vrais zamis. Et… »

On coupa au milieu. C'était le bordel sur le plateau.

C'est la dernière fois où William fit vraiment l'événement. La dernière fois que je l'ai aperçu dans un rectangle animé de points de lumière, connecté à un flux électrique distribué sur tout le territoire français au moins. La télévision…

Ça ne m'a rien fait sur le moment — et quand j'ai su, plus tard, la nature de l'agression, j'y ai vu un très beau geste, très chevaleresque, à l'ancienne, envers Dominique, de la part de Willie. Il n'a rien dit contre Doumé. William n'était pas une balance.

Il savait rendre du mal contre du bien, et du bien contre du mal, sans règle, sans loi, selon les caprices apparents de sa volonté qui, au fond, tout au fond, devait bien avoir quelque chose d'absolument *fidèle* — bien plus fidèle que d'autres, en tout cas.

LA JUSTICE

38

Au départ, Me Malone était d'accord. C'était une grosse affaire de société.

Né en 1952, en même temps que la prise de pouvoir par Nasser, aimait-il à rappeler, d'un père notaire et d'une mère très riche héritière égyptienne, en Provence. Claude Malone, à l'âge de trois ans, mit accidentellement le feu à l'appartement de son père, avant de se réfugier sur le balcon, où il fut récupéré par des voisins. Gros monsieur séducteur, patelin et cultivant non sans ironie sa propre légende, il concluait : « Mon père a dû comprendre que j'aimerais mettre le feu partout où j'irais, avant de contempler le spectacle bien à l'abri. »

Après dix ans d'études chez les jésuites, où il dira avoir appris l'intelligence, et la nécessité de la sexualité, catholique fidèle, il prête serment au milieu des années soixante-dix. Proche du grand Leclerc, avocat à la carrure démesurée d'humaniste, défenseur des droits de l'homme aux colères homériques, il se fera un nom en récupérant à Toulouse une affaire de meurtre d'enfant pour laquelle il plaide, contre l'accusé, en demandant qu'on lui épargne la peine de mort.

Proche des idéaux de son maître, quasiment lynché par la foule à la sortie, l'amateur de boxe, de théâtre et de poésie, prend goût à ce qu'il a toujours aimé : les médias. Il a ses riches et ses pauvres, comme il dit, et un cabinet de treize collaborateurs. Mais il publie un livre tous les six mois, sur les grandes erreurs judiciaires de l'Histoire, ou le scandale du moment, et possède son fauteuil réservé dans la plupart des émissions télévisées.

Et tout ça pour quoi ?

William l'avait croisé sur un plateau. Malone s'entendait avec tout le monde — on ne peut pas avoir d'amis dans ce milieu, disait-il à chacun de ses amis, à part toi, mon vieux —, et ils avaient échangé quelques idées, un peu n'importe quoi : Malone était de droite, mais il savait bien sûr s'adapter.

Il avait une femme superbe et une grosse chevalière au petit doigt, près de son alliance, avec les armes de la famille paternelle. Il portait une montre, jour et nuit : « Le temps ne s'arrête jamais, mon vieux. » Ses mains avaient une importance particulière. Il était gros, il n'aimait pas qu'on le lui dise.

William lui demanda s'il était possible d'engager quelque chose — contre Dominique, pour empoisonnement volontaire.

Malone s'est assis, il a fermé son portable, et il a réfléchi.

« Vous voulez dire : il sait qu'il a le sida, et il a des rapports non protégés avec vous. Il faut prouver que c'est bien lui, que vous n'avez pas eu de rapports avec d'autres hommes. »

Il se marre, en se touchant le cou.

« Vous connaissez le coup : il est plus facile de prouver que vous avez trompé votre femme, avec une photo, hop, que de prouver que vous êtes fidèle. Il reste le doute. »

William était tout enthousiaste.

« On pourrait engager un détective privé. On peut refaire mon emploi du temps, demander aux gens, comme dans un roman, le genre Chandler. Pendant trois ans, j'ai couché qu'avec lui. Après, il bandait plus — c'était plus chaud à gérer. »

Malone a soupiré. Ils s'étaient installés à la terrasse d'un café. Il buvait sa bière.

« Okay. C'est jouable. C'est compliqué. Ça peut faire du barouf. Y a jamais eu de condamnation pour des contaminations de sida. Il faudrait attaquer l'association, à la limite. Il faut voir. Y a quelque chose. C'est un peu compliqué, mais y a quelque chose. »

William a tapé du poing, maladroitement, dans sa paume.

« C'est super. Super.

— Votre premier test ? »

William fronce les sourcils : « Ah ben… C'était… »

Il lâche un mouvement de la main, plutôt vague : « Vers 97, j'crois.

— Positif ?

— Superpositif. Ultrapositif.

— Mmh... »

Malone met ses lunettes de soleil. Il réfléchit.

« Il faut qu'on voie ça.

— Cool. Vous comprenez, c'est pas pour la morale. C'est pas pour la morale universelle. J'en ai rien à foutre. Mais c'est... Il faut que je poursuive quelque chose contre ce mec. C'est personnel.

— O.K. Ça vous regarde. Il faudra pas le dire comme ça.

— Et... Euh, j'veux dire. C'est pour le fric...

— Le fric ! Ah... Ça va vous coûter un maximum. L'addition est salée, William. Si je m'engage. »

Il boit une gorgée.

« Ah non... J'veux dire. C'est... Pour moi, j'ai besoin d'fric, c'est pour en ramasser, aussi, que j'le fais. J'suis un peu à sec... »

Malone n'a rien dit. Il a soupiré.

Willie remue nerveusement la jambe. Il se gratte la barbe :

« Et... C'est cool. J'veux dire, même si j'vous disais pas la vérité, même si c'était faux, j'peux gagner quand même. Pour vous ça change rien ?

— Ça change quelque chose pour les moyens qu'on emploie — pas pour les fins.

— Ah. Ouais. J'disais ça comme ça. Parce que j'suis sûr que c'est vrai. »

238

Il avale un cachet, avec un verre d'eau.

« Il suffit pas d'être sûr, mon ami.

— Ouais. Ouais. C'est vrai. C'est vrai. C'est 100 %. »

Malone s'est levé.

« Écoutez, sincèrement, ça va vous coûter bonbon... Alors soit vous avez les moyens, soit je vous donne les coordonnées d'un confrère. Un bon... Ça vous dit ?

— Hein. Eh... Euh, t'essaies pas de m'arnaquer, là, sans déconner ? »

Pitoyablement, Will s'engagea là-dedans. D'une certaine manière, il devait savoir qu'il s'enfonçait.

Mais tant qu'il eut la tête hors de l'eau, il fut joyeusement certain d'avoir encore les pieds sur terre.

39

Dominique avait fait nettoyer la cheminée. L'appartement sentait bon et il faisait chaud. Depuis la baie vitrée, on apercevait un angle des arènes de Cimiez et le ciel était bleu, légèrement fissuré de blanc, comme une très vieille pierre.

Il n'avait pas eu à changer énormément la décoration. Avec le temps, il s'était découvert des goûts plutôt semblables à ceux de son père.

Il était en pantalon et en gilet, un verre de porto à la main.

Quand il entendit sonner, il vint ouvrir. La porte était encore un peu réticente. Il faudrait la graisser.

Il salua Henri Vivier et le fit entrer.

« Il y a un portemanteau, juste sur la gauche. »

Vivier, presque un vieil homme, l'œil vif, jeta un long regard circulaire sur le grand salon, son parquet et les bibliothèques, près du piano.

« Vous vous êtes bien débrouillé. Ah… Vous avez réussi à faire fonctionner la cheminée…

— Ce n'était pas bien compliqué. Ils sont

venus. Il suffisait d'enlever la plaque et de ramoner un peu. »

Il sourit.

« Vous voulez un verre, maître ?

— Oh, je vous en prie, Dominique. Je vous ai vu faire dans votre pot. » Dominique a rougi.

« Bien, installez-vous. »

Me Vivier ajouta quelques remarques de politesse, avant d'en venir au fait.

« Dominique… Votre père vous a laissé l'appartement et la maison, et le reste… Vous l'avez compris. Il s'en faisait beaucoup pour vous. Vous n'êtes pas venu le voir. »

Dominique se grattait l'oreille, l'air penaud, en se mordillant une peau sèche sur la lèvre inférieure.

« Je sais. Je le sais bien. Mes frères… »

Maître Vivier posa le verre et s'accouda au vieux fauteuil qu'il connaissait si bien.

« Jean-Claude étant décédé, Damien est bien là-bas, au Brésil, il n'a besoin de rien. On peut en dire autant de Nicolas, il vous a laissé tout naturellement les droits de succession, son affaire marche à merveille, c'est un homme généreux et entreprenant…

— Quand il le veut.

— José a pris la maison de Tunisie, c'était un choix de votre père. Il vous a favorisé. Il m'en avait parlé. Il vous aimait trop, vous le savez.

— Non, pas vraiment. »

Le silence était pesant. Le feu crépitait, et l'on apercevait, du côté du palais Regina, la dou-

241

ceur boisée, le calme et les espaces de la colline de Cimiez.

« Bien. Il y a des rumeurs qui courent, à Paris, Dominique.

— Ça fait quelque temps que je ne cours plus derrière.

— Me Malone, qui n'est pas précisément un ami, mais à qui j'ai eu l'occasion de rendre un ou deux services... Il sait que vos intérêts m'occupent... Il... Vous devez le savoir. Il y a une plainte qui risque de traîner contre vous. Pour des motifs, eh bien, que je ne qualifierai pas ici. Enfin... »

Dominique se leva, et regarda la ville par-derrière la vitre.

« Je... J'ai évidemment la volonté de contre-attaquer, Henri. Ce ne sont pas... Vous devez comprendre que ce ne sont pas des raisons personnelles. C'est une question morale. J'ai été confronté à une... entité, qui a... plongé ma vie dans le noir et qui me détruit. Mais ce n'est pas moi l'important. Ce qu'il promeut, le mal qu'il répand. Chaque jour, il extermine la vie de jeunes gens naïfs, vous voyez, qui montent à Paris, épris de liberté, sans aucune idée de... bref. C'est un crime. Je... Je crois avoir les moyens, financiers en tout cas. Depuis que Papa... Pour le mettre hors d'état de nuire. Et... Si je vous ai fait venir... C'est aussi, vous comprenez... Je veux l'attaquer, et être sûr de gagner. »

Il se retourna.

Me Vivier écarta les doigts de ses mains, en

éventail : « On n'est jamais sûr de gagner, vous le savez, pour rien. »

Dominique fit les cent pas.

« Quelles chances… quelles chances j'ai de l'attaquer, de déposer une plainte, et de le mettre sur la paille ?…

— Il l'est déjà, probablement. Ce n'est pas le problème.

— Quel est le problème, alors ?

— Votre réputation. Vos relations. Votre nom. Plus rien. Vous n'avez plus rien de tout cela. Vous ne gagnerez rien dans ces conditions. Vous ne venez pas de nulle part, Dominique — et ce garçon, lui, oui, il vient de nulle part, et il doit y retourner. Ce n'est pas normal. Quelque chose est possible contre lui et je vous y aiderai, vous le savez, mais à la condition qu'il y ait quelque chose derrière.

« Vous avez des amis, des réseaux, et un nom, Dominique. Ce n'est pas à un avocat de vous dire ça. Grâces soient rendues à votre défunt père, vous avez l'argent aussi. Ce n'est pas avec une plainte et un procès que vous gagnerez tout cela. C'est avec tout cela que vous gagnerez le procès.

« Réfléchissez-y, mon garçon.

« Et pensez un peu à votre père, enfin.

« Je dois y aller, à présent. »

Dominique alla chercher le chapeau, le manteau dans l'entrée, il le remercia et lui serra la main.

« Réfléchissez-y, mon garçon. »

Lorsque la porte se referma, difficilement, Dominique retourna observer le ciel changeant, immense, et la colline verdoyante, dans la chaleur du feu de bois, tandis que Me Vivier, le vieux complice de son père désormais mort et enterré, regagnait à pas comptés le centre-ville de Nice, par le boulevard de Cimiez et le boulevard Carabacel.

40

Jean-Michel s'est trouvé profondément occupé, quelques mois durant, par la rédaction d'une enquête de longue haleine sur les Frères musulmans et leur mutation récente en *démocrates modernistes*. En fait, il faut bien le dire, et il le disait lui-même, le véritable sujet de l'article, c'était Hossan Hassam, sa femme, c'est-à-dire les parents d'Ali Hassam, c'est-à-dire Ali Hassam.

Miller, trop insaisissable aux yeux de Leibowitz, car mon ami, et car juif lui-même, Ali, ancien amant de Miller, devenu agitateur associatif, traînant dans les débats, militant propalestinien et dirigeant des structures homos, était devenu une obsession totale pour Leibo, qui avait décidé de creuser le sujet.

Il ne parlait plus que des parents d'Ali. C'était devenu une sorte de nom commun, à table, au téléphone, au lit. *Les-parents-d'Ali.*

En 1928, Hasan al-Banna fonde al Jamiat al-Ikhwan al-Muslim, la société des Frères musulmans, littéralement. Je tire mes informations de l'article du Leib, ce n'est pas forcément une source extraordinaire, mais pour le reste...

Bref, je ne vais pas lire les bouquins pour vous, j'en ai assez fait comme ça.

Leibowitz analysait le rôle, la participation de l'organisation, dans sa branche palestinienne, à l'insurrection de 1936. La Palestine a toujours été un axe structurant des Frères.

En 1945, à la fin de la guerre, Saïd Ramadan crée l'équivalent palestinien du mouvement et lutte en 1948 contre les combattants du tout nouvel État israélien.

En 1948, les Frères musulmans abattent le Premier ministre égyptien de l'époque ; en représailles, al-Banna est assassiné et, en 1951, l'organisation est dissoute. Sous Nasser, qui met sur la table un panarabisme pariant sur l'unité arabe, en court-circuitant l'unité islamique, vingt mille militants se trouvent incarcérés. À doses variables, Sadate et Moubarak les utilisent à leur propres fins politiques.

En 1982, en Syrie, Hafiz al-Asad supprime l'al-Talia al-Mukatila, leur avant-garde combattante. Mutilée par la longue dérive dictatoriale des représentants de l'espoir arabe, nationaliste, de la décolonisation, l'organisation va muter, grandir et nourrir l'opposition, pour devenir progressivement le ferment d'une résistance auréolée de légitimité face aux pouvoirs orientaux secrets et corrompus, et, à une échelle mondiale, entre autres face aux États-Unis.

C'est là, explique Leibowitz, que ça devient

intéressant. Hossan Hassam, médecin de formation, en mission en Syrie, fuit le pays, poursuivi par les foudres d'al-Asad et de ses services secrets. Il y a rencontré sa femme, Heba Kanaan, issue d'une grande famille alaouite, dont la destinée a souvent croisé celle des Asad.

L'alliance d'une femme traîtresse à l'une des plus grandes et des plus riches familles syriennes et d'un homme d'apparence libérale, reconverti en pharmacien, comme l'ont souvent été les militants du Proche et Moyen-Orient, depuis la guerre d'Algérie, forme un couple symptomatique, d'après Leibowitz. Hossan, qui vient se réinstaller au Caire, et qui participe au renversement de la vieille garde des Frères musulmans, dans la première moitié des années quatre-vingt-dix, est l'auteur de textes lettrés, d'une grande virulence envers Israël, et qui mêle à un respect farouche des traditions, archaïque à des yeux d'Occidentaux, un discours moderniste, tourné vers les défis du XXIe siècle. La barbe finement taillée, habillé à l'occidentale, parlant couramment l'anglais, l'allemand, le français et l'italien, proche de Makran al-Devri, il est le père du jeune Ali, né en 1981, et éduqué de belle manière au Caire, à Zamalek, avant de se voir envoyer à Londres, au lycée.

Participant en 96 à la fondation d'al-Wasat, le parti qui a régénéré les Frères, Hossan se déclare modestement, en tant que cadre de base du parti, en faveur d'élections pluralistes, et pour une politique adaptée aux réalités contemporaines, quoique ancrée fermement dans le passé. Leibowitz pense qu'il est l'un de ceux qui auraient eu l'idée de remplacer les deux sabres du symbole des Frères par une motte de terre tenue à deux mains, d'où germe une pousse nouvelle.

Dès le deuxième épisode de son enquête « journalistique », Leibowitz insistait sur l'ambivalence du discours de cet homme en fuite depuis 1997 et l'interdiction de son parti. Il exhumait notamment un texte, *L'Autorisé et l'Interdit (Vivre aujourd'hui dans les préceptes de la religion)*, proche des positions de son ami, d'après Leibo, Youssef Qaradhaoui, qui rappelait les thèses traditionnelles islamiques sur le thème de l'homosexualité : « Les savants en jurisprudence ne furent pas d'accord sur le châtiment [...]. Est-ce que l'on tue l'actif ou le passif ? Par quel moyen les tuer ? [...] Cette sévérité qui semblerait inhumaine n'est qu'un moyen pour épurer la société islamique de ces êtres nocifs qui ne conduisent qu'à la perte de l'Humanité. » Hossan Hassam lui-même définissait l'homosexualité comme un déséquilibre, et il était, selon Leibowitz, que je croyais sans réserves, sous les habits d'un démocrate un obscurantiste dont toute la pensée se trouvait nourrie par une haine puissante d'Israël, avant-garde de l'Occident américanisé ; et cette haine était le résultat d'un véritable transfert de celle développée à l'encontre des États du Moyen-Orient, riches de promesses dans les années soixante, et devenus, avec l'accord et le soutien paternel de l'Occident, des dictatures favorisant une classe, une famille richissime et corrompue, matériellement et spirituellement, exploitant des peuples acculturés.

Le problème apparaissait en fait à la fin du quatrième épisode de son enquête. Leibo dérivait vers le portrait de plus en plus exclusif d'Ali, le fils d'Hossan, parti à Londres et visiblement réfugié à Paris, en 1998, avant même la grande rafle, en 2001, des cinquante-deux homosexuels « présumés » sur le *Queen Boat*, au bord du Nil. Sans papiers, il aurait été recueilli, assez mystérieusement, aidé par et régularisé grâce à William Miller. Leibowitz lui-même (par mon entremise), dans un élan ronchon de reste de générosité « de gauche », avait participé aux démarches de demande de régularisation du jeune Égyptien, au moment du mouvement des sans-papiers, en France. Il le disait tout net, non sans aigreur, il le regrettait.

Que faisait Ali, désormais ? De la propagande palestinienne, sur le territoire français, disait Leibo. Prétendant avoir rompu avec ses parents, comme tous les jeunes immigrés de notre pays, précisait Leibowitz (ce fut un premier point de polémique), il profitait de l'hospitalité française pour assassiner Israël dans le dos.

La thèse de Leibowitz, qu'il exprimait bien et qui, je crois, si je devais résumer le personnage, synthétisait toute sa vie et toute son œuvre, c'est qu'on n'échappait pas à ses parents, on en était toujours les dépositaires, les représentants pour l'avenir.

Et, conclusion de Leibo, vu les parents d'Ali Hassam, il fallait bien s'attendre à ce qui commençait à apparaître : un nouvel antisémite, un antisémite moderne. Un schizophrène gauchiste de notre monde moderne, qui, victime de l'homophobie de ses pères, se faisait l'accusateur des Juifs.

Il terminait, et ce fut le deuxième point, par la phrase : « Un "pédé", fils d'homophobes, et, pour rester fidèle à ses pères qu'il trahissait, un antisémite. Quant à Miller, fils de Juifs... »

Ce fut un désastre. Mon pauvre Leibo.

Par quoi commencer ?...

Il y avait le terme « pédé », et les guillemets. On discuta beaucoup des guillemets. Leibowitz, sur Europe 1, déclara : « On sait très bien que la communauté homosexuelle, depuis longtemps, Stonewall, tout ça, a récupéré les insultes proférées à son égard. M. Ali Hassam, et je peux vous lire ici les citations, se nomme lui-même par ce terme. Voyez cette interview, il dit bien : Moi, en tant que pédé... Bon, j'ai mis des guillemets, en quoi je ne pourrais pas l'appeler par le nom qu'il se donne ?

— Mais vous n'êtes pas homosexuel, monsieur Leibowitz ?

— Non. Non. Et alors ? On n'emploie plus les mêmes mots pour désigner une certaine qualité, suivant qu'on la possède ou non ? Vous

comprenez, c'est précisément cette schizophré-
nie que j'ai voulu... »

Bon. Après, il y eut les insultes envers les
parents d'Ali et la réponse d'Ali.

Selon lui, il n'avait pas supporté le climat, en
Égypte, en 98, et l'arrestation de tous ces jeunes, qu'il connaissait parfois personnellement,
pour « satanisme ». Au moment de retourner à
Londres, ne pouvant se résoudre à dire la vérité
à son père, il avait pris la direction de Paris. Il
ne le voyait plus depuis.

« Ce que M. Leibowitz ne comprend pas, c'est
que je déteste mes parents, que je ne leur ressemble pas, et que je m'oppose à eux. Non, je
ne suis pas l'affreux représentant de mes parents,
ni un cheval de Troie des Frères musulmans,
qui sont à mes yeux des fascistes, et je n'ai pas
besoin de mes parents pour penser que les
Palestiniens aujourd'hui ont le droit à un État,
et que les résolutions de l'ONU ne sont toujours
pas appliquées par cet État dont M. Leibowitz
cite si souvent le nom. »

Leibowitz l'interpella en retour, sur France
Info, le traitant de négateur d'Israël, ce qui ne
fit qu'envenimer les choses.

Et puis il y eut le *chiasme.*

Ali releva les points de suspension. Quant au
chiasme... Leibo le traitait de pédé, fils d'homophobes, et par un parallèle, laissé en suspens,
il qualifiait Miller de fils de Juifs, donc de « ... ».
Logiquement, remarqua Ali, dans un texte
publié par *Libération,* avec l'aval du rempla-

çant de Doumé, Raphaël, comme « homophobe » s'oppose à « pédé », ce qui doit venir s'opposer à « Juif », c'est… nazi. Il traite donc *explicitement* William de nazi, par figure de style interposée.

Le débat sur la figure de style fit rage.

Leibowitz ne comprenait guère les malentendus sur son intervention : « Derrière Ali, ce n'est qu'un pantin, quelqu'un veut ma perte… »

Leibowitz ne comprenait pas que l'on ne comprenne pas que l'on venait de ses parents. Mieux, disait-il, au fort de l'affaire : on est ses parents. On les accepte, on les refuse. D'une manière ou d'une autre, on les *est*. Il insistait sur le hiatus, avec une moue de contentement à la Lacan, dont il avait suivi un séminaire, une fois, avec Dominique, il y avait longtemps.

Puis, après un silence : « Regarde, moi. »

J'ai fait ce que j'ai pu pour soutenir le Leib dans l'affaire. Il fut haï. Ses parents n'ont pas compris. J'aurais pu, j'aurais dû le quitter à ce moment-là, mais pas dans la difficulté. Pour le meilleur et pour le pire, même s'il ne me l'a jamais dit, et moi non plus.

Il ne dormait plus. Il disait qu'il avait été « donné en viande aux antiracistes ».

Il a fait venir Vivier, un proche. L'avocat.

« Vous êtes dans la merde, Jean-Michel. »

Ali ne l'attaquait pas pour lui-même. Non, au nom de Stand et de la vieille association historique du CRAC, Contre le Racisme et l'Amnésie Coloniale, anciennement Contre le Racisme, l'Antisémitisme et la Censure, il porta plainte

252

contre Leibo pour racisme, à propos des trois points de suspension qui qualifiaient Miller de nazi.

Vivier, qui revenait de Nice, a expliqué au Leib :

« C'est le problème de la figure de style, c'est un chiasme, enfin une analogie qui tourne au chiasme : il doit y avoir entre homophobie et les points de suspension la relation qu'il y a entre pédé et Juif, et c'est inversé parce que les parents d'Ali sont jugés, par vous, homophobes, et le fils pédé, alors que dans le cas de Miller, les parents sont juifs, donc l'équivalent de "pédé", entre guillemets, et le fils doit être par rapport à juif l'équivalent d'homophobe pour, entre guillemets, "pédés". Donc *nazi*. C'est imparable. »

Leibowitz secouait la tête, dans son fauteuil en velours, devant sa bibliothèque de philosophie.

« Non, non, non... Vous n'avez pas compris, maître. Personne n'a compris ; il y a des points de suspension, parce que ce n'est pas un chiasme, je ne traite certainement pas Miller de, entre guillemets, "nazi". D'ailleurs le mot n'apparaît jamais. C'est ça qui est fou, il n'a jamais été prononcé. C'est une antiphrase, au conditionnel. Et puis je veux juste dire que Miller est "pédé", entre guillemets, lui aussi, en étant fils de Juifs, alors qu'Ali est, entre guillemets "pédé", en étant fils d'homophobes. C'est un chiasme *dissymétrique*, c'est ça. Mais plus personne ne peut comprendre ça...

« — Effectivement. »

Maître Vivier consulta l'heure sur sa montre de gousset.

« C'est un problème de figure de style, mon cher Leibowitz. Il va être extrêmement difficile de vous défendre par cet angle-ci. On ne comprend pas votre figure de style, trop elliptique, vous voyez, je vous le dis en avocat, en habitué. Il faut être plus tranchant, prendre position, il faut plonger… C'est…

— C'est une forme de contre-pied, vous comprenez…

— Oui, un contre-pied. Mais on ne comprend pas. »

Me Vivier finit rapidement son café.

Leibowitz était effondré. Tout ça pour ce Miller. Il avait des cernes, et ses gestes devenaient désordonnés.

Il trouva le moyen de sourire.

« Vous savez, quand nous étions à l'École normale supérieure, avec Rossi… Il y avait Althusser, avant l'affaire avec Hélène, sa femme. Bon sang, je le revois dans son bureau, le vieux caïman, me dire de Derrida, vous savez Derrida, et à l'époque c'était quelque chose, comme philosophe, il effectue un triple salto dialectique en l'air, il dit le contraire de ce qu'il dit, puis le contraire du contraire, et il retombe toujours sur ses pieds. C'est de la gymnastique. »

Vivier fit remarquer, en se levant : « Vous êtes tombé légèrement à côté, c'est le problème. C'est le problème de tout intellectuel, mon cher, le retour à la terre ferme, après avoir effectué sa figure de style. »

Leibowitz réfléchit.

« Qu'en dit Rossi ? Vous l'avez vu ?

— Il a ses propres problèmes. »

Leibowitz soupira ; on se déchaînait contre lui. Après l'affaire de notre liaison, révélée par Willie, et qui nous avait considérablement éloignés, en affaiblissant l'auteur de *La Fidélité d'une vie*... Il perdait beaucoup de ses soutiens, et le sol n'était guère solide sous ses pieds. On disait : il a déconné, une fois de trop.

« Il me reste mes soutiens en Israël. »

Me Vivier acquiesça, à la porte : « Il faut l'espérer.

— La gauche israélienne m'apprécie bien. » Leibowitz claqua de la langue. « J'en ai assez de ces jeux intellectuels, j'en ai assez de tout ça. Assez. »

Me Vivier prit congé de lui : « Préparez bien votre défense, je ne peux que vous conseiller. Ali Hassam s'appuiera sur Malone. Il vous connaît. Vous perdriez beaucoup dans l'histoire. »

Il le salua.

Une ou deux semaines après l'affaire, le père de Leibowitz décéda.

LE BONHEUR

41

Willie, émerveillé, descendit la rue Ben Yehuvah et s'assit un instant sur le rebord de l'esplanade, à Zion Square. Les pieds sur le pavé, en tee-shirt, lunettes de soleil, il observait les gens qui allaient et venaient à l'entrée de la rue commerçante, *downtown*.

Des arbres, plantés dans des cubes de bois, disposés sur le sol régulièrement dallé, ombrageaient la chaude après-midi, entre les deux rangées d'immeubles à la teinte sablée, aux ouvertures souvent à demi cachées par des stores blancs. D'un côté à l'autre de l'artère piétonne, une banderole, trois cercles rouges, un cercle blanc. Des hommes, certains portant la kippa, d'autres pas, déambulaient, aussi loin qu'on pouvait voir, aux alentours du café, parmi les chaises en plastique éparpillées. Le centre du monde n'est pas loin, pense Willie. Une ville… C'était quelque chose qui le dépassait. Les maisons, toute cette accumulation, et l'Histoire. Mais alors Jérusalem…

Les magasins étaient tous ouverts, une très légère arcade abritait un groupe de jeunes filles, en pantalon, et le ciel était bleu. Il paraissait lui-même moins important que la ville.

Oh… Ce sont des êtres humains. Et Willie se sentit complètement dépassé.

Il avait toujours voulu renouer avec ses origines juives. Oh, pas vraiment la religion, plutôt la ville.

C'était autre chose que les États-Unis. À New York, à San Francisco, il avait trouvé une ville qui l'intégrait, à laquelle il pouvait appartenir. Et la communauté. Et puis il s'était engueulé avec tous ces Américains, tous ceux qu'il connaissait. Ils étaient trop… Ils étaient trop *futur*, définitivement.

Jérusalem était superpassé. Il avait l'impression que, pour en faire partie, il devait être une pierre. Et il lui avait toujours semblé que, d'une manière ou d'une autre, il n'existait pas plus pas moins qu'une pierre. Et il ne se sentait plus de sexe, à Jérusalem.

Son éditeur, Claude, lui avait déniché un petit plan, un voyage, une conférence, deux ou trois rencontres. Miller ne marchait plus en France, c'était aussi une manière de s'en débarrasser, ne serait-ce qu'un moment… Avec lui, on ne savait jamais. Peut-être qu'il aurait l'illumination, peut-être qu'il se convertirait et qu'il resterait en Terre sainte à tout jamais.

Pourquoi pas ?

C'était la lumière.

Si seulement il avait été peintre, pour la ville. Ça lui donnait envie d'avoir été artiste, d'être écrivain. Car il l'était — mais il ne l'était pas, il ne se faisait aucune illusion là-dessus.

Il médita, comme Spinoza.

Il ne lui restait plus grand-chose, déjà. Il sourit. Est-ce que je serais devenu sage, à me contenter de peu ? Je n'ai pas besoin d'un amant, d'un amour et, seul, il se balada dans la ville, un sac sur le dos, les mains dans les poches. Jusqu'au soir, il rata tous ses rendez-vous.

Il aima beaucoup Israël, et il se sentit adulte, vieux, pierre.

Il y a tellement de choses que je ne connais pas au monde, et j'ai été au maximum moi-même, ce n'est pas grand-chose, une petite pierre.

Je suppose que rue Ben Yehuvah, étranger dans la vieille Jérusalem, sous le grand soleil, William Miller, le petit Willie, venu d'Amiens, il y a si longtemps, s'est dit, d'une manière ou d'une autre : bon, c'est fini, il faut savoir finir, ne pas s'éterniser, et toutes ces villes de pierre, ces maisons de gens, et cette Histoire, tout cela existera. Et c'est bien ainsi. C'est cool. Il a dû sourire. C'est étrange d'imaginer Will adulte, et paisible. À Jérusalem, la paix.

Bien sûr, il fallait finir. Will a fait ce qu'il faisait toujours, et c'est ce dont on a entendu parler, de France. On n'allait pas parler de sa promenade rue Ben Yehuvah…

Invité au LGBTQ, le Community Center, au bord de la rue, là où flottait le drapeau arc-enciel, il a donné une conférence sur l'état de la communauté française, et il s'est attaché, avec le sourire, paisiblement donc, à décrire le personnage de Dominique Rossi aux quelques intellectuels gays présents — il fallait bien faire le travail, ce serait quelques âmes de gagnées. Il brossa le portrait de ce dirigeant homosexuel, profondément antisémite, qu'était Dominique Rossi. On prit des notes, en hochant la tête. Avec ce qui se passait en France, ces temps-ci.

Et puis, après une nuit d'hôtel, à la rencontre organisée par son éditeur avec deux journalistes du supplément culturel de *Haaretz*, le quotidien aux cent mille abonnés, le seul véritable généraliste, tenu coûte que coûte par Amos Shocker, il explique à Yitzhak Ratner et David Shenhav que Leibowitz, personnage connu de ce côté-ci de la gauche juive, était poursuivi en France — il s'agissait d'un terrible juif homophobe, et il cita la controverse en cours.

Leibowitz connaissait là-bas Amira Mass, la journaliste engagée du côté palestinien, qualifiée par certains de traître et dont les reportages controversés valaient au journal pas mal de désabonnements. Des discussions assez chaudes s'ensuivirent dans le petit milieu intellectuel israélien sur la personnalité de Leibowitz, et son rôle objectif en France. William aimait à semer les germes de sa destruction et Leibowitz apparut désormais aux yeux de ses anciens soutiens lointains israéliens, au plus fort de l'affaire, comme un personnage à tout le moins ambigu.

William ne me dit jamais que la chose suivante à propos de son voyage de l'autre côté de la Méditerranée :

« J'ai aimé l'idée de porter sur un autre endroit du monde que juste Paris quelque chose de moi... »

J'ai suggéré : « La merde ? La zizanie ? La haine ? »

Il a souri : « Elle y est déjà. Non, pourquoi pas, j'ai bien aimé. Juste que ce soit la mienne. Là-bas. Quand je n'existerai plus. Toutes ces pierres, sur cette terre, et cette rue, sous le ciel. Si tu penses au nombre de rues, au nombre de pierres, sur cette terre, et toutes différentes, sous le même soleil... »

Il réfléchit.

« Et plusieurs soleils, dans l'univers, immense. Et un seul toi. Peut-être que Spinoza a tort. »

Il avait fait son truc, là-bas, il avait un peu plus planté Dominique, et le Leib. C'était juste histoire de dire qu'il continuait le combat, histoire de poursuivre dans le même esprit. Il ne se faisait guère d'illusions.

J'imagine encore William heureux, rue Ben Yehuvah, épaté par les pierres, les dalles, les arbres, les immeubles et les gens. Je crois que l'existence d'autre chose que lui-même — l'existence des gens, l'existence du monde — pouvait à tout moment constituer pour lui une forme de révélation, car depuis tout jeune, et sa vie durant, quotidiennement, il n'y crut pas plus d'une seconde et, ma foi, il n'a pas moins vécu qu'un autre, à sa manière, il n'a pas été moins qu'un homme. Il avait cette chance, à tout instant, de pouvoir réaliser que cela, oui, que tout cela existait, comme lui.

Et j'aime à penser que ce fut le cas rue Ben Yehuvah.

LA PAIX AVEC LE PASSÉ

42

Ils se rencontrèrent au Bouillon Racine, au coin du boulevard Saint-Michel.

Dominique se leva et il salua Jean-Michel. Voilà qui restait extrêmement froid.

« Salut Rossi.

— Salut, Jean-Michel. »

Ils s'installèrent près de l'escalier et le serveur interrompit leur premier silence en leur proposant la carte des vins.

« Tu aimais beaucoup ce rosé, non ?…

— Mmmh. »

Ils ne commencèrent à parler qu'en mangeant. Dominique posa sa fourchette et il s'excusa.

« Je m'excuse, Jean-Michel. »

Leibowitz avala une gorgée de vin. Il laissa tomber une main hésitante sur son pain, et puis il fit un geste, un petit tapotement du bout des doigts, sur la nappe à carreaux, qui signifia :

« Ce n'est rien, Rossi. Toutes ces années. On passe l'éponge. Je m'excuse autant que toi. »

Et c'est à peu près ce qu'il dit.

Dominique s'informa de l'état de santé de Sara. Elle allait bien — moi, j'étais évidemment hors sujet. Et les enfants, les enfants allaient avoir dix-huit ans, et seize ans. C'était bientôt la fin, enfin c'est-à-dire le début, pour eux. Mes enfants... Et ils étaient de beaux enfants, sourit Leibowitz. Il évoqua son père : « Que veux-tu, c'est la vie... Mais tout ce chagrin, il en est mort. Il en est mort. »

Jean-Michel dit quelques mots, pudiques, sur le père de Dominique. Il était sincèrement touché.

« Rien n'est plus terrible que de perdre ses parents, Rossi. Nous sommes orphelins... »

Il sauça, et il évoqua la fois où le père de Dominique était monté à Paris, voir son fils. Jean-Michel avait dîné avec eux — cela s'était mal terminé, pour des raisons politiques...

« Tu imagines qu'on était capables de s'engueuler sur l'avenir du Programme commun, à l'époque... Ah, on était cons...

— C'est triste, hocha de la tête Dominique.

— Mmmh.

— Qu'est-ce que tu prends, comme dessert ? »

Ils évoquèrent Elias, le terrible Elias — qui était mort, il y avait deux ans. Il n'était plus guère connu. Qu'était-il devenu ?

Ils parlèrent de camarades communs.

Leibowitz se gaussa : « C'est Alain, je crois, qui m'avait dit : je te contacterai par mail, c'était pour la réunion "La paix au Proche-Orient", je lui ai dit : je n'ai pas de mail, Alain... Et il m'a dit : ça ne m'étonne pas, mais comment tu fais pour vivre ? »

Dominique haussa les épaules : « Ça ne m'intéresse plus. Tu vois comment la communauté gay a implosé, avec le réseau. C'est complètement pourri de l'intérieur.

— Le problème, bien sûr, c'est qu'on ne peut pas le dire.

— Tu sais, cette idée d'être joignable… Ah la la… »

Leibowitz s'arrêta une seconde et éclata de rire.

« On est deux vieux cons, hein, pas vrai ? »

Ils rirent. « C'est ça, deux vieux cons.

— Tu fumes ?

— Je ne dis pas non. »

Ils fumèrent.

« Bien. On n'est pas là pour rien, hein ? »

Dominique toussota, et posa les coudes sur la table.

« Non, évidemment. Mais c'est naturel, en même temps, hein.

— Mmmh. »

Leibowitz était dans la merde jusqu'au cou. Personnellement, Sara lui demandait de choisir entre elle et moi — et sinon, bien sûr, il y avait cette plainte d'Ali qui lui collait au cul, pour racisme. Comme il avait lui-même contesté la loi Gayssot, quelques années auparavant, et qu'il se retrouvait ainsi visé, ce n'était pas très confortable. En Israël, il n'était pas très soutenu.

William lui avait collé une sale réputation. Il était au fond.

Dominique présenta son aspect de la question : il n'était plus rien. La communauté n'existait plus vraiment, ou l'avait oublié. La rumeur en faisant un hypocrite doublé d'un salaud qui avait contaminé l'autre, il n'avait plus vraiment bonne presse, même s'il gardait quelques sympathies à gauche. Il avait de l'argent.

Dominique expliqua qu'il ne voulait rien pour lui, il était prêt à tout mettre sur la table pour une seule raison morale : qu'on ne parle plus jamais de l'autre.

Leibowitz précisa qu'il n'avait rien en particulier contre l'autre, qu'il comprenait Dominique, qu'il haïssait Ali et qu'il voulait en finir avec ce bordel, et retrouver une certaine visibilité.

« En gros, j'ai le journal, *Le Figaro*, la droite, une bonne partie de l'institution — mais pas les médias branchés, pas les intellectuels, et pas la bonne conscience. En gros. »

Dominique sirota son café.

« Je te suis. J'ai le journal, *Libération*, un capital sympathie de la gauche traditionnelle, quelques réseaux par la prévention et le ministère, et je peux récupérer la part assagie de la communauté — mais pas le reste. »

Ils se regardèrent, et rigolèrent.

« Bon, c'est un peu compliqué. Mais on est du même monde. Il y a rien d'autre à dire. J'ai besoin de toi, et toi de moi. On a tout, au fond, il suffit d'y mettre du nôtre. Ce gars... Ce gars n'est rien.

— C'est vrai. Il n'est rien. »

Tous les deux insistèrent pour régler la note.

« Bon, d'accord, tu paies la mienne, et je paie la tienne ? »

Ils étaient heureux de se retrouver, j'en suis sûre. Ils parlèrent de leurs vieux profs, ils parlèrent de littérature et, implicitement, ils ne parlèrent pas politique.

Ils se rendirent à la librairie Compagnie.

Il faisait un froid sec.

Dominique ferma son long manteau noir, et Leibowitz observait les branches nues des arbres.

« C'est étrange, le temps que l'on met à comprendre à quoi on appartient, où est-ce qu'on a sa place...

— Un cigarillo ? »

Leibowitz se marrait. « Il nous reste plus qu'à descendre faire le coup-de-poing, comme des conspirateurs. Tu te souviens, contre la fraction trotsko, quand on les avait croisés, rue Saint-Jacques ? »

Dominique éclata d'un gros rire rauque. Il ne toussait plus.

« C'est clair, il nous reste plus qu'à aller faire le coup-de-poing. »

Et ils entrèrent dans la librairie.

43

Ce fut un succès tout à fait considérable. D'une certaine manière, jugea la journaliste du *Nouvel Observateur*, il s'agissait de s'entr'absoudre aux yeux du monde.

Les Aléas d'une génération, aux éditions Fayard, consistait essentiellement en une suite d'entretiens, entre Dominique Rossi et Jean-Michel Leibowitz, sur le communisme, le gauchisme, l'antisémitisme, la communauté homosexuelle, les conflits du Proche-Orient, la France d'aujourd'hui et leurs propres parcours.

Vous pensez bien que, si j'écris cela aujourd'hui, c'est que rien, dans ce bouquin, quoiqu'il n'ait rien de malhonnête, ne correspond à ce que vous avez lu jusque-là.

Disons que Dominique Rossi était présenté comme le fondateur de Stand, le précurseur des politiques de prévention du sida, en France, journaliste culturel à *Libération* et membre du comité d'éthique du Parti socialiste (je ne le savais même pas) — quand vous avez dit ça, vous n'avez rien dit de faux, évidemment, mais pas grand-chose de vrai, de vraiment vrai.

Jean-Michel Leibowitz était pour sa part écrivain et philosophe, enseignant en sciences politiques (culture générale), chevalier de la Légion d'honneur, auteur de nombreux ouvrages, dont *La Fidélité d'une vie*, et éditorialiste au *Figaro*. Était aussi cité *Échec de l'intelligence, intelligence de l'échec, ou Court Traité sur la pensée unique*. Marié depuis vingt-cinq ans, deux enfants. Merde. Dire que pour les gens, nombreux (pas vous), qui vont débourser 22 euros pour le (gros) bouquin, ils seront *ça*. Vous savez bien, vous.

Alors comme ça, ils débattaient. Ils parlaient d'autocritique. Le livre faisait le compte de deux parcours, et d'erreurs qu'ils déclaraient vouloir assumer, « sans la gloire de les croire nécessaires, sans la honte de croire qu'on aurait pu absolument ne pas en faire ». C'était bien écrit.

Le livre tournait autour d'un homme dont le nom, si je ne me trompe pas, et si l'index est fiable, n'était jamais prononcé. Vous le connaissez.

Dominique, qui restituait le sens de sa lutte et de la longue marche accomplie par la communauté homosexuelle, voyait comme l'effet paradoxal principal de sa victoire sa dilution, son intégration à la société : « La communauté s'est montrée ingrate envers ceux qui l'ont tenue à bout de bras, parce que le succès de ceux-ci a permis sa progressive assimilation au corps social. Personnellement, je considère cela comme une réussite. Il y a tant de choses pour lesquelles nous n'avons plus à nous battre. »

Leibowitz l'interrogeait sur les résistances de ceux qui se raccrochaient à une idée mythique et fanatique de la « différence absolue » homosexuelle. Dominique les repoussait du revers de la main : arrivés après la bataille, ils ont pu se permettre de s'inventer une guerre.

Et Dominique de questionner Leibowitz sur la fin du gauchisme, sur la préservation de l'identité juive, sur la communautarisation, le caractère procédural, « procédurier », d'une société française qui devait, disaient-ils, regarder en face, avec eux, le chemin parcouru.

Dominique reconnut les errements sectaires des débuts de l'activisme, Leibowitz jeta un regard rétrospectif sans complaisance sur ses trop rapides revirements, sa trop grande attention au théorique, et les polémiques qui avaient pu blesser des gens paisibles, intégrés, et dont les sentiments d'appartenance avaient pu se sentir heurtés, par sa faute.

Ce n'est pas que le livre fût mauvais, non, le problème, c'est qu'il eut du succès. Rossi revint à la télé, passablement plus à l'aise. Leibowitz se laissa pousser une petite barbe et il revint serrer la main aux anciens amis socialistes. Anciens militants gays, vieux gauchistes, socialistes, ou les éditorialistes de droite, tous se sentirent mélancoliquement absous et confirmés par le centre.

Ceux qui critiquaient apparurent extrêmes, et c'était bien le but. La figure du « radical » qui transparaissait, en négatif, dans le bouquin, finissait dans les derniers chapitres, consacrés aux « Barbares du rêve », par s'incarner dans l'enfant terrible, incapable de grandir, de devenir responsable, d'accepter le respect de l'adversaire et l'existence des autres. Évoquant le *barebacking*, Dominique stigmatisait la déchéance du rêve de liberté, la négation de la réalité, et la jouissance puérile de la mort. Ensuite, les types comprennent leur connerie et ils viennent pleurer dans les associations, mais c'est trop tard, et ceux qui leur ont fait miroiter un plaisir absurde ne sont plus là, ils les laissent tomber, à la recherche d'autre chair fraîche.

Leibowitz acquiesçait et discernait dans la figure de l'Irresponsable celui qui nie Autrui, par impuissance à accepter qu'il soit lui-même l'autre de quelqu'un, dans la société.

Le livre voyait dans le gauchisme un moment de crise d'idéal, de rage d'identification du monde à la volonté, au désir d'adolescents en rupture avec leurs pères, abattus par la guerre, et Leibowitz voyait dans la figure de l'Irresponsable celui qui, fils des Fils, veut singer leur révolte et, se révoltant contre les révoltés, s'enferre dans la négation, refusant la société, objet de la génération de 68, pour créer une « révolte négative » de l'individu, niant ses semblables et retournant à vide contre ses pères les concepts lourds de sens qui avaient été les leurs : nazi, victime, idéologie, répression, liberté... Jusqu'à l'absurde.

À la rentrée, début septembre, le livre, riche-
ment illustré, se diffusa dans les classes moyen-
nes, veines de la société, et irrigua les médias,
porté par le battement approbateur et régulier
des intellectuels, des journalistes et des chroni-
queurs, qui s'y reconnaissaient, ou faisaient mine
de s'y reconnaître.

L'Express titra sur « Les grandes retrouvailles
d'une génération ». La Famille, après tant de
déchirements, jetant un coup d'œil nostalgique,
lucide et bienveillant, sur sa destinée.

Et ceux qui n'en faisaient pas partie…

Ma foi, c'est une tautologie, ils en étaient
exclus.

Ils voyaient bien la porte, mais ils n'avaient
certainement pas la clé.

44

Dominique a regardé Jean-Michel en riant :
« Je suis pas obligé de mettre un costard ? »

Jean-Michel a regardé vers son nombril, il était en chemise blanche, petite veste noire, et il a souri : « T'es pas obligé de faire comme moi, non. »

Et puis ils sont entrés en scène.

Le public du théâtre du Rond-Point mêlait des gens de divers horizons. Globalement, pour cette soirée, des hommes de trente-cinq à cinquante ans. Ils applaudirent.

La conférence s'appelait « D'où nous vient le sida ? ».

Dominique et Jean-Michel en terminaient avec la promotion du livre par ce débat public. Le spectateur, en général, se tenait le menton dans la paume et, de quelque sorte qu'il soit, portait une chemise.

« C'est une question provocatrice, bien sûr... »

Dominique, s'approchant du micro, précisa :

« On n'a pas tout perdu en chemin, quand même, on sait encore provoquer… »

Une moitié rit, l'autre applaudit.

Au fond, à gauche, il dit : « On est entre gens de bonne compagnie, hinhin. »

Leibowitz se penche, il écarte les mains, et repousse le verre d'eau : « On ne va rien évoquer ici de strictement scientifique, quant aux origines matérielles du sida, comme maladie — nous voulons comprendre l'irruption du phénomène dans le domaine des idées… En quoi, terrible maladie, il est devenu un enjeu, un objet de chantage intellectuel, ou un vecteur de délires, de part et d'autre. Il faut remettre les choses à plat. Personnellement, je serais prêt à remettre en cause mes propres prises de position, qui ont pu stigmatiser les éléments les plus éclairés des militants, occupés à lutter pour la vie, tel Dominique Rossi, qui jettera aussi un regard critique sur ses années de combat. Évidemment, il y a ceux qui, aujourd'hui encore, refuseront d'effectuer ce travail d'autocritique… »

Rires, petits mouvements.

« Eh oui, nous verrons cela aussi. » Il se tourne vers Dominique. « En sachant bien évidemment que nous n'oublions pas la maladie dans ce qu'elle a de plus immédiat, de plus concret, de plus cruel. Dominique le sait bien, hélas, jour après jour, sous la menace… »

Applaudissements. Rien à dire, c'est du bon sens. Du bon sens, il secoue la tête. On ne peut pas laisser faire ça.

Et quand Dominique a dit : « C'est un phénomène, on le sait, à double visage, comme Janus, naturel d'un côté, immédiatement politique de l'autre. Il n'est pas besoin de remonter jusqu'à 1872, ou à Kaposi, il faut savoir reconnaître l'aspect naturel, nous ne l'avons peut-être pas fait assez, au début, là où se joue l'essentiel du travail de recherche scientifique pour… »

Il s'est levé en hurlant, le doigt vers l'avant. Ils étaient cinq autour de lui, ils ont tombé les manteaux, exhibant les tee-shirts : « Prévention = Répression, DR + JML = SIDA MENTAL ».

Dominique a blanchi, Jean-Michel a croisé les bras, il n'a rien dit. Il s'est penché vers Doumé, en chuchotant : « C'est du suicide, la fin a sonné, t'en fais pas, voilà ce qu'on voulait. »

Et du plat de la main, tourné vers le haut, tranquillement, il désigna au fond de la salle la bande d'agités au bras levé, et l'autre qui hurlait le poing fermé, face à tous les spectateurs retournés, chuchotant, inquiets :

« On n'a rien à dire et on nous censure, on devrait se laisser faire, et laisser faire la direction, le Parti, toutes les institutions paternalistes. Ce qu'on veut, je vais vous le dire, c'est qu'il n'y ait plus de pédés, on veut éliminer la catégorie de pédé, le mot et la réalité… »

Il tint à bout de bras une ridicule petite banderole : « Liberté d'expression, liberté d'éjaculation ».

« On nous dit d'attendre, d'être sages et responsables. » Il désignait une affiche de prévention : « Prenez vos responsabilités ».

« *Mais qui êtes-vous…* » Plus ça allait, plus il hurlait, et les spectateurs grondaient.

La sécurité se fit attendre.

Dominique se pencha à son tour vers Leibowitz : « Il récite un de mes discours, dans les années quatre-vingt, tu sais, devant le siège du PS… »

Jean-Michel acquiesça : « Il est complètement hors contexte. C'est fini. »

« *… Aimer est notre droit, nous sauver est notre devoir.* »

Hués par tous les spectateurs, choqués, les intrus se trouvèrent refoulés hors du hall.

« Ce sont des provocateurs…

— Qu'est-ce qu'ils disaient ?…

— Ce sont, tu sais, ceux qui sont contre le préservatif, qui sont pour le suicide organisé, là, je ne me souviens plus de son nom à lui… »

Daniel, désormais de nouveau député, vint serrer la main de Dominique et Jean-Michel, à la fin.

« Ça fait plaisir de te voir…

— Entre camarades, camarade. Couloir vert, deuxième étage… » Ils éclatèrent de rire, et se rappelèrent une virée, une réunion ratée, à l'époque.

Dominique se tira le lobe de l'oreille : « C'était lui… Il est venu déclamer un vieux discours. Tu sais, j'avais dit ça rue de Solferino. La manif avec le Scotch. » Il fit un signe de muet sur ses lèvres.

« Ah oui, c'est vrai. Mmmh, ça avait du sens, à ce moment-là. »

Jean-Michel finit son verre d'eau, tout autour bourdonnaient les invités :

« Ça a toujours été son mode de fonctionnement, en quelque sorte, il nous jette ça à la face, comme si on trahissait, alors qu'on a changé. Tout, tout autour a changé. Pas lui. Le même discours, ce n'est pas le même discours, vingt ans après. Je comprends pas qu'il comprenne pas ça. »

Je l'ai entendu dire cela — j'ai replacé le châle en équilibre sur mes épaules dénudées —, à deux mètres de l'autre côté du buffet.

Daniel a essuyé ses lunettes et il a demandé à Dominique : « Et la communauté ? Elle soutient qui, elle soutient l'autre, là, ou elle est passée de votre côté, en vieillissant ? »

Dominique s'est servi un autre verre. « La communauté, elle n'existe plus. Ceux qui ont plus de trente ans sont d'accord avec nous, parce qu'on a raison. Ceux qui veulent avoir tort, ils ne réfléchissent plus, ils s'éclatent un peu partout, ils ne représentent plus rien. »

Daniel a tordu ses deux lèvres : « Eh bien, tant pis pour eux. »

Et ils sont partis saluer Alexandre, un préfet, un ancien camarade, et sa femme, puis quelques autres.

J'ai regardé ma robe, elle ne m'allait pas si mal que ça, et j'ai bu un troisième verre, et je suis restée sur place, parce que ces gens, moi, je ne les connaissais pas.

SÉPARATIONS

45

Je sortais de la piscine, vers quatorze heures. J'avais séché mes cheveux courts. Le bassin, qu'on apercevait derrière la vitre, était vide et l'eau restait paisible, transparente au fond de ce cube qui de loin ressemblait à un aquarium jaune et vert. J'ai allumé mon portable.

Je marchais déjà d'un bon pas dans la rue, violette, saisie par le froid.

Je ne m'y attendais pas.

« Tu peux venir ?

« Elizabeth ? »

Je suis venue. Il m'indiquait un hôtel, vers Gare-du-Nord. Rien de très beau. Une tranche de bâtiment gris-marron, une pancarte blanche et jaunie. Je me suis pincé le nez, mes doigts sentaient le chlore. C'était enivrant et mon cœur s'est serré.

Il logeait dans l'annexe, de l'autre côté de la cour, après le petit palier des chambres 27, 28 et 29. De la tôle et un bidon coinçaient la porte à la vitre fumée.

J'ai frappé, et mon regard est tombé sur la moquette, couleur pisse. Je n'avais même pas croisé le gérant.

« C'est moi.

— Qui ça moi ?

— C'est moi.

— C'est qui ?

— Elizabeth. »

Il a ouvert la porte. Il avait l'air prognathe — ce qu'il n'était certes pas. C'était le mal de dents. Il déformait son visage.

Ça puait. La viande.

« Je me suis acheté une tranche de porc. Tu m'excuses, je finis ?

— O.K. »

J'ai cherché à m'asseoir, et j'ai trouvé la chaise, à demi en osier. Je n'enlève pas mon manteau en fourrure. Mon sac.

« Tu manges de la viande, maintenant ? »

Il hoche la tête.

« Toujours. C'est bon pour le sang. Ceux qui bouffent pas de viande (il avale un morceau), ils peuvent plus bander, comme Dominique, ils ont plus de sang. Et puis c'est pour la maladie. Ça fortifie. »

Je n'ai pas relevé.

« Tu vois, la bite, c'est comme une éponge, alors faut du sang pour que ça soit bien dur. C'est important. » Et il pressa avec sa fourchette la pauvre pièce de porc, sèche, jusqu'à en exprimer dans l'assiette en carton le peu de sang qu'il sauça. Il ne dit plus rien.

J'ai fumé. Au bout de dix minutes, après avoir observé la vitre, la lumière inexistante, le lit une place, blanc, et la télé éteinte, la porte des chiottes entrouvertes, j'ai dit :

« Pourquoi tu me fais venir, Will ? »

Il m'a regardé, l'air étonné.

Il avait l'air... tellement fini, tellement triste. Sa mâchoire, ses sourcils. Je n'ai pas pu m'empêcher de lui demander :

« Tu es tout seul, ici, Will ? »

Il s'est essuyé nerveusement avec un mouchoir en papier.

« Non, non. C'est O.K., j'ai plein de potes. J'ai un plan. J'ai un plan. »

Alors j'ai compris.

Je ne suis pas du genre à pleurer — quand c'est vraiment triste.

J'ai soupiré.

Il a souri, tout fier de lui. Il avait les dents jaunes, et le bas du visage tordu.

« C'est cool, j'veux dire, on peut pas revoir les vieux amis ? »

Puis il accéléra son débit, en trépignant de la jambe droite.

« J'ai un plan, Liz. J'ai un plan. »

Je quittais la rubrique culturelle, au journal. J'entrais au comité de rédaction.

Il a tourné autour du pot, et puis il a lâché, en s'embrouillant :

« Je crois que je... Tu veux m'interviewer ?

— Je ne fais plus ça, Will. »

J'étais prête à rester l'après-midi ainsi, rien dans les bras, assise, la tête posée sur les épaules. Moi qui suis si avare de mon temps, à ce que l'on dit. Revoir les vieux amis.

« Si, si, mais O.K., bon, j'ai un magnéto, si tu veux, j'ai un magnéto. C'est un bon plan. C'est un bon plan. Tu m'interviewes, tu vois, tu m'interviewes, et c'est super. Attends, attends, essaie. »

J'ai tourné le magnéto entre mes doigts, mes talons s'enfonçaient dans la moquette crissante, crispante.

« Eh, eh... Faut m'publier, Liz. »

J'ai reniflé : « Je t'aime, Will, tu le sais. Je fais ce que tu veux. Je peux rien te promettre.

— Eh Liz... » Il cligne de l'œil. « Entre *p*ublié et *o*ublié, ça fait, tu vois, qu'une lettre de différence. Une lettre. Entre *p* et *o*, tu comprends ? »

Il jouait comme un gosse.

« Alors tu vois, tu fais la journaliste, O.K., tu m'interroges, tu me sers la soupe... » Il m'imite. « Du genre : "Monsieur Miller, bonjour, alors ce qui nous amène aujourd'hui, c'est..." »

J'ai soupiré.

« Et moi, tu vois, je réponds, et j'ai des trucs, j'ai plein de trucs. J'ai pas le temps d'écrire, mais i' faut que tu m'interviewes.

— Qu'est-ce que c'est ton plan, Will ? »

Il s'est redressé, et s'est essuyé les lèvres, très fier. Un instant, j'ai pu y croire encore.

« J'vais faire... J'vais raconter ma vie, on va faire un livre, tous les deux. »

Je regardais le magnéto :

« Un livre… Comme Doum et Leibo… Mais…

— Ouais, c'est ça, ouais. Moi aussi, j'ai plein
de trucs à raconter. Ouais, toi aussi. On va faire
un carton, on ramasse un max de fric, et là, paf,
je les détruis. Si j'ai du fric, tu sais, il y a un avocat, que je connais, il est prêt à m'aider, et on va
les foutre en l'air. Je prouve que c'est Dominique
qui m'a filé le virus, tu vois. Et toi, tu prends
l'argent, tu peux détruire Leibowitz, si tu veux.
Tu peux le détruire, si tu veux.

— Will… Je n'ai pas envie de le détruire.

— Ah ? Ah bon. Mais…

— Will, Will… On n'a rien à dire. On peut
pas faire un livre. Toi, moi, ce n'est pas comme
eux. On… On ne fait pas partie de la même
chose. On n'a pas le même passé. Ça n'a pas de
sens.

— Si, si, si. T'es défaitiste, Liz. Attends un
peu. J'ai des révélations, j'ai plein de révélations… Attends voir, écoute ce que m'a dit
Dominique, une fois… »

Il appuya sur la touche *On* du dictaphone,
« il m'a dit », et la bande, dans la cassette, com-
mença à tourner.

Il l'imita : « C'est les Juifs qui ont inventé le
sida. C'est les Juifs, ces putains d'ordures, qui
ont inventé le sida dans des laboratoires, après
la guerre du Kippour. C'était une arme bactériologique. Voilà la vérité, il y a des preuves… »

J'ai appuyé sur la touche *Off.* « Arrête, Willie,
c'est n'importe quoi, tu fais n'importe quoi.

Il faut, il faut que tu trouves la solution, une solution…

— J'ai la solution, Liz, j'ai la solution. Écoute-moi. »

Il piaffait et je ne pouvais m'empêcher de fixer cette rougeur sur son visage, sous sa joue.

« Regarde, je peux faire Leibowitz aussi, je peux faire Leibowitz, je peux le détruire… »

Il appuya sur *On*.

« Je peux détruire Leibowitz… »

J'ai appuyé sur *Off*.

« Arrête ça, maintenant, Will.

— Je peux te l'imiter, si tu veux, ça va marcher, regarde, avec son crâne d'œuf… »

Il a appuyé sur *On*.

« Son gros nez, hein. Ali m'a dit, Ali m'a dit : "Ce sale Juif, j'vais le foutre au four." Il m'a dit ça, tu te rends compte. »

J'ai coupé définitivement.

« … Je l'imagine bien dire ça, tu sais, genre paranoïaque, genre Ali m'a menacé, vous savez. Ha ha. »

Il rigolait. Il sentait la viande qui refroidit.

« Alors, Liz, alors ? »

J'avais la main crispée sur le dictaphone, et l'envie de chialer, à présent.

« Will… Qu'est-ce que tu fais ?… Qu'est-ce que tu fais ?… Où tu vas comme ça ?

— Hé… Merde, je vais dans un putain de cercueil, comme nous, comme toi, tu crois quoi ? Eh, merde, tu fais chier, tu fais chier… Tu fais rien pour m'aider. Allez, casse-toi, casse-toi.

— Will, si… »

Il respirait fort, les trous de nez dilatés, et il m'a traînée, les pieds martelant la vieille moquette, à la porte.

« Allez, pauvre conne, casse-toi ! Oh merde, c'est qu'elle me fait chier, celle-là ! À la place de ton mec, là, j'irais en foutre une autre… Tu vieillis, Liz. »

Il s'est arrêté, sur le seuil, il m'a bien regardée.

« Tu as des rides, là, dans le cou. C'est moche. Ça m'intéresse pas, les gens qui ont des rides, Liz. Ça m'intéresse pas, les gens qui sont vieux, les gens qui sont malades, je veux pas t'voir. Va te faire foutre tant que tu le peux. »

Il a fermé la porte.

Il pleuvait, j'étais mouillée. La cour de l'hôtel était grise, et des parpaings, quelques sacs de toile étaient posés sur le sol irrégulier, entre les flaques, près de la gare du Nord.

Je suis sortie de l'hôtel, j'avais les cheveux déjà trempés.

46

Je ne savais plus comment faire, pour le retenir.

Ce n'est pas qu'il s'éloignait. Il restait maussade, plus ou moins muet.

Plus de dix années, j'ai passées avec cet homme. Je le connais, c'est sûr.

Le problème, c'est que je ne crois pas, et j'en ai peur, qu'il me connaisse, lui.

Je ne crois pas qu'il sache qui je suis, après dix ans. Quels souvenirs ? Quelles intuitions ? Est-il capable de deviner l'un de mes gestes ?

On ne s'est jamais vus qu'à l'hôtel et à l'étranger, une dizaine de fois. Je n'ai jamais cuisiné pour lui, il n'a jamais vu ma salle de bains en bordel. Ah, si, une fois.

Le temps passait, il est passé avec. Leibowitz était chauve, il avait des cheveux autour des oreilles, il ne m'écoutait pas. Il commençait à concevoir, de plus en plus, cette sorte de répulsion envers la chose sexuelle qui me faisait stresser, à me demander chaque fois quoi lui proposer.

Alors je parlais, et je parlais trop. Je savais que je n'étais plus assez jeune. Mais quoi, j'aurais tout fait pour lui, je ne pouvais pas, je ne pouvais vraiment pas être jeune pour toute sa vie à lui. Il m'avait tellement dit qu'il attendait que les enfants quittent la maison.

Je n'osais pas lui dire : « Jean-Michel, le plus jeune aura dix-huit ans... »

Il s'est allongé, il m'a essentiellement caressée, je ne pouvais pas en profiter, me concentrer.

« Jean-Michel, parle-moi... »

Quelque chose, j'avais l'impression, le dégoûtait sous ses propres doigts au contact de ma peau, qui me faisait craindre qu'il n'aime plus mon épiderme. Qu'est-ce que j'ai à proposer là-dessous ?

J'ai toujours trop parlé.

Il pleuvait. La chambre était belle, cette fois, au sol, il y avait du plancher, un bel hôtel.

Je lui ai raconté, pour pas qu'il allume la télé.

« J'ai vu William... »

Je savais que ça l'intéresserait.

« Miller ?

— Je l'ai interviewé. »

Je voulais faire mon intéressante, l'énerver, le provoquer, je regrette, je regrette.

« Qu'est-ce qu'il a dit ? Qu'est-ce qu'il peut encore dire ? Qu'est-ce qu'il mijote ? Il est fini, il n'a plus rien. »

Il me parlait, il portait sa main sur mon ventre, et je n'avais pas besoin de le rentrer, je respirais.

Je parlais trop vite. « Doucement, Liz. »

Oh ! Il m'a embrassée.

« Qu'est-ce qu'il a dit ? Qu'est-ce qu'il t'a dit ? »

J'ai toujours su que William était un bon moyen pour garder Leibo, comme avoir un enfant pour que le père reste.

Et je lui ai raconté, j'en ai un peu rajouté, ce qu'il disait, et je lui ai dit, oui, oui, il imitait Doumé, et il est parti dans un délire, pour s'en moquer, pour se moquer de vous, comme quoi c'est les Juifs qui ont inventé le sida. Il a dit ça : « C'est les Juifs qui ont inventé le sida... »

« Il a dit ça ?

— Oui. » Je me faisais toute petite.

« Le salaud... »

Il m'a prise dans ses bras.

« Et tu l'as enregistré ?

— Oh oui, oui, mais...

— Ah. »

Et je savais que je faisais une connerie, mais je ne pouvais pas m'empêcher, je voulais qu'il me prenne dans ses bras.

Il a commencé à faire l'amour, il s'est excusé, il n'a pas fini : « Excuse-moi, je ne peux pas.

— Leibo...

— C'est cette histoire... Quel salaud !... Dire ça... Mon père est mort à cause de lui, tu sais...

— Leibo... »

Il n'a pas pleuré. J'aurais pu le serrer.

Je n'étais plus rien pour lui. J'avais été un fil tendu vers quelque chose de bientôt supprimé, je ne tenais plus que par un côté et, de ce point de vue-là, je le savais, je n'avais plus guère d'intérêt. Je comprends.

Assise sur le bidet, j'ai senti qu'il me lâchait.

« Leibo... »

Il ne pleuvait plus et Leibowitz proposa de me payer un verre, avec quelque chose de coupable derrière le front. Il se pinça à peine le nez.

Il allait finir par me le dire, il se retenait encore.

47

Doum est venu me voir le lendemain matin. En blouson de cuir, rasé de près, il est venu s'enquérir de mon état. J'allais bien.

Il a toussé, et ça a été assez rapide.

« Il me faut la bande, Liz », il a dit.

C'est la dernière fois, je crois, qu'il s'est assis sur le canapé rouge cerise.

« La bande ? j'ai demandé.

— La bande enregistrée, Liz. Il faut que tu me la donnes. »

Je portais un cache-cœur, j'avais trente-cinq ans. J'ai regardé mon vieil ami, il avait l'air de vouloir en finir.

« La bande de l'interview avec Will ? »

Il a dit oui.

« Qu'est-ce que tu veux en faire ?

— Il faut en finir, Liz. Qu'on n'en parle plus.

— En finir avec Will ? Mais on n'en parle plus...

— Allez...

— Pourquoi ? Il ne représente plus rien, Doumé, vous avez gagné... »

Le ciel était resté bleu, Dominique m'a dit de le suivre, et il a pris la voiture. L'air sifflait, les boulevards étaient larges, il m'a conduite vers Port-Royal. En dépassant les jardins du Luxembourg, vers la fin du boulevard Saint-Michel, je regardais les larges immeubles et l'espace soudain immense, vide, qui s'ouvrait devant nous. Alors j'ai dit :

« Tu veux que je te donne les bandes pour les utiliser contre lui ? »

Il m'a proposé des bonbons au cassis, il m'a dit oui.

Il a souri, sans excès : « Il doit en chier dans son froc, il aura peur, et puis ce sera réglé, bien réglé. Il nous aura fait chier... On a les moyens de le couler, et qu'il ne refasse plus jamais surface. Après, on tourne la page. »

Il s'est arrêté.

« Où tu m'emmènes ? »

Il était garé en double file, il a hésité : « On ne peut pas rester là, c'est stationnement interdit. »

Il a reculé, trouvé une place plus loin, réussi son créneau, puis il est parti glisser trois pièces dans l'horodateur, au coin de l'avenue.

« Je vais te faire rencontrer quelqu'un, Liz, ça te dit ? »

Il fallait traverser une cour de graviers épais et pénétrer une cage d'escalier sombre, mettre les pieds sur des tomettes irrégulières, puis grimper encore deux étages le long d'une rampe grinçante de bois ancien. Tout était propre, et j'avais l'impression...

Il me fit entrer... « Tu connais Richard Winter ? »

Dominique avait ses habitudes, visiblement. Je me suis essuyé les chaussures, sur le paillasson.

Mon Dieu, cet homme était d'une maigreur... Il était rasé et les parties saillantes de son visage pointaient démesurément sous sa peau, rétractée, sèche et pelée. Il m'a dit bonjour, et sa voix — j'ai été obligée de regarder ses poumons pour être sûre qu'elle venait bien de là.

Doum s'est assis sur la chaise de la cuisine. Il venait là souvent, sans doute. Il connaissait la maison, il a indiqué l'homme d'un geste appuyé du bras droit.

« Richard Winter était un "ami" de William. Le William que tu connais. Tu te souviens de lui, le médecin ? »

L'homme avait la peau grise et il déglutissait, il me proposa un verre de chocolat, froid, j'ai remarqué les taches, sur ses mains. Il respirait bien entre chaque gorgée. Il y avait, dans son cou, quand il est passé devant moi, quelque chose qui n'allait pas — je ne savais pas quoi.

« Je suis sorti pour quelque temps... »

Il versa encore un peu de lait, à mon intention, et il m'a souri. « C'est gentil de venir me voir. J'en ai pas pour longtemps. Je le sens, là — partout. »

Il a désigné des tas d'endroits, le long de son

corps, il a insisté, il a soulevé son tee-shirt. J'ai fait : « Oh ! mon Dieu ! », j'ai porté ma main à la bouche. Son ventre.

Il n'y avait pas assez de lumière dans cet appartement ; j'étouffais littéralement.

Rejetant l'idée de prévention, il n'avait suivi aucun traitement à temps.

Richard Winter a tapé sur l'épaule de Doumé : « Heureusement que Dominique est là, heureusement que Stand a été là, ils m'ont soutenu. Ils viennent tous les jours. Ils sont… Ils font tellement de choses, pour me soutenir. » Il a dégluti. « Ça sert quand même, tant qu'on ne s'est pas tout à fait écroulé, hein. » Il avait les dents jaunes.

« Un médecin comme moi, c'est plutôt ironique, non ? »

Je me souvenais de ce que m'avait raconté William.

« William n'est pas venu vous voir ?

— Non, non. Il ne voulait plus me voir. Rien, plus un signe. Du jour au lendemain, il ne m'a pas rappelé, quand on a su… »

Dominique ne disait rien, il regardait ailleurs dans la cuisine. C'était intenable.

Il m'a regardé, même ses yeux étaient creux.

« C'était une connerie, parce que c'était une connerie. Je veux que les gens, je veux que les jeunes le sachent. On fait ça sur un coup de tête, bang. Bang. C'était une connerie. »

Il respira.

« Si je pouvais faire revenir toute l'horlogerie en arrière, en arrière, je n'hésiterais pas, je ne referais jamais ça. »

J'aurais voulu éviter son regard, il y avait encore quelque chose de vivant, là-dedans.

« Je vais mourir. »

Qu'est-ce que je pouvais dire ?

J'ai titubé : « Doumé, s'il te plaît... J'ai compris. On y va...

— On n'est pas pressés. On a tout le temps. Tu ne veux pas parler encore un peu... avec Richard ? » Il a souri. « Finis ton lait. »

Richard ne disait plus rien, le regard dans le vide, mais posé sur moi. Je ne pouvais pas le boire, il fallait que je le boive, le plus vite possible. Il faisait si sombre, il était si sombre, le lait était si froid.

Cela a duré dix minutes, très longtemps.

J'ai regardé à côté, du côté du papier peint, dans le couloir, je lui ai serré la main. Il ne la retirait pas. J'ai laissé échapper un petit cri, ridicule, je m'en suis voulu. Il ressemblait à un zombie.

« Dominique... On y va... » Je l'ai imploré.

Il restait dans l'embrasure de la porte, sur le seuil, marron, gris. Dominique a gardé l'air nonchalant, il remuait les clés de la voiture dans la poche gauche de son pantalon de flanelle.

La voiture. Je voulais y aller. Maintenant. Dominique... J'ai supplié. Ses lèvres. On aurait dit de la poussière. Il ne me lâchait plus le bras.

« Je repasserai dans deux jours », a dit Dominique.

Je voulais descendre, dans l'escalier.

Il est encore resté debout, il était gris.

Je pleurais. Je ne voulais pas… « Qu'est-ce que
je peux faire ? », j'ai dit bêtement.

Dominique était dur, il a pris tout son temps
pour ouvrir la porte de l'immeuble et me laisser voir le ciel, qui était resté bleu, par-dessus la
cour carrée de graviers épais.

« Il me faut la bande, Liz », il a dit.

Il devait me foutre dans la voiture, maintenant, vous comprenez.

LA VIE

48

William a parcouru à pied toutes les rues du VIe arrondissement, en se grattant les poches du pantalon. Il n'avait plus un rond.

Quand il a demandé à ses anciens amis, les jeunes pédés, de l'aider — il n'y avait plus personne. « Merde, il a dit, de deux choses l'une, soit ils sont complètement catastrophés parce qu'ils ont chopé la maladie, soit ils sont morts, soit ils me détestent » : il n'était plus connu, et toutes les pires crasses qu'il avait forcément faites à un moment ou à un autre à quiconque l'avait connu plus d'une demi-heure, cela lui valait désormais au mieux le mépris, au pire la haine. Il était assez désemparé, mais il ne s'est pas attardé. « Je vais quand même pas me faire chier avec des gens qui me font chier. »

Je lui avais dit : « Willie, tu sais, il n'y aura que moi pour te pardonner, quand tu ne pourras plus compter sur ton nom. »

Il a frappé à toutes les portes de toutes les maisons d'édition, un manuscrit sous le bras. Trois ans auparavant, on l'aurait fait signer avant même de voir le titre — aujourd'hui, il faisait la tournée de ces cours d'entrée, parmi les hôtels particuliers, au dos de Saint-Germain, ces belles bâtisses discrètes, à l'ombre d'un jour de juin — et personne, à part les secrétaires embarrassées, ne le recevait.

Il restait sur le seuil. On lui disait : « Vous pouvez toujours le déposer.

— Ah ben non, merde, j'en ai qu'un. C'est pour celui qui veut.

— Je ne peux rien faire pour vous, monsieur.

— Putain de merde. »

Jean-Paul l'avait aperçu, par la fenêtre, du troisième étage, traversant la cour pavée, en tee-shirt moulant, légèrement démodé déjà, avec des mocassins. « Des mocassins », il a souri. Il a bourré sa pipe. « Ce petit salaud... Finir par accuser les Juifs, pour le sida. C'est dégueulasse et c'est n'importe quoi. »

Michel avait fermé la porte du bureau. « C'est vrai qu'il est juif aussi, le Willie. »

Jean-Paul a acquiescé. « Peut-être qu'il a le sida.

— Évidemment. T'as pas lu le bouquin de Rossi ? Oh... de toute manière, il a jamais vraiment rien écrit. »

Seul Claude l'a accueilli. Il l'a fait s'asseoir, se calmer.

Au bout d'une minute, Will semblait s'être assagi. « Merci monsieur », il a dit.

Il était tout excité, il parlait de son roman. « C'est pas un roman... », il disait.

Claude l'a coupé. Il dirigeait les éditions depuis trente ans. Il n'avait pas de haine particulière envers Willie.

« William… Je ne devrais pas vous recevoir…

— Ah, ah bon, c'est O.K. O.K.

— Non, ce n'est pas O.K. Personne ne vous recevra. Personne ne vous recevra plus. Il faut…

— Ah ouais. Ouais. Ouais. J'suis d'accord.

— Laissez-moi vous expliquer.

— Expliquer ? Non. Non.

— Si. William. C'est fini, le roman…

— Le roman ? Non. Super. Génial. C'est mon chef-d'œuvre. Superphilosophique. Vous allez…

— C'est fini, William, fini. Vous pouvez balancer ce roman. Personne, personne, vous entendez, ne va le publier.

— Ah ? Mais. O.K. O.K.

— Non. Vous n'avez rien fait de toute manière, depuis le premier, rien. Moi, c'est pour ça que je ne vous le prendrai pas. »

Claude avait un double menton. Will observait ses deux mains, elles esquissaient des gestes symétriques. C'était un homme sage.

« O.K.

— Pas les autres. Vous ne pouvez pas rester ici. À Paris. Il y a… Vous savez. Il y a des choses qui circulent vite, et puis vous n'êtes plus rien. Vous devriez savoir, vous devriez comprendre que c'est un effort que je fais, pour vous recevoir. Je ne suis pas obligé. Je serai le seul. Je suis un gentil, Will.

— O.K. »

Claude a soupiré. « Non, c'est pas O.K. C'est comme ça. Vous n'aviez pas les moyens, vous n'aviez rien. C'était… C'était juste le temps, un instant. Il faut… Il faut que vous trouviez quelque chose, pour… pour subvenir à vos besoins, vous comprenez ce que je dis ?

— O.K., O.K.

— Bien. C'était une erreur. Vous pouvez retourner chez vous ?

— Ouais, ouais.

— Vous venez d'où ? Hein, dans le Nord, c'est ça ?

— Amiens.

— Ah, la cathédrale.

— Ah ouais. »

Claude s'est levé, péniblement. « Vous avez une formation, quelque chose que vous pouvez reprendre, là-bas ?

— Ouais, ouais. J'ai des plans. J'ai plein de plans. Superplan. »

Claude a hoché la tête. « Vous avez une formation commerciale ?

— Commerciale.

— Vous pouvez recommencer ça ? »

Et Will a revu les ciels blancs sur Amiens, la maison près d'Étouvie, les « salut, il y a quelque chose dans le frigo ? », sa mère, son père, le château de Compiègne, et les chevaliers, les rois qui n'existaient pas, *Star Wars*, et la cité universitaire. Les draps. De beaux draps.

« Vous appartenez à quelque chose, là-bas, c'est mieux ainsi. C'est votre place. Hmm ? »

Et Will est resté bouche bée. C'était fini. Il n'avait pas fait tout ça pour ça. Ce n'était pas exactement ce dont il avait rêvé.

« Vous avez… l'argent, pour prendre le train ? »

William a reniflé. Il avait la tête de travers. « Hum, euh, non, non. »

Claude a fouillé dans les poches de son imperméable, accroché au portemanteau. Il a sorti son portefeuille.

« Tenez. » Il lui a refermé la main. « Allez.

— Ah. Euh. Ouais, ouais. J'ai des superplans, à Amiens. J'connais quelqu'un à l'école de commerce.

— C'est bien, c'est bien. » Claude l'a poussé vers la sortie.

Son visiteur parti, il a ramassé la pochette verte et les feuillets du gros roman que celui-ci avait oublié sur son siège couleur beige. Il a pris le temps de lire les premières pages et il a soufflé vaguement, pour lui-même. C'était nul à chier. Complètement sans intérêt, sans hésiter, comme ça l'avait toujours été. Il a jeté le tout, avec un petit pincement au cœur.

J'ai reçu le message de Will, depuis une cabine téléphonique : « Euh, salut, Liz, c'est moi. Bon, ben, je retourne à Amiens. J'suis superpressé. J'ai un bon plan, c'est Claude qui me l'a refilé. J'peux pas te dire, mais c'est super super. J'suis content de revoir Amiens, j'veux dire, ça m'fait plaisir, plaisir. Bon, ben, merci pour tout. C'était cool, Liz, j't'adore, j't'adore. Euh, ciao. »

Jusqu'au jour où j'ai croisé Claude, dans une soirée, j'ai vraiment cru qu'il avait trouvé quelque chose. J'ai engueulé Claude — il m'a dit : « C'est Dominique, et Jean-Michel… » Il avait publié leur bouquin.

Merde, le laisser partir comme ça. J'ai pris le train le lendemain matin, pour aller le chercher.

On était début juillet, c'était sûr qu'il était à la rue. Je m'attendais au mieux à le retrouver dans un squat, près de la gare.

49

En sortant de la gare, j'ai débarqué face à la tour Perret en travaux. J'ai traversé le centre piétonnier, pour rejoindre la cathédrale. L'esplanade était vide, la façade rénovée. Il y avait là un nombre pas possible de pierres, au bord de l'eau... J'ai pris la direction du nord, j'ai demandé mon chemin à un bar-tabac, une bâtisse rougeâtre, à l'angle de la rue, en brique, semblable à toutes les autres maisons du coin. C'est dans une maison de ce genre qu'avait dû grandir Willie, un peu plus loin.

J'ai trouvé rapidement le centre hospitalier Nord.

J'avais téléphoné à sa mère, finalement. Quelle voix étrange, enterrée avec le temps ! Elle ne m'a pas dit grand-chose, mais je savais où aller le chercher.

Je ne lui avais jamais parlé, auparavant. Elle m'avait demandé, avec lassitude : « Vous êtes sa petite amie ? Il m'a dit qu'il avait une petite amie ! Vous êtes sa petite amie ? »

J'ai dit oui. Je ne savais pas exactement ce qu'il pouvait leur raconter, ce qu'ils savaient ; ils avaient bien dû voir, un jour, à la télé… Mais sa mère était visiblement déconnectée.

J'ai demandé sa chambre, le numéro de sa chambre, j'ai sorti ma carte de journaliste, je voulais parler au chef de service.

Patrice Schmitt m'a reçue dans son bureau. Il n'a pas fermé la porte. Le couloir n'était guère agité, et l'intense circulation des infirmières et des patients se faisait dans un silence relatif ce jour-là.

Il s'est assis. « C'est sa mère qui l'a conduit ici. Il a fait une première encéphalite, il y a un mois, il s'en remet. »

Il a ouvert le dossier. Il m'a dit : « En 96, on avait un patient qui mourait toutes les deux semaines du sida. Cette année, il y a eu deux décès. » Il a souri. « Hélas… »

Je me contentais de rester assise.

« Il n'a rien pris, pendant deux, trois ans. Il ne prenait pas de traitements. Il n'était pas suivi. Il a fait n'importe quoi. »

Je me suis souvenue… Quand il habitait chez moi. Je ne l'ai jamais, jamais vu aller chez le médecin. Il n'aimait pas ça.

« C'est trop tard ? »

Le docteur Schmitt a toussoté. « Il est entré dans le sida. Enfin, il va bientôt le faire. Vous connaissez ?

— Le sida ?

— Je veux dire, vous connaissez à peu près, les trois phases ? »

J'ai fait signe que vaguement.

« Lorsqu'il a été contaminé, sans doute vers 96-97, d'après ce qu'il m'a dit, il a dû ressentir les symptômes d'une infection virale banale. La charge virale, le nombre de virus circulants, atteint un pic six semaines après la contamination, puis diminue spontanément. En même temps, le nombre de lymphocytes T4 baisse, puis remonte. »

Il a redressé son col de chemise.

« Il a dû ressentir des fièvres, une légère dilatation des ganglions lymphatiques, une inflammation de la gorge, des douleurs musculaires, maux de tête, diarrhées et nausées. Ce ne sont pas des signes nécessaires. Visiblement, ils ont été présents.

« Il n'a jamais fait de test de dépistage.

— Jamais ? Mais… »

Il secoua la tête.

« Il vous a menti. Il avait la conviction d'être atteint. Mais pas la certitude. Évidemment, il l'est.

« La phase sans symptômes est de durée variable. À peu près huit ans, dans son cas. Ça peut aller jusqu'à dix. L'équilibre s'établit entre destruction des lymphocytes, et synthèse du virus.

— Et puis… ? », j'ai demandé.

Je me rongeais l'ongle du pouce.

« Il n'a jamais été suivi. C'est difficile à comprendre. Il n'a rien fait. Il a voulu fermer les yeux. Personne, dans son entourage, n'a… Bref, il est entré en période de présida, ou ARC, AIDS Related Complex. Ça n'allait visiblement pas bien, chez sa mère. Il a maigri, il a perdu 15 % de son poids, je vous préviens. Voilà... Son état s'est stabilisé. Bon, vous voyez, sa charge virale reste encore indétectable, et il a toujours des CD4 supérieurs à quatre cents copies par millilitre, mais ça va descendre. Ça va descendre.

« Il ne faut pas que ça descende sous les deux cents.

— Qu'est-ce qui se passe ?

— Une inflammation du cerveau, c'est ce qui s'est passé pour lui. On ne sait pas le prévoir, de toute manière : altération du système nerveux central, subitement. Le virus atteint l'encéphale. La barrière hémato-encéphalique normalement isole le cerveau, elle assure une certaine protection, mais elle est perméable vis-à-vis des leucocytes. Les virus peuvent s'en prendre au cerveau, via les macrophages, qui jouent le rôle de cheval de Troie. Ils rejoignent le système nerveux central, d'abord en faible quantité, et puis en quantités importantes. Altération des neurones... Et il y a les infections opportunistes qui vont avec. Les chances que ça aille mieux sont faibles. On peut stabiliser. Mais à tout moment, on peut être débordés, et là...

« Il mourra.

« Ah oui, assurément, on meurt encore du sida, en France. C'est... dommage qu'il n'ait pas pris la peine de... de faire attention. Évidemment, ça va être...

« Difficile. »

Je suis allée le voir.

J'ai d'abord vu les petites plaques, et les lésions, sur ses bras maigres.

J'ai cru, bêtement, à des tatouages, avant de comprendre.

« Liz ! », il s'est exclamé. Il était trop, trop content. Il m'a embrassée. « Salut, salut, c'est cooool, putain, c'est cool. »

Il était assis sur son lit, et bouffait de la compote de pommes.

« Salut Will », j'ai dit, et je me suis assise à côté de lui.

J'ai jeté un coup d'œil sur la table de nuit blanche. Il buvait du Kool-AidMC.

« Qu'est-ce que c'est ? »

Il a fait : « C'est pour les diarrhées. »

Il se marrait : « Hé, Liz, je chie, je chie. C'est monstrueux, monstrueux, tu devrais voir ça ! »

Il s'est essuyé.

« Ça va ?

— Ah ouais, c'est clair, ça va super.

— Ta... ta mère vient te voir ?

— Ouais, ouais, bien, bien. J'ai un max de gens, tu sais, qui viennent me voir, copains d'enfance, tout ça, tu peux pas savoir, c'est super. C'est cool. »

Je le regardais, et j'avais l'impression de voir un bocal de lymphocytes T4, brisé, et dont le niveau baissait sensiblement, à vue d'œil.

« J'ai le moral à bloc, Liz, j'ai plein, plein de trucs à faire, c'est clair.

« Tu m'excuses, d'abord, faut que je mange en regardant la télé, sinon j'ai la gerbe. C'est important ; tu vois, hop, je respire entre les bouchées. »

Je lui ai passé la main sur le front.

« Non, c'est O.K., j'avais la fièvre avant, et pour dormir ils donnent des trucs super, tu dors super.

— Qu'est-ce que tu as, sur le cou ? » Je me suis penchée délicatement.

« Oh ? Ça ? C'est rien. »

Un ou deux ganglions, hypertrophiés, et un pansement. Il toussa.

Il avait ces plaques, sur la peau...

« Hé, c'est cool, t'as vu ça, à la télé, mardi, ils repassent *Star Wars, le retour du Jedi.* C'est waow, ça fait waow, superlongtemps qu'on l'a pas vu, tu te souviens ?...

— Non. Je ne l'ai jamais vu, Will.

— Ah ? On l'a pas vu ensemble ? Faut qu'on le voie ensemble.

— Je ne serai pas là, mardi, je travaille.

— Ah. Ah bon. Ben, y aura quelqu'un d'autre. Un copain. Mais qu'est-ce que tu fous là ? »

J'ai porté la main à ma gorge : « Moi ? Mais ?

— Liz ? C'est toi ? Qu'est-ce que tu fous là ?... »

Il n'avait pas fini son bouillon, ni sa banane.

Le médecin m'a rassurée. « Il a des absences, c'est les conséquences de l'encéphalite. »

Quand je suis partie, Will était excité, mais si visiblement fatigué... « Tu comprends, Liz, j'aimerais bien faire médecin, parce que... » Il m'a chuchoté à l'oreille : « J'ai plein de superthéories, mais faut pas trop les dire, pour quand les autres, ils nous écoutent…

— Ah bon…

— Ouais. Ouais. Carrément. J'vais te dire, j'ai étudié la question. Tu sais quoi, c'est pas le VIH qui provoque le sida.

— Comment ça ? Comment ça ?

— Y a aucun rapport. J't'assure. Personne peut le prouver. Parce que tu vois, c'est politique de nous faire croire ça, c'était pour faire bouffer aux pédés de l'AZT, un inhibiteur, tu vois, de transcriptase, et l'AZT était empoisonné, paf, pour supprimer tous les pédés…

— Je comprends pas.

— Tu comprends pas ? Chut. Je le savais. C'est les médicaments qu'étaient empoisonnés, dès le départ. Tu comprends l'ironie du truc. Moi, je refuse de les prendre.

« Le VIH c'est bon pour les pédés, c'est juste bon, et eux, ils nous ont dit, non, non, c'est le virus qui provoque le sida, le sida comme quoi c'est viral, hein, alors, il faut que vous preniez de l'AZT, et là, paf, en fait, c'est l'AZT qui provoque le sida, c'est pour ça qu'ils sont tous morts. Pas moi. Ah ah… J'en ai pas pris. Je prendrai pas de ces médicaments, là. Et… Tu sais quoi ? Tu sais, où ils sont fabriqués ?… Chut… C'est des Juifs, j't'assure, c'est des Juifs qui possèdent les parts dans l'entreprise qu'a lancé l'AZT. Tu comprends maintenant ? À qui profite le crime, hein…

« Moi, j'en prendrai pas. »

Il souriait, mais il était très fatigué ; sa peau gonflait légèrement, et virait doucement au violet, sur le nez, et sous la joue gauche.

« Mais… Mais toi, Will, tu n'as pas pris d'AZT, justement, et…

— Ben justement moi, j'ai pas le sida, c'est pour ça. C'est ça la différence ; c'est pour ça. »

J'ai souri tristement.

Il avait les yeux qui partaient.

« Je crois que tu es fatigué, Will, tu es juste fatigué.

— Ouais… Non, non. C'est pas ça. »

Je l'ai observé une minute, silencieux. Il était beau, quand il ne bougeait pas trop. Son visage semblait vraiment de travers, au-dessus des draps blancs, comme si ses os poussaient malgré lui, de manière un peu désordonnée, et sa peau fine, trop fine, tirait douloureusement comme un film plastique sur ses pommettes. Par endroits, sa peau, sa très chère peau, mon Dieu, son épiderme de bébé était tellement fissuré, abîmé et irrégulièrement crevassé, parcouru d'un réseau veineux, implacable, de traits rouges, que j'en avais les larmes aux yeux. Oh, sa pauvre peau. Qu'est-ce qu'elle devient ?… Je me suis pincé le nez, pour m'empêcher. Il avait des rots étouffés, une sourde odeur de vomi, il comatait, en regardant vaguement la télé, il hochait la tête ; j'ai cru un moment qu'il attendait l'apparition de Doumé, sur l'écran.

Mon pauvre petit, je ne l'ai même pas embrassé, ou caressé ; dans le train, je m'en suis voulue. Je crois que toute la machinerie partait en couilles, ça m'a fait peur, il n'était plus vraiment possible d'en faire encore quelque chose, *une* chose... Il était un bordel de choses en vrac, en attendant qu'il craque.

J'aurais dû au moins l'embrasser, en partant.

« Je reviens la semaine prochaine, j'ai dit en le quittant.

— Pas de problèmes, euh, Liz, c'est super. C'est cool. C'est super », il m'a répondu.

50

J'ai frappé à la porte. Il avait oublié de venir me chercher.

« Liz ! J'avais complètement oublié de venir te chercher. »

Il m'a embrassée. Il allait bien.

Il m'a fait entrer.

« Tu vois, tout est bien en place, je suis bien, ici. »

Il était là depuis quelques mois.

« Paris ne te manque pas ?

— Non. Évidemment non. Je fais mes courses, là, tu vois, à droite, au petit Casino, c'est sympa. Comme un vieux. Il y a le jardin, viens je vais te montrer le jardin. T'as vu ce rosier ? Regarde, il va repousser, il va repousser. »

Et puis on a pris un verre, dans le salon de bois du premier étage, il faisait bon, par cette chaleur.

« Je suis vraiment désolé d'avoir oublié de venir te chercher, à l'aéroport... Tu sais, j'avais un truc un peu urgent, une histoire à régler...

« — Non, non, ne t'inquiète pas… Il y avait un type qui venait à Calenzana, pour faire de la randonnée, il m'a accompagnée. Il m'a laissée en bas, au gîte d'étape. J'ai traversé le village, c'est beau, c'est très beau. Il n'y a pas de problème.

— Tu vois, d'ici, il y a le GR20 qui part, pour traverser l'île à pied.

— Ah… Tu l'as fait ?

— On le faisait tous les étés avec mon père. Il faut avoir la forme. »

Il a bu son verre de bourbon.

« Je pense que je le ferai en septembre. »

On a sonné.

Il est descendu. Il était seul. Je suis restée assise. J'ai regardé, par la fenêtre, l'horizon, au bas de ce premier contrefort des montagnes, et la mer. C'était sec, pur et très sain. Aux murs, des livres. J'ai entendu chuchoter, en bas.

J'ai attendu cinq minutes, il y avait comme des éclats de voix. Je me suis penchée, du haut de l'escalier couleur acajou, je n'aurais pas dû. C'était Alain — l'ancien dirigeant de la Cuncolta nazionalista, l'un des chefs de la branche armée, mis en minorité depuis Tralonca, et embrouillé dans les affaires avec la Brise de Mer, la mafia toulonnaise. Quand j'avais quitté Paris par avion, ce matin-là, il était recherché par la brigade financière, à L'Île-Rousse.

Je suis retournée m'asseoir. Dominique est monté, il m'a présenté : « Un ami d'enfance, il dormira ici ce soir. »

J'ai dû hausser un sourcil un peu interrogateur.

« Nous avons toujours quelques différends, mais il est mon hôte. Et ça, c'est sacré. » Il a souri. « Hein, Alain… On en a dit des conneries dans cette pièce, eh… »

Le fameux Alain a fermé son portable, chauve, le nez aquilin, il m'a serré la main, un peu macho, mais un petit rigolo.

Il s'est tourné vers Dominique et il lui a mis un petit coup-de-poing dans le ventre : « Eh, tu te laisses pousser la barbe, eh, Dominique, tu finis comme ton père, dis-moi, eh. »

Il s'est retourné vers moi : « Un sacré bonhomme, son paternel, pas le genre de personne qu'on oublie. » Un silence. « Il y avait du monde à son enterrement. Des gens qui se tueraient, ils se serraient la main au-dessus de son cercueil, tu sais. Une sacrée vie. C'est le genre d'homme qui marque. Après, chacun fait son chemin. »

51

Leibowitz poursuivit seul le cycle de conférences entamé avec Dominique Rossi.

Il participa, sur l'invitation d'une de ses anciennes élèves, quatre promotions après moi, Françoise, désormais déléguée auprès du bureau national du parti, à l'université d'été de l'Union pour la majorité présidentielle, au moment où la droite française faisait ses choix entre Jacques Chirac et Nicolas Sarkozy. On n'était pas encore certain de savoir de quel côté Leibowitz allait plonger. On avait tendance à l'attendre du côté de Sarkozy, ces temps-ci, mais c'était un « fidèle » du chef de l'État et il ne négocierait pas son soutien.

Leibowitz ferma son portable. Il venait de trouver quelqu'un pour la bar-mitsva de son neveu.

Il monta à la tribune, il fit un petit signe en direction de l'ingé-son. Il avait toujours un petit mot pour le petit personnel. Il pensait à son père.

Ce n'était plus vraiment une conférence intellectuelle, c'était déjà une tribune politique. Il sourit à l'auditoire, ça se passait à Colmar.

« J'ai été la première victime d'une épuration que je n'oserais qualifier d'ethnique… »

Rires.

En raison de l'antisémitisme des élites françaises, il avait été la cible d'une chasse aux sorcières intellectuelle… Et aujourd'hui, lui, le Cassandre — eh bien, il suffisait de voir les germes d'émeutes dans les banlieues parisiennes, qualifiés de « ferments positifs de conscience » par Ali Hassam, il suffisait, pour vous, ceux d'entre vous qui sont à l'Assemblée, de vous voir dans l'obligation de faire adopter une loi réprimant les actes antisémites, en l'an 2005, soixante après la Shoah, est-ce qu'il n'était pas inconcevable de devoir écrire une loi pour protéger les Juifs de France ?…

Leibowitz dressa un portrait d'une France en décadence — lui qui avait pressenti ce thème il y avait dix ans, déjà. Aujourd'hui, tous les spécialistes abondaient en ce sens. C'est une nation culturellement sclérosée, victimaire, qui se projette fantasmagoriquement sur toutes les supposées victimes, miroirs de sa propre faiblesse : la victimisation systématique des Palestiniens, les grands discours antiaméricains à la José Bové… Et aujourd'hui un « ami » de Bové comme M. Ali se trouvait à la proue des dernières émeutes de banlieue : « Que ferons-nous quand l'Intifada aura lieu en banlieue parisienne — continuerons-nous à tirer à boulets rouges sur Israël ? »

C'était encore un intellectuel. Il fut écouté avec intérêt, à l'aune de son prestige retrouvé. Les néoconservateurs, certains atlantistes ou certains sarkozystes trouvèrent une authentique cohérence à ce discours.

Leibowitz tapa alors du poing sur la table.

« Croyez-vous à un délire ? Je ne retourne pas ma veste. Je ne suis pas le seul. Un certain temps est fini. Il ne faut pas avoir peur de nos croyances, de nos origines, de nos convictions. Nous sommes occidentaux, nous avons des amis américains, nous croyons à un Dieu, et nous refusons le communisme, autant que le fascisme vert des extrémistes musulmans.

« Raymond Aron, notre père à tous, disait… »

Leibowitz dressa ensuite un panorama de la culture française, un véritable programme — et il fut très applaudi.

Il but un verre d'eau. Au premier rang, un homme d'une cinquantaine d'années acquiesçait, fin, longiligne et discret.

Leibowitz termina en baissant le ton.

« J'ai été touché, personnellement, par la folie des majorités minoritaires qui ont saisi notre pays, notre pays à *tous*, que nous reconnaissons en républicains, quelles que soient nos origines…

« Certains d'entre vous connaissent ce document… Il s'agit d'un ami, du petit ami, pour être précis, de M. Hassam. Un témoignage terrible, recueilli lors d'une interview, il y a quelque temps.

« Voilà ce que peut dire aujourd'hui quelqu'un, dans notre pays, impunément... »

Il fit un petit signe de l'index à l'ingé-son, qui hocha la tête et balança la voix. Elle crépitait méchamment, elle résonnait bizarrement dans un tel endroit.

« C'est les Juifs qui ont inventé le sida. C'est les Juifs, ces putains d'ordures, qui ont inventé le sida dans des laboratoires, après la guerre du Kippour. C'était une arme bactériologique. Voilà la vérité, il y a des preuves. Je peux détruire Leibowitz. Son gros nez, hein. Ali m'a dit, Ali m'a dit : "Ce sale Juif, j'vais le foutre au four." Il m'a dit ça. »

Silence.

« J'ai bien évidemment décidé de porter plainte contre M. Hassam, avec mon avocat, Me Malone. »

Il se pinça le nez, et conclut : « Voilà où en est notre pays. C'est bien triste, et comme je l'ai toujours dit, c'est dans la culture, contre la barbarie, que se trouve l'origine de ce malaise, et c'est culturellement qu'aujourd'hui vous devez, que nous devons agir, et réagir.

« Merci. »

Il fut longuement applaudi. Tout le monde n'était pas d'accord sur tout, mais il y avait des éléments.

Françoise vint le prendre par le bras.

Alexandre, le préfet, vint le féliciter et Malone, de loin, lui adressa un signe du menton. Leibowitz respirait, il s'en était sorti.

Françoise resta à son bras, et Alexandre lui dit :

« Viens, je vais te présenter à Jérôme Deniau, il connaît bien Nicolas, mais il a ses entrées, à l'Élysée. Il devrait te plaire. »

Le monsieur élégant, longiligne et le crâne luisant, lui serra la main, tandis que Françoise lui tapotait l'autre bras.

« Je suis séduit. Cela nous a beaucoup plu.

— Merci. »

52

Je suis retournée voir Willie, et je l'ai emmené se promener, aux Hortillonnages. Le docteur Schmitt m'avait donné l'autorisation.

« Ne le fatiguez pas trop. »

Je lui ai demandé s'il recevait des visites.

« Sa mère, je l'ai vue trois fois, et puis vous. C'est quelqu'un de très seul. »

C'était l'été, et le soleil était haut. L'état de William était relativement stable. Il avait des absences, et son taux de CD4 flirtait maintenant avec les deux cents. C'était le moment où les maladies opportunistes allaient commencer à bourgeonner, je le savais.

Il marchait difficilement, et on s'est arrêtés près du petit plan d'eau.

Deux chiens allaient et venaient, un petit bâton dans la gueule, quelques jeunes couples se baladaient.

On s'est assis plus loin, sur les bancs, sous un petit abri japonisant, posé sur l'eau, et il faisait beau.

William avait les orbites rondes, et il ne ressemblait plus exactement à l'Apollon musclé des dernières années. Il avait le souffle court. Il comptait sur ses doigts.

« Ça fait cinq, Liz, un pour chaque doigt, comme une bague, tu vois, si je repense à mes amours. C'est beaucoup, tu crois ? C'est beaucoup, je veux dire, tu trouves ? Maintenant, je trouve, moi, ils sont vraiment, tu comprends, à égalité, sur le même plan, en quelque sorte : Guillaume, mon amour d'Amiens, et mon patron... Et puis Dominique. Et Richard, qu'est-ce qu'il est devenu ? Et puis Ali aussi. Ça fait bizarre de les mettre sur la même surface, à égalité, tout plat, hop, un peu comme s'ils étaient posés tous les cinq sur l'eau, tu sais un peu comme ces trucs de papier japonais. Tout s'est transformé en haine. Ils m'ont tous détesté à la fin. Sauf Guillaume — mais on ne s'est pas vraiment aimés. »

Je lui ai pris la main, pour la regarder — il avait porté les yeux ailleurs. Il avait des taches, comme une vieille dame, et une veine fortement apparente, sa peau était sèche, grise et verte, grise et grise. Il ne sentait pas franchement bon. Il remuait tout le temps ses doigts. Il avait mal aux extrémités et aux articulations.

À chaque seconde, je devais vérifier ses gestes, ou sa respiration. D'où viendrait la dernière faille, lorsque le barrage craquerait — des poumons, d'un cancer, la tuberculose ?... Son corps allait s'ouvrir à tout vent, sans protection, et toutes les saletés du monde viendraient bientôt l'encrasser, comme un moteur en plein air qu'on ne peut plus nettoyer.

Il a sorti, en toussant, de la poche du blouson que je lui avais acheté une petite figure en papier chiffonné.

« Tu sais ce que c'est ? »

J'ai dit non.

« C'est Dominique… T'as une aiguille ?

— Une aiguille ? » J'ai fouillé dans mon petit sac de cuir. « J'ai une épingle à nourrice, si tu veux. »

Il a souri, c'est comme s'il n'avait plus eu de lèvres, il a fait les yeux ronds, et paf. Il a transpercé la figurine de papier, avec l'épingle. J'ai rigolé.

« Ne rigole pas, tu vois. C'est sérieux. C'est supersérieux. C'est du vaudou. C'est vrai. C'est une théorie complètement vraie.

— Ah bon ?

— Ouais. » Il m'a parlé, tout proche : « Chut… Dis rien. J'ai un plan. Je vais… Je vais me faire tuer. Tu vas voir, je vais mourir, je vais me faire tuer. Et puis… Hihi, c'est Dominique qui va être accusé, tu vas voir, c'est Dominique qui va être accusé. Il va tout prendre dans la gueule. Ça fait quelque temps que j'y pense. »

J'ai regardé l'eau, et les joncs.

« Ah bon…

— Ouais. Ouais. Carrément. J'ai des contacts avec Me Malone, un bon avocat. Il va engager, tu vois, un tueur à gages, mais, comme dans un polar, tous les indices, paf, progressivement, ils vont converger vers Dominique, et là il va être dans la merde, je te le dis, il va être bien dans la merde, carrément. Je serai mort, mais je vais carrément l'entraîner dans la merde, il va tout perdre, tout, tout, tout. Qu'est-c't'en penses ? »

Je n'ai rien dit.

« Hé, tu vas pas lui dire, hein, tu caftes pas, promis… Putain, tu m'fais pas ça, Liz !

— Non, non. Ça sonne bien, Will. Ça sonne bien.

— Pas vrai ? Ça sonne super. Dément. Super. »

L'espace d'un instant, comme il claquait sa langue contre son palais, avec difficulté, pour déglutir, j'ai aperçu le truc.

Il avait de drôles de plaques sur la langue. C'est ce qu'avait dit Schmitt : leucoplasie orale chevelue. Tout le haut, craquelé. Et dans le palais, mon Dieu, ces fissures violettes, il avait envie de se gratter, un sarcome de Kaposi.

Kaposi. 1872.

Une décomposition, rouge sang, dans la bouche, comme une tête de lapin dépecée, à la place du palais. Boursouflé.

« Z'est cool, il a zézayé. Z'ai plus mal aux dents. Z'est les médicaments, ze les prends pas.

« Non, non. » Il s'est recroquevillé. « Z'est pazsc'que z'ai mal partout, ailleurs. Za compense. »

Ils faisaient ce qu'ils pouvaient, pour les douleurs. Il avait chopé un début d'hépatite, toutes les défenses se fissuraient, sa pauvre âme, comme un vieux barrage craquelé, son petit cœur tout serré sur lui-même et qui avait été sans doute à son maximum, comme il disait, dans le foutu monde, s'ouvrait en grand, sanguinolent, sans protection, et tout ce qui l'entourait, comme des spores, venait se fourrer dans son corps, le gonfler, le déformer, le dérégler, le foutre en pièces. Son corps... Quand il était arrivé à Paris, quand le mur de Berlin est tombé, il avait de l'allure, en se redressant un peu.

Il était constamment courbé, et puis il y avait quelque chose de trop fragile dans ses os, à présent.

« Tu viens ? »

Il s'est piqué avec l'épingle à nourrice, jusqu'à faire perler une goutte de sang sur sa veine trop apparente, au revers de l'avant-bras.

« Will... Qu'est-ce que tu fais ? »

Il a foutu le sang sur la figurine de papier, à la pointe de l'épingle.

« C'est vaudou. Je le contamine. Pour qu'il crève. Il va crever. C'est joué d'avance.

— Will... Dominique est *déjà* séropositif...

— Mmmh. » Il a regardé le petit point rouge sur le papier. « Il vivra encore quand je vais crever ? Il est immortel ?

— Non, Will.

— Ah, je pense à lui, tu sais. Pas une heure que je pense pas à lui, tu sais. J'ai encore des plans, faut pas croire. C'est pas fini, faut pas croire. *It ain't over 'til it's over, man.* Et puis tu pourras le faire pour moi, hein, sûr, s'il est encore vivant après, hein, on sait jamais, tu pourras le foutre en l'air pour moi, hein, Liz ?

— Sûr, Will. »

Il s'est levé, et on est rentrés. Les Hortillonnages, ces petits canaux serpentant dans une nature verdoyante, resplendissante, de fourrés, de bosquets et d'arbres épais, grouillante de vie l'été venu, au coin de la vieille ville... Des Hortillonnages, on s'est dirigés vers les jardins de l'Évêché. On est sortis et je l'ai ramené vers l'hôpital, à quatre heures.

Je le touchais avec précaution et j'avais presque l'impression de *sentir* le virus, par ses pores, sous la peau, dans les veines, le long du liquide céphalo-rachidien, jusque dans son cerveau et dans ses yeux globuleux, qui bourgeonnait, comme une sale poussée d'acné, pleine d'un sébum mortel.

J'ai ramassé encore une pierre pour lui, comme pour jouer à la marelle, sur le chemin, après le pont de bois, près du bord.

« C'est cool », il a dit. Il parlait de moins en moins.

« Tu venais te promener par là, quand tu étais petit ?

— Oh non, non.

— C'était trop loin ?

— Oh non. On se promenait pas trop. On sortait pas trop. »

Quand je l'ai laissé, il m'a simplement demandé :

« Je l'ai bien eu, je l'ai eu, finalement, hein ?

— Qui ça ?

— Ben, lui.

— Je ne sais pas, Will.

— Mmmh. Il est dans la merde, en tout cas, il a dit, il est bien dans la merde, et ça m'étonnerait qu'il s'en sorte.

« À la fin, ça m'étonnerait qu'il s'en sorte. »

53

Il allait superbement bien, il rayonnait, il m'a dit : « Cela n'en finit pas d'aller mieux », et il a éclaté de rire.

Je n'étais retournée en Corse, le temps d'un week-end, que pour le supplier.

« Doumé, ça y est, il va mourir, tu sais, tu devrais aller le voir, au moins. Vous avez quand même… »

Il était venu me chercher, en 4L vert pomme. Il roulait lentement :

« Je suis tellement dans la prévention, Liz, je préfère faire attention… »

Dominique avait sa vie, je comprends. « J'ai arrêté la communauté, c'est fini pour moi. » Il avait plein d'amis, une existence tranquille. « Et un jour je compte retrouver l'amour, je compte bien me trouver un compagnon, il n'est pas trop tard. J'ai perdu tellement d'années, au moins dix ans, tellement de temps. Maintenant, c'est passé.

— Il va mourir, Doumé. »

Il a soulevé les mains du volant, et les a laissées retomber. Il faisait un temps magnifique.

« Hé, qu'est-ce que j'y peux, moi ?... »

Il a ouvert la vitre.

« Eh bien, Elizabeth, qu'est-ce que tu veux que je te dise... tant pis, tant pis. Il était prévenu, comme nous tous. »

Il a rétrogradé, et a entamé la montée de la côte qui menait au village, paisiblement.

« Il est sorti de ma vie, de notre vie. C'est fini. On ne s'en souviendra plus, et je vais te dire, c'est tant mieux. C'était un poison, ce type. Qu'il retrouve sa famille, les siens, qu'il finisse en paix, avec les gens dont il vient, et les gens qui l'aiment. Et c'est tout, je ne lui veux aucun mal. Qu'il fasse ça au mieux, c'est la vie, Liz.

— Doumé... »

Je tremblais.

« Liz, tu prends ça à cœur... Tu devrais te regarder, Liz, tu te détruis, mince, il faut faire attention à toi, il faut que tu fasses quelque chose... Tu penses trop aux autres. Regarde un peu où tu en es... Arrête, maintenant tu pleures... »

On est arrivés.

« Doumé... Tu ne veux vraiment pas y aller ?... »

Il s'était laissé pousser une petite barbe, il était en bonne santé, et portait sa vieille chemise ; il a laissé passer trois secondes : « Non. Non. C'est tout. Qu'est-ce qu'tu veux que je te dise ? Je m'en fous. On l'a eu, il le fallait, c'était un truc moral, historique. Il a voulu jouer à ça jusqu'au bout, et voilà, voilà. Je n'ai pas de haine contre, sincèrement, c'est vrai, plus maintenant. Et il ne représente plus rien à mes yeux, rien. Voilà. »

Il a haussé les épaules, il est sorti de la 4L, il a frotté du doigt une petite plante malade, qui reprenait du vif.

Je savais pertinemment que je faisais ça parce que je n'allais pas bien, moi. Où j'allais atterrir… Je ne sais pas.

« Ce n'était pas sa faute, Liz, il n'avait pas les codes, il n'avait pas les clés, il ne pouvait pas savoir, ce n'est pas sa faute, c'est malheureux. Mais c'était un sacré petit connard. Et on peut juste espérer que son âme finira par trouver une sorte de paix, et qu'elle sera vite oubliée. À vrai dire… »

Il a ouvert les bras, ses doigts n'allaient pas plus haut que les montagnes, dans le ciel bleu.

« Je m'en fous… Complètement. Je ne pense plus à ce mec. William Miller. Non, désolé, c'est tout, ça ne me fait plus rien. Je suis désolé pour lui. Qu'il fasse le mieux possible, qu'il en profite, et qu'il ne souffre pas trop. C'est tout. »

Je lui ai emboîté le pas.

« Je vais te faire grimper par ce chemin, cet après-midi. Tu vois le gros rocher, là-haut, on verra toute la baie, et du côté de la forêt, là-bas, les massifs de chênes. On ira. C'est magnifique. Prends la bouteille d'eau. Il faut deux bouteilles d'eau, et les chaussures. Ça te fera du bien, tu verras, voilà, pose-toi un peu, on partira après. »

337

Il marchait bien, d'un bon pied ; il avait retrouvé ses habitudes de jeunesse et c'était plus ou moins l'homme qu'il avait dû être avant que je ne le connaisse, avec plus d'assurance et moins de curiosité dévorante pour l'autre côté de la mer, vers le continent — et cet homme, revenu à lui-même, qui marchait devant moi, pour moi, il n'avait désormais plus guère d'intérêt. Pas plus qu'un autre, du moins.

Je suppose que pour lui, en tout cas, je n'avais plus beaucoup d'importance — pour peu que j'en aie jamais eu. Une ancienne amie, parmi d'autres, une invitée, aussi.

Vous comprenez que vous n'avez été proche de quelqu'un que par l'intermédiaire de quelque chose qui, en disparaissant soudain, vous laisse l'un à l'autre indifférents.

54

Le Leib m'a invitée au restaurant : « Il faut
que je te dise quelque chose, c'est délicat, je ne
sais pas comment dire », il m'a annoncé.

« Toi et moi... » Il hésitait, il a bu un peu,
pour se donner de la contenance. « Est-ce que
ça a jamais marché entre nous ?... »

Il reposait son verre et je voyais son visage à
travers, déformé, couleur d'ambre, rassurant et
chaud, mais chauve.

« C'est une question de fidélité. J'ai mis tant
de temps à le comprendre... »

Je lui ai dit, pour moi — que je l'aimais toujours.

« J'aime Sara, Liz. La fidélité... Je ne le comprends que maintenant, je... »

C'était mauvais signe, quand il ne finissait
pas ses phrases, le Leib.

Il s'est pincé très fort l'arête du nez, comme
il fait toujours quand il va pleurer, et il m'a dit :

« Je ne comprends qu'aujourd'hui le sens de ce
que j'écrivais, tu le sais bien, dans *La Fidélité*...

Et toi... Je... Je t'ai trompée, Liz. Oh, je dois être un monstre, Liz, ce n'est plus possible, j'ai tellement changé, je... je ne sais même plus qui je suis... »

Il sanglotait.

« Tu n'as pas changé, Leibo », j'ai murmuré. Je traversais un mur de coton.

« Il faut que tu me détestes, maintenant, Elizabeth. Je te quitte. C'est fini.

— Je comprends, j'ai dit.

— C'est... On s'est trompés... On n'a pas pu se tromper, toutes ces années, mais c'est entre nous, juste entre nous... Simplement entre toi et moi, que c'est fini, il n'y a rien d'autre. Mais toi, je veux que tu penses à toi, maintenant, il faut que tu fasses quelque chose pour toi, tu es encore tellement jeune, tu ne mérites pas ça. Tu comprends... Je ne peux pas te faire ça.

— Je comprends, je comprends », j'ai répété. Et j'ai quand même fini le dîner.

À la rentrée, en septembre, le président de la République procéda à un léger remaniement ministériel, car il souhaitait réorienter le gouvernement de la France vers les intérêts et les préoccupations de la société civile, notamment à la suite de l'échec du référendum sur la Constitution européenne.

Renaud Donnedieu de Vabres avait épuisé son autorité et son image dans le conflit permanent qui l'opposait aux intermittents du spectacle. Il est reparti prendre son siège d'élu de l'Indre-et-Loire à l'Assemblée nationale, où il occupait la vice-présidence de la commission des Affaires étrangères.

Jean-Michel Leibowitz fut nommé à sa place, comme on s'y attendait depuis déjà quelques semaines.

Le 5 août, sans que cela ait une signification particulière, Will est mort.

Une profonde dépression immunitaire due au virus commençait à peine à s'exprimer : les infections opportunistes allaient fleurir et puis, d'après le docteur, une infection latente, ou ancienne, qui était encore contrôlée par la réponse immune, s'est trouvée réactivée. Des signes d'herpès, ou de zona. Je n'ai pas vu ça.

Il a connu une nouvelle crise d'encéphalite, en juillet. Le pronostic vital était incertain et l'agent pathogène de l'attaque du cerveau est resté inconnu. Très déshydraté, il est tombé du lit, peu après, alors que son état commençait à se stabiliser. Ils avaient oublié d'installer les barreaux autour du lit.

Il était seul. J'étais en Corse et sa mère ne venait pas.

Ils l'ont transféré au service d'orthopédie, pour une opération, avec anesthésie générale, afin de réduire la fracture. Le pauvre, quel calvaire, il devait être complètement dans le coaltar et on le baladait de service en service. À ce qu'on m'en a dit, il ne parlait plus trop, il avait l'air assommé.

« Il ne vous a pas trop... embêtée ? », j'ai demandé à l'infirmière, inquiète que j'étais, sachant combien il pouvait être chiant et le revoyant, lui et son fichu caractère, toujours à insulter les femmes, à raconter n'importe quoi, une chose et son contraire, à tout bout de champ, avec son faux air de génie.

« Oh non. Il avait l'air très sage, et, ne le prenez pas mal, hein, mais plutôt anodin. Il était renfermé, je ne sais pas trop.

— Il est tombé de quel côté, par rapport au lit ? j'ai demandé comme ça, sans raison.

— Je ne sais plus. Il voulait aller faire pipi. C'est à cause de sa vessie. Il ne se maîtrisait plus, vous comprenez, il avait honte, mais on nettoyait ses draps. »

Ils ont réduit la fracture. Puis Schmitt a fait inclure du T20 dans le traitement, pour contenir la réplication du VIH.

Il se cognait la tête tout le temps. Et son corps, il avait tellement maigri, il insistait pour se faire repousser les cheveux, mais avec les plaies et les œdèmes, vous comprenez...

Il est tombé dans le coma à la fin juillet, on l'a déclaré mort huit jours plus tard.

57

Elle ne m'a pas ouvert. Et puis la porte a grincé, elle a jeté un œil.

« C'est qui vous ?

— C'est moi. Je suis Elizabeth, l'amie de William, vous savez. »

J'étais habillée tout de noir.

« Ah oui. »

Nous sommes allées ensemble au cimetière, au nord-ouest d'Amiens.

J'avais passé le permis, j'ai conduit la voiture, elle ne parlait pas, elle ne disait rien. Elle déglutissait. C'était déjà une vieille dame.

Rue Saint-Maurice, le grand parc-cimetière de la Madeleine — aurait-il plu à Willie ? Peut-être que non, peut-être que oui. Il faisait gris.

Il aurait dit : le nombre de pierres qu'il peut y avoir… Et il aurait aimé.

Il aurait peut-être dit : ça pue la mort, ici. Il aurait détesté. Qui sait ?

Il y avait encore moins de monde que j'aurais imaginé.

Son frère, je ne sais pas lequel, je ne connaissais même pas son nom, était là, il n'était pas rasé. Son père m'a serré la main.

« Merci pour ce que vous avez fait pour mon fils. Je ne sais pas si ça valait le coup. »

Il était grand, les épaules larges, et son sourire ne partait que d'un côté. Ils ne se sont pas dit bonjour, avec la mère.

Ils ont apporté le cercueil. Je m'étais occupée de la mise en bière, j'avais assisté à la fermeture. William avait déposé un testament, il y avait longtemps. Oh, rien de particulier. Il demandait juste à être incinéré.

Évidemment, la religion juive ne reconnaît pas la crémation et j'avais demandé son avis à la mère. Elle ne savait même pas ce que c'était. J'ai dû lui expliquer.

« Des cendres ?

— Oui.

— Ah ben, si c'est ce qu'il voulait. »

Le père a dit *du moment que ce n'est pas trop cher.*

J'étais en tailleur, les mains sur le ventre, dans ce grand cimetière, rempli de pierres. Toutes les grandes familles amiénoises du XIXᵉ siècle y reposaient, au sein de sépultures riches et ornées, à l'ombre des grands arbres.

Dans l'allée, le cercueil de Willie était en papier. Enfin, un matériau complexe de papier, peu onéreux, avec l'aspect, plus ou moins, d'un cercueil usuel, dix-huit millimètres d'épaisseur.

J'ai eu comme une crampe à l'estomac. On

était là, tous les quatre, à l'entrée du crémato-
rium.

Le chemin était silencieux, la couleur de
bruyère de l'horizon baignait le lieu d'une
lumière fixe, puis vacillante, rosâtre, sur les pierres grises et sous les grands arbres.

À la porte, un vieux monsieur sympathique
et chenu nous a respectueusement proposé des
tracts de l'Association interrégionale crématiste
Flandre-Artois-Picardie. Je n'ai lu que la dernière
phrase sur la feuille de papier vert grumeleux,
recyclable :

« Pour obtenir que la crémation, qui évite la
pollution et laisse la terre aux vivants, soit gra-
tuite comme c'est le cas au Danemark depuis
plusieurs années, formons la chaîne d'union de
notre grande et belle famille crématiste unie
par les liens de la fraternité et de l'amitié pour
que naisse un nouvel humanisme devant la
mort. »

C'était une belle phrase d'adieu pour Willie,
je suis sûre qu'il aurait aimé, et avec son enthousiasme habituel, je l'entendais déjà argumenter : « Non, mais c'est clair, Liz, la crémation, tu
vois, c'est super, c'est comme dit Spinoza. C'est
fini, c'est complètement dépassé de se foutre
dans la terre, comme les paysans. Nous, je veux
dire, on vient des villes, on pose jamais le pied sur
la terre, pourquoi y retourner ? Non, pfff, c'est
propre, paf, le feu, et puis tu finis dans l'air
pur, c'est merveilleux. C'est l'avenir, Liz, c'est
nos éléments, c'est notre avenir à tous. »

Je pensais à ça, la tête baissée dans la salle de crémation, assise sur une chaise. Ils venaient de faire entrer le cercueil dans le four, chauffé à 900°.

On ne voyait rien — une lueur, rouge, jaune orangé, dans la semi-obscurité de la pièce. Le père de Will tapait du pied, la mère restait prostrée, le frère s'est excusé, il est parti. Il m'a dit, silencieusement, de loin : merci.

L'employé est venu me voir : « Si vous voulez dire quelques mots, prier, ou passer une musique. »

William demandait dans son testament qu'on diffuse la chanson *Ah si j'étais un homme, je serais romantique.* J'avais racheté le disque sur internet. J'ai hésité, puis je l'ai sorti de mon sac.

Ils ont passé la chanson deux fois de suite.

> *Ah si j'étais un homme, je serais romantique...*
> *Moi, si j'étais un homme, je serais capitaine...*
> *Il faut dire que les temps ont changé.*
> *De nos jours, c'est chacun pour soi...*
> *C'est dommage, moi, j'aurais bien aimé*
> *Un peu plus d'humour et de tendresse.*
> *Si les hommes n'étaient pas si pressés*
> *De prendre maîtresse...*
> *Ah ! si j'étais un homme !*

Son père a éclaté de rire. Il se fendait la gueule.

Et puis le silence est revenu. Sa mère n'a rien compris.

Ça a duré une heure et demie.

Le cimetière était romantique, les arbres magnifiques et le soleil encore haut. J'ai mis mes lunettes et j'ai fait quelques pas sur le gravier.

Le père est venu discuter. Il avait le bas du visage de William, et il tripotait son ceinturon.

« Vous savez, c'est comme ça. Tout le monde réussit pas sa vie, mademoiselle. C'est la jungle. William était un faible. William était faible. Je l'ai su tout de suite. Tout de suite ; ça se voit. Sa mère… C'était le petit dernier, vous comprenez, tout ça. Il pissait au lit, dans les draps. Il pissait au lit. »

Je n'ai pas su quoi dire. C'est ce genre d'hommes qui vous font taire rien qu'en parlant :

« Hé, c'est comme ça. C'est dur pour tout le monde ; c'est dur pour tout le monde. Il était pas terrible. Il était pas terrible. Qu'est-ce qu'il faisait, au juste ?

— Je…

— Ah… Allez… Regardez. Faut pas déconner. » Il a ouvert les bras, en désignant l'immense espace vide, alentour, entre les tombes grises. « Il n'y a personne. Il n'y a personne quand il est mort. Il n'a rien fait. Il n'a rien fait, il n'y a personne. Hé, c'est comme ça. On va pas pleurer, quand même. Les meilleurs s'en sortent, c'est les meilleurs qui s'en sortent. Bon ben lui, non, non. Hé, il était pas terrible, ce gamin. »

L'employé l'a interrompu, en nous portant l'urne funéraire, à deux mains.

Voilà, le résidu de son calcium. Les cendres, broyées, tamisées, dans un cendrier, fermé par un soudage, et dans l'urne.

348

Le père a dit : « Ah non, non, pas pour moi. Je la prends pas. »

L'employé a poliment précisé : « Il devait avoir des amalgames dentaires, ça c'est évacué par voie gazeuse. »

Et bêtement, j'ai regardé le ciel, la fumée qui sortait de la cheminée et les nuages dans le ciel blanc.

L'employé m'a dit : « Non, ça c'est pas lui. »

J'ai donné l'urne à la mère, et le père a pris congé. Il résidait à Boulogne, désormais.

« Il y a un local de dépôt provisoire, pour vous donner le temps de la réflexion, quelques mois. Vous pouvez les disperser dans le Jardin du Souvenir... » Il fit signe vers un espace, à droite.

Et j'ai raccompagné la mère chez elle, dans la maison près d'Étouvie.

Elle est sortie de la voiture, elle ne m'a rien dit, et elle est rentrée chez elle.

Les cendres du corps de William sont quelque part, sur une étagère, sur un meuble, dans la pénombre de la petite maison étriquée, près d'Étouvie, la maison où il étouffait tant, toute son adolescence durant :

« Tu ne peux pas savoir, Liz, cette baraque, et ma mère, ça sentait la poussière, les volets étaient fermés à midi, le dimanche, j'avais les poumons, tu vois, complètement contractés. C'était si petit, c'était le monde pour moi, j'étais enfermé, le monde était si petit, obscur, poussiéreux et mort, comme dans une boîte, tu vois,

349

une toute petite boîte. Ce que j'ai pu être heureux de partir, de respirer, de vivre, de m'éclater, dehors... Tu ne peux pas savoir. »

J'ai démarré, et je n'y suis jamais retournée.

LA MEILLEURE PART

58

Il est temps pour moi de vous laisser là. Je me retrouve, comme vous le savez, seule ; oh, coupée de mes rapports à mes hommes, mes trois hommes, je vais, je crois, vite vous lasser.

*

La conjonction, finalement, de quelques êtres ne vaut jamais que pour un certain moment culminant d'une vie, et le sentiment si fort qui monte, en alliant trois ou quatre personnes, jusqu'à l'obsession, puis qui redescend, ne laisse à la fin dans le souvenir que la forme d'une courbe en cloche — qu'il faut savoir abandonner derrière soi, telle quelle. S'ouvre alors face à vous, n'est-ce pas, le fait qu'il existe en réalité des milliards d'êtres humains et que nous n'en étions que quatre, parmi d'autres. À une telle quantité, l'humanité vous apparaît bien plate, comparée à sa si petite partie, qui vous a occupé la meilleure part de votre vie.

Et pour replonger parmi les milliards, n'y a-t-il pas une seule leçon à garder enfin de cette bien minuscule *partie*? Qu'est-ce que je ne donnerais pas pour une leçon et une voix, qui me dise quoi retenir de ce qui s'en va... Malheureusement, je ne vois personne d'autre, pour me la dire, que moi — alors j'essaie.

*

Il m'a semblé que l'amour d'un homme et d'une femme, ces années-là, sous certaines conditions, dans certains lieux et chez les meilleurs d'entre nous, devenait triste. Simplement triste, dépressif, comme un acteur du grand théâtre de la Nature devenu trop conscient de son texte...

Il y a eu quelque chose de surprenant et de bien plus heureux, généralement parlant, chez les hommes qui s'aimaient, et les femmes aussi, sans doute, et finalement quelque chose de plus grand, et de plus tragique, à cette époque. Tout cela change avec le temps, plus ou moins rapidement, et l'inverse sera peut-être valable pour nos enfants — même si je n'en aurai pas, d'enfants.

Je n'aurai pas d'héritier. Je n'ai jamais aimé aucun cœur comme celui de William Miller, les apparences étaient contre lui — et je n'en transmettrai rien à personne. Qu'est-ce que je garderai de lui — que je ne vous aie dit ?

*

William m'a beaucoup détestée, je sais que ce n'est pas vrai.

Il a dû, je l'ai toujours cru, réserver au plus profond de son âme un amour qu'il n'a jamais montré, à personne. Il part donc, loin de nos yeux, avec au creux du ventre la possibilité intacte de ce qu'il avait de mieux, en se contentant de dilapider dans cette vie-ci le mauvais.

Jean-Michel Leibowitz a balancé, beaucoup, et de sa vie il reste tant de pirouettes de l'esprit, et quelques décisions, quelques plongeons, qu'il a beaucoup changé, apparemment déroutant, mais un pas de recul suffit à le saisir comme il est, toujours le même, mon bel amant.

William Miller a semé dans le monde, alentour, les pires saloperies, et il n'y avait en lui, en germe, que de la bonté.

Dominique Rossi se repose. Il a fait des choses, il s'est battu pour qu'elles ne deviennent pas rien et, vidé, il prend une retraite qu'il doit estimer méritée. N'est-ce pas là le lot de beaucoup d'entre nous ?

Et moi, je ne sais que dire de moi-même. Allez, va, je vous laisse, dites-le vous-même.

Disons que j'ai été entre Leibo, Doum-Doum et Willie. Surtout Willie, finalement.

*

C'était quelqu'un de pur. Au contact du monde, cela donne une personne extrêmement sale.

*

Mais il y a bien des manières fidèles d'être traître, et des manières bien traîtres d'être fidèle.

On peut ne pas faire bien le bien, on peut ne pas faire amoureusement l'amour, et on peut ne pas méchamment faire le mal. Rien de ce que l'on fait n'assure de la manière dont on le fait, ni de ce qu'on est — vous l'avez vu.

*

Et qu'était-il, lui ? Il était différent, et tout le monde est différent — ah, la belle affaire.

*

Dominique s'est retiré dans l'île dont il vient, il a l'argent et le sentiment d'une existence qui a servi, Jean-Michel s'est exposé au pouvoir, il a ce mérite, il s'est fait un nom et une réputation, il aura, pour bien des années, des gens pour le défendre et l'admirer, des gens pour le haïr et l'attaquer, il est *quelque chose*, désormais, William, qui ne venait pas de grand-chose, n'est plus rien, et il est mort. Je vis, je continue, et quand j'en aurai fini, je ne crois pas qu'il en restera grand-chose — sauf ce qui les concerne, eux, j'imagine.

Quelqu'un qui, comme Willie, entre dans le monde des idées et des discours sans hériter de personne a l'avantage, un court moment, d'apparaître génial, original et, le temps passant, les habitudes reprenant leur long cours, il devient un idiot, un intrus — il doit désormais regagner son camp, auquel il n'appartient même plus.

*

Notre origine se révèle un peu tardivement notre destinée et avec un peu de lassitude, un peu de soulagement, un peu d'effroi, la manière dont on le comprend dépend de la manière dont on a d'abord voulu ne pas le comprendre, et être libre.

*

Entre le moment où il est parti de chez lui et le moment où il y est retourné, William a dû être libre, en ce sens, intérieurement.

Il y a des êtres humains dont toute la valeur, toute la vie, est à l'intérieur, et il n'y a bien sûr aucun autre moyen de le vérifier, de le mesurer, de savoir s'ils sont potentiellement extraordinaires, ou médiocres, que de vivre en leur compagnie. Absents, lointains, ou morts, il ne reste vu de dehors rien de ce qu'il y avait de meilleur en eux : la possibilité, le doute incessant qu'ils soient bien plus, en fait, qu'ils ne sont.

Les êtres humains dont toute l'importance est exhibée, sous forme de faits, de réalisations, de discours parce qu'ils parlent, parce qu'ils agissent et qu'ils travaillent — la mort ne leur ôte guère ; et il me semble de plus en plus que tout ce que j'ai pu admirer dans le monde, idées, œuvres, actes et vies, a dû provenir d'hommes opportunistes, que j'aurais pu côtoyer, dont la plupart m'auraient été indifférents et dont les occasions, bien saisies, ont fait des sortes de génie, en tout genre.

*

Le trésor d'un homme est-il dans ce qu'il laisse — des sentiments, des certitudes, des objets, des images et des gestes — ou dans ce qu'il garde ?

Sans doute ceux qui laissent énormément, ceux qui restent, n'ont-ils en eux qu'infiniment peu…

*

Les hommes dont la meilleure part n'est pas le cœur, mais tout autour d'eux, leurs actes, leurs paroles, et tout ce qui s'ensuit, leurs parents, et leurs héritiers — ils se survivent, leur disparition n'est finalement qu'une péripétie de leur plus longue durée, à nos yeux.

Quant à la meilleure part des hommes qui la gardent dans leur cœur, faute de mieux, jusqu'à la dernière heure, elle vit mais aussi elle meurt avec eux.

FIN

REMERCIEMENTS

Merci à Jean Le Bitoux pour sa bienveillance, son aide et ses conseils.

DU MÊME AUTEUR

Aux Éditions Gallimard

LA MEILLEURE PART DES HOMMES, *roman* (Folio n° 5002).

Aux Éditions Atlande

L'IMAGE, *essai*.

Composition Nord Compo.
Impression CPI Bussière
à Saint-Amand (Cher), le 15 décembre 2009.
Dépôt légal : décembre 2009.
Numéro d'imprimeur : 093301/1.
ISBN 978-2-07-040249-6./Imprimé en France.